HEIKE WOLPERT

Katergericht

KATZENJAMMER Kurz nach Verbüßen seiner Haftstrafe wird der verurteilte Mörder und ehemalige Rechtsanwalt Philipp Oberwasser tot aufgefunden. Kaum haben der hannoversche Hauptkommissar Peter Flott und sein Team die Ermittlungen aufgenommen, kommt Oberwassers Anwalt ebenfalls zu Tode. Besteht da ein Zusammenhang? Wurden beide ermordet? Und warum taucht Peter Flotts Mitbewohner, Kater Socke, immer wieder am Tatort auf? Der Kommissar gerät deswegen zunehmend in Erklärungsnot. Sein samtpfotiger Hausgenosse hat nicht nur seine ganz eigenen Ermittlungsmethoden, sondern auch persönliche Gründe dafür: Er vermisst seine Katzenfreundin, deren Verschwinden mit den Todesfällen zusammenzuhängen scheint. Während die menschliche Polizei im Berufs- und Privatleben der Toten die ein oder andere Ungereimtheit findet, mobilisiert Socke all seine tierischen Freunde. Können sie den Fall lösen und das Leben von Katze Mimi retten?

Heike Wolpert, Jahrgang 1966, lebt und arbeitet in Hannover. Abwechslung von ihrem Alltag als Businessanalystin bei einer großen Landesbank findet sie im Schreiben von Krimis und Kurzgeschichten. Der vorliegende Band ist bereits der vierte in ihrer Reihe rund um den tierischen Schnüffler Kater Socke, die sich sowohl bei Katzen- als auch Krimifreunden gleichermaßen großer Beliebtheit erfreut. Dass ihr die Ideen nicht ausgehen, dafür sorgt der echte Socke – der schwarzweiße Kater lebt nun seit fast zehn Jahren bei der Autorin.

Bisherige Veröffentlichungen im Gmeiner-Verlag:
Katertrunk (2018)
Schlüsselreiz (2016)
Schönheitsfehler (2015)

HEIKE WOLPERT

Katergericht

Kriminalroman

GMEINER SPANNUNG

Immer informiert

Spannung pur – mit unserem Newsletter informieren wir Sie regelmäßig über Wissenswertes aus unserer Bücherwelt.

Gefällt mir!

Facebook: @Gmeiner.Verlag
Instagram: @gmeinerverlag
Twitter: @GmeinerVerlag

Besuchen Sie uns im Internet:
www.gmeiner-verlag.de

Im Ehnried 5, 88605 Meßkirch
Telefon 07575/2095-0
info@gmeiner-verlag.de

1. Auflage 2019

Lektorat: Katja Ernst
Herstellung: Mirjam Hecht
Umschlaggestaltung: U.O.R.G. Lutz Eberle, Stuttgart
unter Verwendung eines Fotos von: © FabrikaSimf / shutterstock.com
und © Vladimir Sitkovskiy / shutterstock.com
Druck: CPI books GmbH, Leck
Printed in Germany
ISBN 978-3-8392-2539-4

Personen und Handlung sind frei erfunden. Ähnlichkeiten mit lebenden oder toten Personen sind rein zufällig und nicht beabsichtigt.

PERSONENVERZEICHNIS

Handelnde Personen:

Peter Flott, ermittelnder Hauptkommissar, ein ganz normaler Mann, Sockes Dosenöffner

Christa Eisele, genannt Chris, Peters Freundin, viel beschäftigte Tierärztin

Lisa Sander, Kommissarin und Peters langjährige Kollegin und Vertraute

Friedrich Eberhard, genannt Fritz, der Älteste im Ermittlerteam, eher phlegmatisch, erledigt deshalb am liebsten die Schreibtischarbeit

Antonia Boccabella, genannt Toni, die jüngste Kommissarin im Team, manchmal etwas aufbrausend

Sebastian Meyer, genannt Basti, Kollege von der Kripo Osnabrück, Tonis Freund

Ulrich Zeitler, Chef der Spurensicherung

Dr. Joachim Breithaupt, Staatsanwalt

Prof. Dr. Kremski, Chef der Gerichtsmedizin der Medizinischen Hochschule Hannover (MHH)

Dr. Eilig, Mitarbeiter der Gerichtsmedizin

Frau Bilgur, ältere Dame, Clooneys und Gismos Frauchen, Peters Nachbarin

Max Petkow, Malermeister, wohnt im selben Stadtteil wie Peter, »Mimis Mensch«

August Klämmerle, pensionierter Verwaltungsbeamter, Herrchen von Dackeldame Angelique und Suleikas Katzensitter

Heike Stolze, Friseurmeisterin

Philipp Oberwasser, geständiger Mörder von Dr. Adalbert Sontheim

Thorsten Oberwasser, Philipps Bruder, Zahnarzt

Stefan Zweibold, Philipp Oberwassers Anwalt

Katharina Zweibold, Stefans Frau, lebt in Trennung von ihm

Kevin Zweibold, 17-jähriger Sohn von Stefan und Katharina

Charlotte Ratzke, Katharinas Freundin

Ruth Konetzky, Rentnerin, lebt im selben Haus wie Philipp Oberwasser

Clara Puppenmacher, Anwaltsgehilfin in Zweibolds Praxis

Patrizia Sontheim, Witwe des Mordopfers Adalbert Sontheim, lebt seit dem Tod ihres Mannes sehr zurückgezogen

Jan van der Straaten, Patrizias neuer Lebensgefährte, ein niederländischer Geschäftsmann

Elise Reitmeier und **Andreas Strelitz,** ehemalige Kommilitonen von Philipp Oberwasser

Abraham Bayerlein, genannt Abe, Geschäftsmann mit mehreren Lokalen in Hannovers Rotlichtviertel

Kai Krüger, kennt Oberwasser aus dem Gefängnis, mehrfach vorbestraft wegen Einbruchs, Dealerei und anderer Delikte

Gero von Haberberg, macht Toni schöne Augen

*

Handelnde Tiere:

Socke, schwarzer Kater mit weißen Pfoten, lebt bei Hauptkommissar Peter Flott, liebt Katze Mimi

Mimi, dreifarbige Tigerkatze, Sockes Freundin

Clooney, mollige grau getigerte Katze, Sockes Nachbarin, einem Imbiss nie abgeneigt

Mikey, Tigerkater mit blauem Halsband, Revierchef, kann lesen

Suleika, Perserkatze, weiß immer alles (besser)

Gismo, Jungkater mit Entdeckerdrang, Clooneys Sohn

Champion, freiheitsliebender norwegischer Waldkater, der im Revier lebt

Jasper, stets kränkelnder Riesenschnauzer, lebt im selben Haushalt wie Suleika

Angelique, Dackeldame und Jaspers Flamme

PROLOG

»Du glaubst gar nicht, wie viele Mörder frei herumlaufen.« Seine Sprache war alkoholbedingt verwaschen.

Max nickte, ohne die Aussage seines ehemaligen Klassenkameraden so ganz zu erfassen. Dafür war er zu angetrunken. Außerdem redete Stefan nun schon seit beinahe zwei Stunden über seine Arbeit als Anwalt und prahlte damit, was er dabei alles erlebt hatte. Wenn alles, was sein früherer Kumpel erzählte, der Wahrheit entsprach, so hatte der innerhalb der vergangenen 120 Minuten mehrfach das Anwaltsgeheimnis verletzt. Denn auch wenn er keine Namen nannte, die geschilderten Fälle waren sehr speziell. Ein interessierter Zuhörer würde die Beteiligten schnell ausfindig machen. Max allerdings hörte lediglich mit halbem Ohr zu und bereute, überhaupt zu dem Klassentreffen gekommen zu sein.

Schließlich war er nur ein einfacher Malermeister. In den Augen der anderen also ein Loser. Die meisten seiner ehemaligen Schulkameraden, mit denen er vor 20 Jahren Abitur gemacht hatte, hatten studiert und konnten eine sogenannte Karriere vorweisen. Zudem wurden Familienfotos herumgereicht und alle erzählten stolz vom hochbegabten Nachwuchs und vom attraktiven Ehepartner, während er nur eine gescheiterte Beziehung und das Bild seiner geliebten Katze vorweisen konnte.

Stefan winkte der Bedienung und zeigte auf die fast leeren Gläser vor ihnen. Halbherzig versuchte Max zu protestieren. »Meinst du nicht, wir haben genug?« Die meisten waren inzwischen schon gegangen oder im Gehen begriffen.

»Einen noch«, lallte Stefan. »Eine Story muss ich dir einfach erzählen, das glaubst du nicht, wenn ich die an die Öffentlisch…« Er brach ab und griff zu dem Glas, das gerade vor ihm abgesetzt wurde. »Wenn ich wollte, könnte ich da richtig absahnen.«

KAPITEL 1
MONTAG

Patrizia Sontheim ging nervös im Zimmer auf und ab. Seit zwei Monaten war er wieder auf freiem Fuß. Damals, kurz nach dem Mord an ihrem Mann, hatte sie wochenlang keinen klaren Gedanken fassen können. Kein Tag war vergangen, an dem sie nicht an seinen gewaltsamen Tod gedacht und Angst gehabt hatte. Es hatte lange gedauert, bis einigermaßen Normalität eingekehrt war. Die Anwaltskanzlei hatte sie geschlossen, ihren Beruf aufgegeben. Das Vermögen, das sie geerbt hatte, ermöglichte ihr ein Leben ohne Arbeit. Aus der Öffentlichkeit, in der sie aufgrund der Popularität ihres verstorbenen Mannes gestanden hatte, hatte sie sich, so gut es ging, zurückgezogen. Zwar gab es den ein oder anderen Vorstoß der Presse, doch sie blieb standhaft und man hatte zumeist Verständnis. Nach und nach verlor sich so das Interesse an ihr.

Einen Mann hatte es, nach Adalbert, an ihrer Seite lange Zeit nicht gegeben. Seit beinahe drei Monaten war sie nun jedoch mit Jan liiert, was die Öffentlichkeit über kurz oder lang bestimmt wieder auf den Plan rufen würde. Bei ein paar besonders flinken Journalisten wurden sie bereits als Traumpaar gehandelt. Beide reich und gutaussehend, sie mit einer tragischen Vergangenheit, das weckte die Neugier der Allgemeinheit. Doch darüber schwieg sie sich aus, und selbst ihr neuer Partner, ein niederländischer Geschäftsmann, wusste nach wie vor sehr wenig über die Ereignisse von damals. Als Gentleman drängte er sie nicht und respektierte ihr Schweigen, auch wenn sie spürte, dass er gerne mehr erfahren würde und sie seinen Beschützerinstinkt geweckt hatte.

Vielleicht war ja bald der Moment gekommen, sich ihm zu offenbaren?

Seit Philipp Oberwasser aus der Haft entlassen worden war, verspürte sie jedoch erneut diese Angst. Gestern war Jan geschäftlich nach München gereist, und er hatte sie gebeten, mitzukommen. War es ein Fehler gewesen, ihn nicht zu begleiten?

*

Majestätisch saß Clooney auf der Mauer und blickte selbstzufrieden auf Socke herab, der gerade des Weges kam.

»Was machst du denn da oben?«, fragte der schwarze Kater mit den weißen Pfoten die pummelige Grautigerin. »Wo ist Suleika? Pass nur auf, dass sie dich nicht auf ihrem Stammplatz erwischt. Das gibt Ärger.«

»Suleika kommt heute nicht.« Gemächlich begann Clooney ihre linke Vorderpfote zu putzen.

»Was ist los mit ihr? Ist sie krank?«

»Du vermisst sie doch nicht etwa?«, erkundigte sich die mollige Katze nuschelnd, während sie ihre Krallenzwischenräume leckte.

»Na ja …«, setzte Socke an.

In diesem Moment bog der Nachbarskater Mikey um die Ecke. Offenbar kehrte er von seiner Revierinspektion zurück. Er hinterließ noch eine Duftmarke an einer Mauerecke, dann wandte er sich ebenfalls an Clooney: »Das ist Suleikas Platz. Ich möchte nicht, dass es wieder Streit gibt«, ermahnte er sie.

»Suleika kommt heute nicht«, wiederholten Clooney und Socke gleichzeitig.

Die Grautigerin fuhr fort: »Sie ist im Haus. Ihr Mensch ist mit Jasper in Urlaub gefahren und deshalb ist keiner da, der sie rauslässt.« Selbstzufrieden reckte sie die Schnauze in die Höhe und genoss sichtlich die Aufmerksamkeit der beiden Kater.

»Und wer füttert sie?«, dachte Mikey praktisch.

»Ha, das ist besonders gut.« Clooneys Schwanz peitschte aufgeregt hin und her. »Das sogenannte Herrchen von diesem Dackel, Angelique, ihr wisst schon. Der versorgt sie. Gibt ihr Futter und macht das Klo sauber.« Sie kicherte. »Er hat es meiner Menschin selber erzählt.«

Nun grinsten auch die zwei Kater. Die Perserin Suleika war manchmal ein wenig eingebildet. Außerdem hatte sie, nach Meinung der anderen Katzen, ein gestörtes Verhältnis zu Hunden. Sie bemutterte den im gleichen Haushalt wie sie selbst lebenden Riesenschnauzer Jasper nämlich, was für eine Katze ganz und gar nicht normal war, und beäugte mit großem Misstrauen jeden, der ihrem vierbeinigen Hausgenossen zu nahe kam. Besonders eifersüchtig beobachtete sie dessen Schwärmerei für Dackeldame Angelique. Dass ihr Wohl nun ausgerechnet von deren Herrchen abhing, war ihr bestimmt ein Dorn im Auge.

Clooney drehte sich um und warf einen Blick in den Garten des Hauses. »Ha! Ich sehe sie hinter der Scheibe sitzen«, triumphierte sie und begann auf der Mauer entlangzustolzieren.

Socke wandte sich zum Gehen. »Das muss ich noch schnell Mimi erzählen, bevor Peter nach Hause kommt.« Damit machte er sich auf den Weg zum Amerikaplatz, der ein paar Straßen weiter gelegen war und wo seine geliebte Mimi wohnte.

»Clooney! Es ist nicht fair, die Situation auszunutzen«, maßregelte Mikey derweil die Grautigerin streng, wobei seine Schnurrhaare verdächtig zuckten. »Äh, ich muss nach Hause, es gibt bestimmt bald Abendessen.« Damit überließ er die beiden Streitkatzen ihrem stummen und ungleichen Gefecht.

*

Ruth Konetzky war 71 Jahre alt und Rentnerin, doch sie liebte es, während der Feierabendzeit einzukaufen. Sehr zum Ärger der arbeitenden Bevölkerung, die schnell ein paar Besorgungen erledigen wollte. Die alte Dame ließ sich gerne viel Zeit, verwickelte andere Kunden und das Personal in Gespräche und brauchte eine gefühlte Ewigkeit, bis sie ihr Portemonnaie gefunden hatte. Die meisten Kassiererinnen und Kassierer bei Rewe kannten sie schon und nahmen ihre Anwesenheit hin wie einen lästigen Schnupfen. Ein kleines Schwätzchen, da musste man halt durch. Zufrieden bahnte sich die Rentnerin mit ihrem Einkaufstrolley den Weg nach Hause. Dort wartete niemand, sie hatte also keine Eile. Wenn sie Glück hatte, würde sie im Treppenhaus auf den jungen Mann treffen. Dann würde sie ihm gleich ins Gewissen reden, denn als sie vorhin das Haus verlassen hatte, war seine Wohnungstür offen gestanden. Sehr leichtsinnig, wie sie fand, man wusste schließlich nicht, wer sich so alles im Gebäude herumtrieb. Erst gestern hatte sie mehrere Unbekannte das Mehrfamilienhaus betreten sehen. Einen davon sogar spät abends. Wenn sie nicht gerade fernsah oder einkaufen ging, saß sie am Fenster und behielt den Bereich vor der Eingangstür im Auge. Sie wusste Bescheid.

Ächzend zog sie den Trolley mit ihren Einkäufen die Treppe hoch. Der Weg in den zweiten Stock wurde zunehmend beschwerlich. Laut und vernehmlich polterte sie die letzten Stufen zum ersten Treppenabsatz hinauf. Der Mieter aus der ersten Etage hatte ihr beim letzten Mal geholfen, als sie dort stöhnend pausiert hatte. Heute tat sich nichts. Seine Wohnungstür war immer noch leicht geöffnet. Ruth Konetzky runzelte die Stirn. Da stimmte etwas nicht. Sie trat näher heran, klopfte und lauschte.

Keine Reaktion. Sie klingelte und horchte abermals ins Innere. Nichts tat sich.

Ob er unterwegs war und vergessen hatte, die Tür zu schließen? Sollte sie sie einfach zuziehen?

Vielleicht war auch etwas passiert?

Ruth Konetzky war von Natur aus neugierig. Über den Bewohner dieser Wohnung wusste sie wenig, außer dass er vor zwei Monaten eingezogen war und keiner geregelten Arbeit nachging.

»Oberwasser«, stand auf dem Klingelschild. Sie klopfte erneut, dieses Mal heftiger, sodass die Tür langsam aufschwang.

»Herr Oberwasser!«, rief sie ins Innere, das völlig im Dunkeln lag. Sie würde kurz nach dem Rechten sehen und dann die Wohnungstür ordentlich schließen. Sie trat ein und tastete nach dem Lichtschalter, eine nackte Glühbirne erhellte den Flur. Die Wohnung lag direkt unter ihrer und war gleich geschnitten. Die Milchglastür links führte in die Küche. Geradeaus ging es wahrscheinlich ins Wohnzimmer. Daneben lag das Badezimmer und angrenzend befand sich vermutlich das Schlafzimmer. So war es bei ihr. Alle Türen waren geschlossen und einen Moment lang sah sie sich unschlüssig um. Dann bemerkte sie einen Lichtschimmer unter der Wohnzimmertür und öffnete sie.

Ihr Blick fiel auf eine Stehlampe, die den Raum nur schwach erhellte. Daneben stand ein abgenutzter Sessel, auf den ausgeschalteten Fernseher ausgerichtet. Oberwasser saß da, als sei er beim Fernsehen eingeschlafen. Sein Kopf war zur Seite gesunken, die Augen allerdings weit geöffnet, von seinem Mundwinkel zog sich eine getrocknete dunkle Spur bis zum Hals hinab. Blut? Sein linker Arm hing seitlich herunter, neben ihm auf dem Boden lag eine Waffe. Am Kopfteil des Sessels befanden sich Flecke. Das musste Blut sein – und etwas anderes …

Hirn? Sah so das Gehirn eines Menschen aus, wenn es mit Gewalt aus seinem Schädel katapultiert wurde? Plötzlich sackten ihr die Beine weg. Sie versuchte, sich am Türrahmen festzuhalten, und schrie, als ginge es um ihr Leben.

*

»Ein Caffé Latte Soja mit wenig Milchschaum!«, schallte es durch den Raum.

Britta kämpfte sich durch die Menschentraube am Tresen, wo man ihre Bestellung entgegennahm. Um die Feierabendzeit war die Kaffeebar nahe dem Hauptbahnhof immer gut besucht. Schnell besetzte sie wieder ihren Platz am Fenster und sah ungeduldig zur Tür. Wo blieb nur ihre Freundin Anna? Es war gar nicht so einfach, den letzten freien Stuhl an ihrem Tisch zu verteidigen. Sie ließ sich ein paar Schlucke der Kaffeespezialität schmecken.

Endlich, mit 20-minütiger Verspätung, traf Anna ein.

»Mannomann, was ist denn los in dieser Stadt?«, stöhnte sie, als sie sich auf den Stuhl gegenüber fallen ließ. »Man meint, es gäbe was umsonst!«, schob sie hinterher und sprang gleich wieder auf, um ebenfalls eine Bestellung aufzugeben.

Britta genoss derweil ihr laktosefreies Getränk. Irgendwie fühlte sie sich komisch.

»Dauert einen Moment. Ist dir schlecht? Du bist so blass«, hörte sie ihre Freundin wie durch einen Schleier sagen.

Sie nickte. »Mir ist ein bisschen schwindelig.« Sie merkte selbst, dass sie lallte.

»Möchtest du an die frische Luft?« Anna nahm sie am Oberarm und führte die schwankende Freundin vor die Tür. »Hast du was getrunken? Ich meine, Alkohol?«, fragte sie besorgt.

Britta schüttelte heftig den Kopf, was sie noch mehr torkeln ließ. Endlich erreichten sie einen der Außensitzplätze. Obwohl es mit gerade mal 17 Grad für Anfang Juli recht frisch war, saßen hier ein paar Gäste, die drinnen keinen Platz mehr ergattert hatten.

»Britta!« Anna tätschelte ihr die Wange. »Hast du irgendwas zu dir genommen? Oder kann das an der Milch liegen? Vielleicht haben die dir was Falsches gegeben …« Hilflos sah ihr die Freundin ins Gesicht.

Britta wollte den Kopf schütteln, doch sie sackte nur zur Seite und hatte das Gefühl, gleich das Bewusstsein zu verlieren.

Andere Gäste waren hinzugetreten, um ihre Hilfe anzubieten. Eine Frau zückte ihr Handy und rief den Notarzt.

*

Socke hatte keinen Appetit. Chris hatte ihm vor einiger Zeit sein Abendessen serviert – Huhn in pikanter Soße –, doch der Kater hatte es bisher nicht angerührt. Sein Ausflug zum Amerikaplatz war enttäuschend verlaufen. Mimi glänzte durch Abwesenheit. Auch ihr Mensch, Malermeister Max Petkow, schien die hübsche Katze zu vermissen.

»Na, wo hast du denn deine Freundin gelassen?«, hatte er von Socke wissen wollen.

Der hatte ihm darauf keine Antwort geben können. Mimi machte in der Regel keine größeren Alleingänge und so war ihre Abwesenheit einigermaßen verwunderlich.

»Gleich ist Abendbrotzeit«, hatte Max gesagt, »da ist sie sonst immer da.«

Socke konnte ihm nur recht geben, war ihm kurz um die Beine gestrichen und hatte anschließend einen gründlichen Rundgang durchs Revier unternommen. Ohne Ergebnis. Keine Spur von seiner Geliebten und ebenso wenig eine Nachricht.

Schließlich war er nach Hause gegangen. Vielleicht wussten seine Menschen mehr. Chris, die Tierärztin, die im Revier viel herumkam, und Peter, seines Zeichens Hauptkommissar und ebenfalls gut unterrichtet, was sich in der Stadt so tat. Bisher war diesbezüglich allerdings nichts zur Sprache gekommen. Kein Grund zur Beunruhigung, sagte sich der Kater. Mimi war eine vorsichtige Katze, und sie führten eine moderne Beziehung. Zwar sahen sie sich täglich, doch es ging auch mal jeder seiner Wege. Trotzdem hatte er keinen Hunger.

Ganz im Gegensatz zu seinen Menschen, die sich gerade ein Kichererbsencurry schmecken ließen. Währenddessen sprachen sie über Belanglosigkeiten. Der Schäferhundmischling aus dem Hooverweg hatte Übergewicht und musste Diät halten, was seine Besitzer zum wiederholten Male ins Wartezimmer von Chris' Tierarztpraxis getrieben hatte.

»Du glaubst gar nicht, wie erfinderisch der Gute ist, wenn es darum geht, an Fressen zu kommen«, berichtete Chris amüsiert.

»Heute hat er einen Schokoriegel geklaut und aufgefuttert. Zum Glück war es nur ein kleiner, also kein Grund zur Sorge, aber seinen Besitzern hat er damit einen gehörigen Schrecken eingejagt.« Sie schüttelte den Kopf. Neulich hatte Kalle, wie der übergewichtige Dieb hieß, bei der Rentnerin aus der Nachbarschaft einen Apfelkuchen gemopst, den die zum Auskühlen auf den Fenstersims der Küche gestellt hatte, von dem teuren Rinderfilet, das er tags zuvor direkt aus dem Einkaufskorb seiner Leute gestohlen hatte, ganz zu schweigen.

Peter lachte und häufte sich eine weitere Portion Reis auf den Teller. Gerade als er sich vom Curry nehmen wollte, klingelte sein Handy.

»Oh, oh, ich fürchte, es gibt Arbeit«, meinte er nach einem Blick auf das Display. Er erhob sich. »Flott«, meldete er sich im Hinausgehen.

Die Blicke seiner Lebensgefährtin und Sockes folgten ihm. Nebenan hörte man ihn sprechen. Chris rührte gedankenverloren in ihrem Essen. »Tja, Socke, da musst du wohl heute Abend mit meiner Gesellschaft vorliebnehmen.«

Und tatsächlich trat der Hauptkommissar kurz darauf wieder durch die Tür und zuckte bedauernd die Achseln. »Ich hoffe, es dauert nicht zu lange.« Mit diesen Worten verabschiedete er sich. Dabei war nicht ganz klar, ob er seinen Einsatz am heutigen Abend oder die daraus resultierenden Ermittlungen meinte. Wahrscheinlich beides.

*

Kevin Zweibold betrat das schicke Reihenhäuschen in der Gravensteiner Allee und ließ seine Sporttasche an Ort und Stelle fallen.

»Räum deine Trainingsklamotten bitte weg«, rief seine Mutter.

Er ignorierte sie und stürmte an der offenen Wohnzimmertür vorbei in die Küche.

Kurz darauf streckte er den Kopf ins Wohnzimmer, wo Katharina Zweibold mit ihrer Freundin saß und bei einem Glas Rotwein über den »Tatort« vom vergangenen Abend diskutierte.

»Ist kein Cola mehr da?«, blaffte er dazwischen.

»Guten Abend, Kevin. Schön dich zu sehen«, grüßte Katharinas Freundin Charlotte betont höflich.

Kevin brummte nur und knallte die Tür hinter sich zu.

»Auf dem Herd steht was zu essen«, rief ihm seine Mutter nach. Sie seufzte und dachte wehmütig an früher. Es war gar nicht so lange her, da hatte Kevin sich einen Hund gewünscht. Um sich das Tier und auch eventuell anfallende Tierarztkosten leisten zu können, hatte er bei den Nachbarn Rasen gemäht, kleinere handwerkliche Tätigkeiten übernommen und vor allem deren Hunde ausgeführt. Doch sein Vater hatte ihm nicht erlaubt, sich ein Haustier anzuschaffen, und sie hatte sich nicht getraut ihrem Mann diesbezüglich zu widersprechen. Das war der Zeitpunkt gewesen, als Kevin begonnen hatte, sich von ihnen zurückzuziehen. Wenn sie richtig informiert war, sparte er jetzt auf ein Motorrad.

»Er wird seinem Vater immer ähnlicher.« So, wie Charlotte das sagte, klang es nicht nach einem Kompliment. »Hast du von dem etwas gehört in letzter Zeit?«

Katharina nahm einen Schluck Rotwein und schüttelte den Kopf. »Er spricht nur noch mit meinem Anwalt. Ist wahrscheinlich besser so.«

Ihre Freundin nickte. »Friedhelm hat ihn neulich in einer Kneipe am Steintor gesehen. Er war ziemlich betrunken. Er hat was davon gefaselt, dass er mit einem Mandanten verabredet sei.«

Katharina sah nachdenklich in ihr Glas. Natürlich war es möglich, dass ihr zukünftiger Exmann einen Klienten getroffen hatte. Viele seiner Kunden waren in Hannovers Party- und Amüsierviertel ansässig, und längst nicht alle waren Schläger, Zuhälter oder Flittchen, nur weil sie dort arbeiteten oder verkehrten, das wusste sie. Doch schien Stefan eine Schwäche für zwielichtige Gestalten und mondäne Damen zu haben. Das war nicht zuletzt der Grund gewesen, weshalb sie die Scheidung eingereicht hatte.

»Lass uns von etwas anderem reden«, wechselte sie das Thema. »Wie hat dir die Szene in diesem Filmstudio gestern gefallen?«

*

Antonia Boccabella, genannt Toni, empfing Peter an der Eingangstür. Da die im Normalfall zuständige Kollegin Lisa, mit der der Hauptkommissar von allen in seiner Truppe am längsten zusammenarbeitete, an einer hartnäckigen Darmgrippe litt, hatte Peter die junge Kommissarin mit an den Tatort bestellt, obwohl sie eigentlich ab morgen Urlaub hatte. Entgegen ihrer sonst so aufbrausenden Art war Toni ohne Widerworte eingesprungen, und da sich der Ort des mutmaßlichen Verbrechens ganz in der Nähe ihrer Wohnung in der Kriegerstraße im hannoverschen Stadtteil List befand, wartete sie bereits – in einem der unvermeidlichen Einmalanzüge der Spurensicherung – auf den Hauptkommissar, als dieser eintraf.

»Der Tote heißt Philipp Oberwasser«, unterrichtete sie ihren Chef. »Hat 15 Jahre wegen eines Tötungsdelikts abgesessen und war gerade mal seit zwei Monaten draußen.«

Der Hauptkommissar zog die Augenbrauen hoch. Der Name kam ihm bekannt vor.

»So wie es aussieht, hat er sich selbst umgebracht«, erklärte seine Kollegin.

»Wenn Sie schon alles wissen, kann ich ja wieder gehen«, ätzte der Gerichtsmediziner Dr. Eilig, der gerade hinter Peter die Treppe hochkam.

»Guten Abend, ich freue mich, auch Sie zu sehen«, grüßte die Angesprochene betont freundlich.

Der Arzt murmelte ein paar Worte in seinen modischen Hipsterbart, drängelte an ihr vorbei in den Flur der Wohnung und ließ sich von den SpuSi-Leuten ebenfalls ausstaffieren.

»Wie es aussieht, hat er sich in den Kopf geschossen«, flüsterte Toni. »Neben ihm liegt eine Waffe, eine Sig Sauer, sagt unser SpuSi-Uli.«

Die Tür zum Wohnzimmer wurde weiter geöffnet und gab den Blick auf die Leiche frei. Jetzt erinnerte sich Peter wieder.

*

Es war am 15. November 2001, als er um kurz vor 20 Uhr zu einem Tatort gerufen wurde. Der Weg führte ihn in die Seelhorststraße im Zooviertel in eine Villa mit angrenzender Rechtsanwaltskanzlei. Das Opfer war kein Geringerer als Dr. Adalbert Sontheim, Anwalt zahlreicher Prominenter und selbst angesehener Bürger Hannovers. Anwesend waren: seine beinahe 30 Jahre jüngere Ehefrau Patrizia und ein gewisser Philipp Oberwasser, der als Referendar in Sontheims Kanzlei tätig war. Letzterer hatte die Polizei verständigt. Sontheim war mit einer Bronzestatue erschlagen worden.

Schon bei einer ersten kurzen Befragung gestand Oberwasser die Tat und wurde noch am selben Abend in Haft genommen.

*

»Hast du Mimi gesehen?« Socke sah zu Clooney auf, die sich ein weiteres Mal auf Suleikas Mauer breitgemacht hatte.

»Hihi, vorher war Angeliques Herrchen da. Er hat sie in der Zwischenzeit in den Garten gelassen, während er Suleika versorgt hat. Ui, Suleika hat sich vielleicht aufgeregt, sie wäre fast durch die Scheibe gesprungen. Und dann ...« Erst jetzt schien sich die Grautigerin auf Sockes Worte zu besinnen. »Mimi ist schon wieder weg?«

»Ich habe sie seit heute Morgen nicht mehr gesehen, und zum Abendessen hat sie sich auch nicht blicken lassen.« Sockes Schnurrhaare zuckten besorgt.

»Kein Abendbrot?« Das gab der molligen Grautigerin ebenfalls zu denken. Keine Katze ließ das ihrer Meinung nach freiwillig ausfallen. »Meinst du, es ist ihr etwas zugestoßen?«

»Hm, sie ist eigentlich sehr vorsichtig. Nach den schlechten Erfahrungen, die sie gemacht hat.«

»Na ja, vielleicht lag irgendwo etwas besonders Leckeres.« Nachdenklich beobachtete Clooney einen Spatz, der ein paar Krümel auf dem anderen Ende der Mauer aufpickte und dann schnell davonflog. »Du weißt, ich bin normalerweise äußerst wachsam, aber wenn ein Imbiss lockt ... und Katze gerade hungrig ist ...«

Socke wusste, dass die rundliche Tigerin blind war für jede Gefahr, wenn etwas Essbares in Reichweite kam, doch behielt er einen entsprechenden Kommentar lieber für sich.

»Hast du schon überall gesucht? Am Amerikaplatz ist vor Kurzem eine ältere Frau eingezogen, die scheint Katzen zu mögen. Sie hat mir neulich eine Scheibe Wurst gegeben. Vielleicht ist Mimi bei ihr.« Clooney schluckte.

»Soll ich dir zeigen, wo sie wohnt?« Sie sprang von der Mauer. »Obwohl, abends bleibt sie meistens drinnen, und sie wird Mimi ja wohl kaum mit reingenommen haben.« Sie streckte sich ausgiebig und fügte an: »Und ich sollte mich auch mal wieder zu Hause blicken lassen.«

»Tu das. Ich drehe noch eine schnelle Runde und dann gehe ich rein. Heute können wir sowieso nicht mehr viel tun.« Socke klang zwar nicht überzeugt, doch tatsächlich gingen ihm die Ideen aus. Die Häuser und das Areal rund um den Amerikaplatz hatte er bereits am Nachmittag gründlich abgeschnüffelt. Spuren von Mimi gab es da erwartungsgemäß jede Menge, aber nichts, was ihm weitergeholfen hätte. Vermutlich war es wirklich das Beste, erst einmal abzuwarten. Jede Katze vergaß mal die Zeit und blieb länger als üblich von ihrem Zuhause fern. »Kein Grund zur Beunruhigung«, redete er sich ein.

KAPITEL 2
DIENSTAG

»Was machst du denn hier?« Erstaunt blickte Friedrich Eberhard Toni an, mit der er sich ein Büro teilte.

»Danke, Fritz. Echt toll, dass ihr euch alle so freut mich zu sehen. Der Beamte am Empfang konnte auch kaum an sich halten«, war die ironische Erwiderung.

»Na, ich dachte, du hast Urlaub«, verteidigte sich der ältere Kollege. »Wenn ich gewusst hätte, dass du da bist, hätte ich dir doch was mitgebracht.« Er legte eine Bäckertüte auf seinen Schreibtisch.

»Wir wollten sowieso erst morgen losfahren, und Lisa hat immer noch diesen fiesen Norovirus«, erklärte Toni. »Außerdem haben wir einen Fall. Also vielleicht. Ein Toter in der List, bei mir um die Ecke. Philipp Oberwasser, sagt dir das was?«

Fritz schüttelte den Kopf.

»Der hat seinerzeit den Sontheim umgebracht.« Toni drehte den Bildschirm ihres PCs so, dass ihr Kollege das Foto des ermordeten Promi-Anwalts darauf sehen konnte.

»Ach der! Klar, jetzt erinnere ich mich. Der Täter hat gleich gestanden, der Fall war in Rekordzeit gelöst.« Fritz selbst war zwar nicht an den Ermittlungen beteiligt gewesen, wusste aber noch, wie enttäuscht die Medien damals gewesen waren, dass der Mord so unspektakulär zu den Akten gelegt werden konnte. In der Folge hatte es daher viele Berichte über das Opfer, sein Leben und Wirken gegeben. Immerhin hatten zu seinen Klienten viele sogenannte Stars und stadtbekannte Geschäftsleute gehört, von denen sich manche bei dieser Gelegenheit zu Wort gemeldet hatten. »Ist sein Mörder raus? Wie hieß der noch mal?«

»Oberwasser. Er wurde vor zwei Monaten entlassen. Und nun hat er sich angeblich umgebracht.«

»Du glaubst nicht an Suizid?«

»Wieso sollte er sich gerade jetzt umbringen, wo er wieder auf freiem Fuß ist?«, zweifelte Toni und klickte einen Artikel über den damaligen Mordfall an.

»Na, mir fallen da schon Gründe ein. Vielleicht ist er mit dem Leben draußen einfach nicht zurechtgekommen. Wäre nicht der Erste.« Ihr Kollege wandte sich zur Tür. »Ich hol mir Kaffee, soll ich dir einen mitbringen?«

Toni deutete auf die halbvolle Tasse neben ihrer Tastatur und schüttelte den Kopf. »Um 11 ist Dienstbesprechung«, rief sie ihm hinterher. »Da soll der Obduktionsbericht vorliegen und dann sehen wir ja.«

*

Philipp Oberwasser hatte noch am Tatort darum gebeten, eine Aussage machen zu dürfen.

»Ich habe ihn getötet«, gestand der damals 28-Jährige ohne Umschweife. Das Angebot, einen Anwalt hinzu-

zuziehen, lehnte er mit Hinweis auf seine eigene Ausbildung ab.

Als Kommissar Peter Flott in der Seelhorststraße ankam, hatte sein damaliger Vorgesetzter bereits mit dem zuständigen Staatsanwalt gesprochen und eine vorläufige Festnahme erwirkt.

Oberwasser schilderte den Tathergang wie folgt: »Ich wollte mir noch eine Akte ansehen. Mein Chef, Adalbert Sontheim, hielt sich zu dieser Zeit im angrenzenden Wohnbereich auf. Gegen 19.30 Uhr kam er ins Büro zurück, weil er dort sein Handy vergessen hatte. Er verwickelte mich in ein Gespräch, bis seine Ehefrau auftauchte. Ich habe mich daraufhin wieder meiner Akte zugewandt und gelesen. Kurze Zeit später stritten die beiden Eheleute heftig. Sontheim bedrängte seine Frau und drohte ihr Gewalt an. Wie die Situation in so kurzer Zeit derartig eskalieren konnte, kann ich nicht erklären. Als ich mitbekam, wie Sontheim Patrizia in die Enge getrieben hat, sah ich rot. Immerhin hatten wir in Studententagen eine Beziehung miteinander und waren nach wie vor befreundet. Ich griff nach dem erstbesten Gegenstand, der mir in die Finger kam. Eine Statue aus Bronze. Damit habe ich zugeschlagen.«

*

Als Socke an diesem Morgen in den schmalen Weg zwischen den Häuserreihen 14 und 15 des Karl-Schurz-Wegs trat, bot sich ihm ein bekanntes und doch auch ungewohntes Bild: Perserin Suleika saß, wie eigentlich fast immer, auf der Mauer vor ihrem Zuhause. Allerdings blickte sie nicht, wie sonst stets, missbilligend auf zufällige Passanten, in diesem Fall Socke, herunter, sondern saß mit dem Hinterteil zu ihm gewandt. Sie fauchte und keifte in den Garten hinein. Ihr Schwanz glich einer überdimensionalen Flaschenbürste und peitschte hin und her.

Von der anderen Seite der Mauer hörte Socke eine männliche Stimme, die in unnatürlich hoher Tonlage lockte: »Komm, süßes Miezekätzchen, ich hab da ein ganz feines Leckerle für dich«, begleitet von aufgeregtem Gekläffe. Letzteres stammte eindeutig von Dackeldame Angelique.

»Blöder Köter!«, kreischte Suleika.

»Hast du Angst vor dem Hundi? Das ist doch eine ganz Liebe, die tut dir nichts, die will nur spielen. Komm!«, beteuerte der Mann mit süßlichem Tonfall.

Suleika schien auszuholen, ihr Hintern wackelte bedenklich und das Fauchen wurde eine Nuance schriller. Dann stieß sie weitere Schimpfworte aus, bei denen Socke sich wunderte, wo sie die herhatte.

Socke setzte sich auf die Schwelle zu Peters Haus und lauschte fasziniert. Nebenan öffnete sich die Haustür. Grautigerin Clooney nebst ihrem Sohn Gismo schlüpften ins Freie.

»Was ist denn hier los?«, staunte der Jungkater.

Clooney kicherte schadenfroh.

Das Bellen auf der anderen Seite der Mauer wurde zu einem Knurren. »Warte hier!«, forderte Angeliques Herrchen von Suleika und schien sich entfernen zu wollen.

»Du Flohficker!«, rief die Perserin. »Kratzbaumkacker!«

»Kesselflickerkatze!«, entgegnete Angelique.

»Komm jetzt«, war die Stimme ihres Menschen zu vernehmen, dann verschwand er mit der zeternden Dackeldame außer Hörweite.

»Pussypisser!«, schickte die aufgebrachte Suleika ihnen nach und wandte sich um.

Drei Augenpaare starrten sie erstaunt an.

»Wo hat die bloß die ganzen Schimpfwörter her?« In Gismos Stimme schwang eine gewisse Bewunderung mit.

»Was ist denn ein Pussypisser?«, verlangte Clooney zu wissen.

»Ach, halt doch die Schnauze!«, erwiderte die Perserin, bevor sie sich besann. »Dieser Flegel behandelt mich wie eine ordinäre Straßenkatze«, beschwerte sie sich und fiel in ihren gewohnten blasierten Tonfall zurück.

»Du klingst ja auch so«, murmelte Gismo leise.

Sockes Schnurrhaare zuckten amüsiert. Wenn er das Mimi erzählen würde. Der Gedanke an seine geliebte Freundin ließ ihn nachdenklich werden. Wo war sie nur?

»Hat er dir zu fressen gegeben?«, interessierte sich Clooney.

»Er hat gesagt, ich bekomme erst etwas, wenn er mich gebürstet hat. Pah, ich bin doch kein Babykätzchen.«

»Das ist echt gemein«, erklärte sich die Grautigerin solidarisch. »Aber du musst dir das wohl gefallen lassen, wenn du nicht hungern möchtest«, schob sie schadenfroh nach. »Ich habe nämlich nichts Essbares über.

Du etwa?« Sie blickte Socke fragend an. Der hielt den Blick grübelnd auf seine Vorderpfoten gesenkt.

»Ist was mit dir?«, erkundigte sie sich, als er nicht reagierte.

Der Kater hob den Kopf. »Mimi ist verschwunden«, antwortete er leise.

»Immer noch?«, entfuhr es Clooney.

»Schon wieder?«, zeigte sich Suleika ebenfalls verwundert. »Sie ist doch gerade erst wieder gefunden worden. Es wird hoffentlich nichts Schlimmes passiert sein.« Einen Moment hatte es den Anschein, sie habe ihre eigenen Probleme vergessen. Sie blickte besorgt in die Runde.

»Ey, Kumpel, Katzen sind so«, versuchte Gismo Socke zu trösten, »mal rücken sie dir auf die Pelle und sind anschmiegsam und dann verpassen sie dir eine und verschwinden tagelang. Das ist normal. Weiber eben!«

Clooney schien es aufgrund der Weisheiten ihres Sprösslings einen Moment die Sprache verschlagen zu haben.

Suleika ließ sich zu einem missbilligenden »Pah!« herab.

Socke straffte sich. »Du hast recht, ich drehe jetzt eine Runde, vielleicht ist sie inzwischen wieder aufgetaucht.« Er wandte sich zum Gehen.

»Hoffentlich ist sie nicht entführt worden«, hörte er Clooney in seinem Rücken sagen. Er achtete nicht auf sie. Wahrscheinlich hatte Gismo recht, man musste nicht immer gleich das Schlimmste annehmen.

Auf halbem Weg zum Amerikaplatz begegnete ihm Angeliques Herrchen, diesmal ohne die Dackeldame, und Socke grinste in sich hinein. Die zweite Runde zwischen ihm und Suleika würde er wohl leider verpassen.

*

Kevin Zweibold hatte Mühe, sich auf den Mathematikunterricht zu konzentrieren. Nicht nur, dass ihm vor lauter Müdigkeit immer wieder die Augen zufielen. Das, was er am Abend zuvor erlebt hatte, ließ ihn nicht mehr los.

Er und sein Kumpel Marcel waren in der »Badewanne« gewesen. Ein lächerlicher Name für die Kneipe. Aber es handelte sich um die Stammkneipe von Kevins Vater, und als Marcel ihm angeboten hatte, mit ihm hinzufahren, war er neugierig geworden. Marcel und Kevin spielten zusammen Handball, und gestern beim Training hatte der 21-Jährige Kevin auf seinen Vater angesprochen, den er am Steintor gesehen habe. »Ey, wenn du willst, nehm ich dich mit dorthin. Ich wollte heute sowieso mal wieder einen Zug durch die Gemeinde machen«, hatte Marcel ihm angeboten.

Kevin hatte nicht lange überlegt. Seit dessen Auszug hatte er nicht mehr mit seinem Erzeuger gesprochen. Er fühlte sich gekränkt und war der Meinung, sein Vater schulde ihm etwas. Das hatte er vor Kurzem Marcel gegenüber erwähnt und der bestärkte ihn darin, seinen Vater zur Rede zu stellen.

So hatte sein Sportkamerad ihn also gegen 23 Uhr von zu Hause abgeholt. Kevin war heimlich aus dem Fenster geklettert und die beiden fuhren mit Marcels Honda Transalp ins Rotlichtviertel Hannovers. Dank Marcel und seinen Kumpels wurde Kevin problemlos in die Badewanne hineingelassen, wo es ziemlich schmuddelig war. Die Bedienungen trugen tatsächlich Bademäntel, allerdings waren die ziemlich zerschlissen und bedeckten sie nur unvollständig. Seinen Vater trafen sie nicht an, doch sein Name war offensichtlich bekannt. Ein Stammgast versuchte Kevin direkt anzupumpen, nachdem Marcel ihn als Stefan Zweibolds Sohn vorgestellt hatte.

»Er kommt immer erst so gegen eins«, erklärte Kevin eine rothaarige Bardame, während sie ihm, weit über den Tresen gebeugt, tiefe Einblicke in ihr Dekolleté gewährte. Mit einem »Geht aufs Haus« schob sie ihm einen Whisky hin. Kevin schüttelte den Kopf, und Marcel schnappte sich das Glas. Es blieb nicht bei dem einen. Sein Begleiter wurde zusehends betrunkener. Schließlich machte Kevin sich heimlich aus dem Staub. Es war, im wahrsten Sinne des Wortes, eine Schnapsidee gewesen, herzukommen.

Auf seinem Weg zur U-Bahn-Station entdeckte er ihn. Der Anzug seines Vaters hatte schon bessere Tage gesehen, ganz im Gegensatz zu dem seines Begleiters, dessen schwarz glänzendes Outfit mit Patches in Leopardenoptik verziert war. So stellte sich Kevin einen Zuhälter vor.

»Kevin?« Sosehr er sich vorher noch ein Gespräch mit seinem Erzeuger gewünscht hatte, so sehr wünschte er sich nun, dieser hätte ihn nicht bemerkt. »Was machst du denn hier?«

Dasselbe könnte ich dich fragen, schoss es ihm durch den Kopf. »Hab einen Freund besucht«, log er.

»Ich bring dich nach Hause.« Stefan Zweibolds Aussprache klang leicht verwaschen.

»Nicht nötig, ich nehme die Bahn.« Kevin wich der Hand seines Vaters aus, die ihn am Arm packen wollte. Dessen Begleiter betrachtete ihn mit einem spöttischen Grinsen.

»Komm doch die Tage mal in meine neue Kanzlei.« Damit streckte ihm sein Vater mit beinahe flehentlichem Gesichtsausdruck eine Visitenkarte entgegen.

Kevin hatte sie genommen und war gegangen. Nun zog er die zerknitterte Karte aus seiner Hosentasche und betrachtete sie unter der Schulbank.

»Kevin Zweibold! Hast du vor, die ganze Stunde zu verschlafen?«, drang die Stimme seines Mathelehrers an sein Ohr.

*

»Lisa hofft, zur Wochenmitte wieder fit zu sein«, berichtete Hauptkommissar Peter Flott nach einem Telefonat mit der Kollegin, als sich das Ermittlerteam im Besprechungsraum eingefunden hatte.

»Was hat sie denn?«, erkundigte sich Ulrich Zeitler. Der Chef der Spurensicherung nahm häufig an ihren Meetings teil, um sie über die aktuellen Ergebnisse aus seiner Abteilung zu unterrichten. So war zumindest die offizielle Begründung für diese sonst nicht übliche Vorgehensweise. In Wahrheit liebte es der gelernte Kriminaltechniker einfach, neben der Sicherung der Spuren diese auch auszuwerten, und Peter schätzte seine unvoreingenommene Sichtweise, die den zuständigen Kripo-Mitarbeitern manchmal verloren ging.

»Sie hat so einen gemeinen Darmgrippevirus und kann so gut wie gar nichts bei sich behalten«, antwortete Toni und blickte Fritz gedankenverloren an, der gerade herzhaft in ein Mandelhörnchen biss. »Meinst du wirklich, sie ist so schnell wieder fit?«, zweifelte sie.

Peter zuckte mit den Schultern. »Sie behauptet, ja. Krankgeschrieben ist sie bis einschließlich Mittwoch.«

»Ich habe jedenfalls meinen Urlaub um drei Tage verschoben«, verkündete die junge Frau.

Fritz hielt im Kauen inne und sah sie mit offenem Mund an.

»Wir wollen Verwandte besuchen«, bemerkte Toni leichthin. »Da kommt es auf ein paar Tage früher oder später nicht an.«

Der Ältere klappte den Mund zu. »Wollte Basti dich nicht seinen Eltern vorstellen?«

»Sind Eltern etwa keine Verwandten?«, lautete die schnippische Gegenfrage.

»Na ja, ich würde jedenfalls ganz gerne mal die Freundin meines Sohns kennenlernen, wenn die schon über ein Jahr zusammen sind«, beharrte Fritz.

Seine Kollegin ging nicht auf diesen Einwurf ein. »Was ist nun«, wandte sie sich stattdessen an den Hauptkommissar, »war es Mord oder Selbstmord?«

Peter blätterte in dem Ausdruck der Mail aus der Gerichtsmedizin, die soeben gekommen war. Er hatte noch keine Zeit gefunden ihn durchzulesen. »Mord. Tatzeit liegt zwischen 20 und 22 Uhr am Sonntagabend, also während der Tatort lief. Wie es aussieht, hat ihm jemand aus nächster Nähe in die Schläfe geschossen.«

Fritz bediente sich aus der Kaffeekanne, die er vorher auf den Tisch gestellt hatte. »Und es ist ausgeschlossen, dass er selbst dieser Jemand war?«

»Es wurden zwar Schmauchspuren an seiner Hand festgestellt, aber kein Blut. Normalerweise ist das aber der Fall. Außerdem fehlt eine Stanzmarke, will heißen, der Schuss war nicht aufgesetzt, was für einen Selbstmord sehr ungewöhnlich wäre. Genauso wie der Einschusswinkel, der von oben nach unten verläuft. Eine ziemlich unbequeme Methode, sich das Leben zu nehmen. Immerhin ist eine Sig Sauer kein Leichtgewicht.«

»Dazu kommt«, schaltete sich jetzt der Chef der SpuSi ein, »dass ein weiterer Schuss abgegeben wurde. In die Polsterlehne des Sessels, in dem er saß.«

»Der Mörder wollte es vermutlich so aussehen lassen«, nahm Peter den Ball auf, »dass Oberwasser einen Probeschuss abgegeben hat, um die Waffe zu testen.«

»Und in Wahrheit hat der Mörder ihm die Waffe hinterher in die Hand gelegt und abgedrückt. Weil er oder sie wusste, dass wir seine Hände auf Schmauchspuren untersuchen werden«, ergänzte Toni und nickte verstehend. »Also jemand vom Fach, ein Kollege?«

»Na ja, so was erfährst du aus jedem zweiten Krimi.« Fritz rührte nachdenklich in seiner Kaffeetasse und schob ihr einen Teller mit Gebäck hin.

»Ist doch gleich Mittag«, sagte Toni ablehnend. Dann straffte sie die Schultern. »Also haben wir einen neuen Mordfall. Vielleicht sollte ich besser meinen Urlaub ganz absagen …«

Fritz sah sie stirnrunzelnd an.

Peter wandte sich derweil an den Chef der Spurensicherung. »Habt ihr schon etwas über die Waffe herausgefunden?«

Der schüttelte den Kopf. »Wie erwartet ist sie nicht registriert. Also hat er sich die wahrscheinlich übers Darknet oder einen ehemaligen Knastbruder besorgt.«

»Doch wohl eher der Mörder«, fiel Toni ihm ins Wort.

»Oder der«, stimmte ihr Kollege ihr zu. »Dafür spricht auch, dass wir keine Munition in der Wohnung gefunden haben.«

»An seiner linken Hand gab es Spuren von Diamorphin«, las Peter weiter im Obduktionsbericht.

»Heroin?«, stellte Ulrich Zeitler fest.

Der Hauptkommissar nickte. »Keine Einstichstellen«, ergänzte er, »und bisher keine Hinweise auf Drogenkonsum. Die Haaranalyse steht noch aus.«

»In seiner Wohnung haben wir jedenfalls keine Rauschmittel gefunden. Wenn man mal von der Bierflasche im Kühlschrank absieht.« Der Chef der SpuSi grinste. »Im Ernst, wenn er gedealt hat, dann hat er das Zeug jedenfalls nicht zu Hause aufbewahrt.«

»Oder der Mörder hat es mitgenommen«, kam es von Toni.

»Oder er ist im Laufe des Tages irgendwo mit Heroin in Berührung gekommen«, schlug Fritz vor.

»Wir müssen uns in seinem Umfeld umhören. Seine Eltern sind tot. Sein Bruder wohnt zwar in Hannover, hatte aber nach eigenen Angaben seit Jahren keinen Kontakt mehr zu ihm. Er war auch nicht sonderlich bestürzt über seinen Tod«, berichtete Peter. »Wir sollten natürlich trotzdem noch mal mit ihm reden, jetzt wo klar ist, dass es kein Suizid war.« Er sah Toni auffordernd an.

Die nickte und blieb gegen ihre sonstige Gewohnheit folgsam und ohne Widerworte.

»Du, Fritz, kundschaftest seinen Freundeskreis aus. Nimm am besten mit der JVA Kontakt auf, immerhin war er gerade mal zwei Monate auf freiem Fuß.«

Der Angesprochene machte sich eine kurze Notiz und sah auf die Uhr. »Mach ich, gleich nach dem Mittagessen.« Er wollte aufstehen.

»Etwas hab ich noch«, kam es von Zeitler.

Brummend sank der ältere Kollege zurück auf seinen Platz.

»Bei den Fingerabdrücken gab es einen Treffer. Ein gewisser Kai Krüger, mehrfach vorbestraft. Einbruchdiebstahl, Hehlerei, Verstoß gegen das Betäubungsmittelgesetz. Von ihm haben wir einen wunderschönen Abdruck an der Türklinke gefunden. Er muss also vor Kurzem dort gewesen sein.«

»Vielleicht sein Dealer?«, mutmaßte Toni.

Der Hauptkommissar raffte die vor sich liegenden Papiere zusammen. »Den nehme ich mir vor.«

Fritz erhob sich. »Mahlzeit!«

*

Abraham Bayerlein, für seine Freunde kurz Abe, blickte aus dem Fenster seines Büros auf den Platz Am Steintor und beobachtete, wie Stefan Zweibold auf seinen klapprigen Golf zuging.

Bevor er einstieg, sah der Anwalt noch einmal zu ihm herauf. Sein Blick hatte etwas Unterwürfiges, Abe verzog keine Miene. Er würde sich wohl über kurz oder lang von Zweibold trennen müssen. Er war ein passabler Jurist, der gerade im Strafrecht um Schlupflöcher und Spitzfindigkeiten wusste. Vor allem, das musste Bayerlein ihm lassen, kannte er seine Gegner. Wie es schien, führte Zweibold über halb Hannover Buch und wusste deshalb oft Dinge, die die Gegenpartei zum Schweigen brachten. Er beherrschte es perfekt, Andeutungen zu machen, die seine Gesprächspartner verunsicherten, ohne sie direkt auszusprechen. Aber er war nie ein ganz Großer geworden, denn er war vor allem eine Memme. Gerade eben hatte er sich wieder zu einem »Musste das sein?« hinreißen lassen, als Abe nebenbei zugegeben hatte, diese kleine Schlampe aus der Badewanne etwas härter angefasst zu haben.

»Die rennt schon nicht gleich zu den Bullen«, hatte Bayerlein ihm kopfschüttelnd geantwortet.

Zweibold hatte die Schultern hochgezogen und

gemurmelt: »Man hätte sie auch anders überzeugen können.«

Der Geschäftsmann hatte ihn mit einem Blick zum Schweigen gebracht und das Gespräch für beendet erklärt.

Jetzt sah er Zweibolds Golf hinterher, der langsam aus seinem Blickfeld verschwand, und schüttelte erneut den Kopf. Der Typ war ein Weichei, in jeder Beziehung. Das äußerte sich nicht nur in seinem Verhältnis zu Alkohol und anderen Drogen – er konnte einfach nicht nein sagen –, sondern vor allem in seiner Einstellung zu seinen Mitmenschen. Wahrscheinlich war er schon im Kindergarten einer gewesen, der seinen Kumpels den Teddybär weggenommen hatte, um sie zu ärgern, anstatt ihnen eins auf die Nase zu geben, so wie er, Abe, es getan hatte. Am Ende war Klein Stefan bestimmt heulend zu seiner Mami gelaufen und hatte gepetzt.

Bayerlein riss sich von dem Blick auf den Steintorplatz los, der ihm im Moment wegen der vielen Baustellen sowieso ein Dorn im Auge war. Er musste sich von Zweibold trennen, bevor der wieder zur flennenden Petze werden würde.

*

»Haben Sie einen Termin oder ist es ein Notfall?« Die junge Frau hinter dem Tresen sah sie mitfühlend aus ihren veilchenblauen Augen an. »Sina Hartwig«, stand auf dem Schild an ihrem Revers.

»Dann wohl eher Notfall.« Toni zückte ihren Ausweis und hielt ihn der Arzthelferin hin.

»Polizei«, staunte die. »Ist was passiert?«

»Ich muss mit Dr. Oberwasser reden.«

»Hat er etwas angestellt? Es ist doch nichts mit seiner Tochter? Oder ...?« Unruhig wanderte der Blick der jungen Frau zu einer Tür, hinter der sich vermutlich das Behandlungszimmer des Zahnarztes befand.

»Wir benötigen lediglich eine Zeugenaussage von ihm.«

»Aber was ...?« Sina Hartwig fuhr sich mit einer fahrigen Geste durch die kurzen blonden Haare. Als sie merkte, dass ihr Gegenüber sich zu keiner weiteren Äußerung hinreißen ließ, erhob sie sich schließlich. »Setzen Sie sich bitte noch einen Moment ins Wartezimmer, ich sag dem Doktor Bescheid.«

Toni bedankte sich und betrat mit einem Gruß das Wartezimmer. Mit einem Nicken wurde er von den wartenden Patienten erwidert. Toni griff sich eine der Zeitschriften, die auf einem niedrigen Tisch auslagen, und setzte sich.

»Die zehn schönsten Brautfrisuren« – ups, was hatte sie denn da erwischt. Schnell blätterte sie weiter: »Sieben Fitnessregeln, die Sie kennen sollten«, »Welcher BH passt zu Ihrem Oberteil?« Genervt sah sie auf die Uhr. Wie lange dauerte das wohl noch?

»Extra: Psychotest – Sind Sie beziehungskompliziert?«, stand auf der kleinen beigelegten Broschüre. Tonis Gedanken wanderten zu ihrem Freund Sebastian. Seit einem guten Jahr waren sie nun ein Paar und hatten schon einiges miteinander durchgemacht. Tonis Vater zum Beispiel machte immer wieder Ärger, denn er hätte seine Tochter lieber hinterm Herd gesehen statt hinterm Schreibtisch. Erst recht, wenn dieser Schreibtisch bei der Kriminalpolizei stand. Dass der Freund seiner Tochter ebenfalls bei der Polizei arbeitete, war dem Patriarchen ein weiterer Dorn im Auge. Er hatte andere Pläne für seinen einzigen Sprössling, schließlich sah Toni ja ganz passabel aus, wie er betonte. Toni ballte ihre Hand zur Faust bei dem Gedanken daran, was ihr Erzeuger schon alles unternommen hatte, um sie und Basti auseinanderzubringen und sie selbst anderweitig zu verkuppeln. Heirat und Ehe war für sie seither ein rotes Tuch, und die Tatsache, dass ihr Freund sie seinen Eltern vorstellen wollte, behagte ihr gar nicht. Sie musste zugeben, dass sie versuchte, sich davor zu drücken. War sie beziehungskompliziert? Sie öffnete das kleine Heftchen. »Streiten Sie sich oft mit Ihrem Partner?«

»Frau Boccabella, kommen Sie bitte mit?«, brachte Frau Hartwig sie in die Realität zurück.

Wenig später empfing Dr. Thorsten Oberwasser sie im Pausenraum.

»Auch einen?«, fragte er und hantierte an dem Kaffeevollautomaten in der Küchenecke.

»Danke, nein«, antwortete die Kommissarin und schob unauffällig das kleine Heft, das sie in der Eile mitgenommen hatte, in die Gesäßtasche ihrer Jeans. »Es geht um Ihren Bruder«, eröffnete sie das Gespräch.

»Ich habe Ihren Kollegen doch schon alles gesagt. Wir hatten seit Jahren keinen Kontakt. Seit …« Er ließ den Satz unvollendet.

»Seit wann?«, hakte Toni nach.

»Na, seit dieser Sache damals.« Er rührte heftig in seiner Kaffeetasse, obwohl er weder Milch noch Zucker hineingegeben hatte. »Warum interessiert Sie das denn überhaupt so brennend? Wollen Sie mir einreden, ich sei schuld an seinem Selbstmord, weil ich mich nicht um ihn gekümmert habe? Glauben Sie mir, die große Geschwisterliebe war das nie. Wir hatten uns nie wirklich etwas zu sagen.«

»Mit ›dieser Sache‹ meinen Sie den Mord an Adalbert Sontheim?«, wollte Toni wissen.

Oberwasser nickte. »Unsere Mutter war gerade gestorben, Krebs im Endstadium, ging ganz schnell. Unser Vater lag mit Herzinfarkt im Krankenhaus, aber Philipp hat sich ja lieber auf Partys mit den Reichen und Schönen rumgetrieben. Erst hat er diesen Sontheim bewundert, der war ein Promi, Staranwalt, das wollte Philipp auch sein.« Er trank einen Schluck. »Aber sein Idol war wohl mehr an Philipps schicker Freundin interessiert. Angeblich hat ihm das nichts ausgemacht. Hat behauptet, sie seien seit Längerem getrennt. Wer's glaubt.« Er lehnte sich zurück und verschränkte die Arme vor der Brust.

»Wann haben Sie Ihren Bruder zum letzten Mal gesehen?«

»Das war kurz vor dem Mord. Am Krankenbett unseres Vaters. Zur Beerdigung ist er nicht gekommen. Vielleicht ging das nicht, er war ja schon im Knast, aber vermutlich wollte er einfach nicht.«

War er deshalb so wütend auf seinen Bruder? Weil der nicht am Grab seines Vaters erschienen war? Auf jeden Fall hatte er danach den Kontakt zu ihm abgebrochen und wusste rein gar nichts über dessen Umgang in letzter Zeit. Die Tatsache, dass Philipp Oberwasser vermutlich ermordet worden war, entlockte dem Arzt lediglich ein unfrohes Lachen und den Kommentar: »Er wird es verdient haben.« Damit war für Dr. Thorsten Oberwasser das Gespräch beendet. Er erhob sich und machte Anstalten, den Raum zu verlassen.

Toni trat ihm in den Weg. »Gibt es noch weitere Verwandte? Freunde aus der Schulzeit?«

»Zwischen uns liegen fast fünf Jahre Altersunterschied und wir haben noch nicht einmal dieselbe Schule besucht. Keine Ahnung!«

*

»Meinst du, sie ist aus Versehen in ein Auto eingestiegen?« Revierchef Mikey sah Socke zweifelnd an.

Der saß mitten auf dem kleinen Fußweg vor Peters Haus und ließ Kopf und Schnurrhaare hängen. Um ihn herum hatten sich Mikey, Clooney und Gismo versammelt und beratschlagten, wie sie Mimi wiederfinden konnten. Die hübsche Glückskatze war nun bereits seit mindestens einem Tag verschwunden und Socke war davon überzeugt, dass sie nicht freiwillig fernblieb. Das würde sie ihm nicht antun. Nicht nach allem, was passiert war. Sie wusste, dass Socke sich beim letzten Mal große Sorgen gemacht hatte. Die Meinungen der anderen Katzen zu diesem Thema waren unterschiedlich.

Während Gismo ihre Abwesenheit als typisch weibliche Attitüde abtat, konnte sich seine Mutter nicht vorstellen, dass sie ohne Not gleich mehrere Mahlzeiten ausließ. Mikey neigte dazu, ihr zuzustimmen, denn Mimi hätte sich bestimmt abgemeldet, wenn sie eine kleine Auszeit hätte nehmen wollen.

»Sie muss doch wissen, dass ich mir Gedanken mache«, maunzte Socke verzweifelt.

»Möglicherweise steckt eure Beziehung in einer Krise«, erklärte Gismo mit wichtiger Miene.

Er erntete verständnislose Blicke.

»Das sieht man oft bei den Menschen. Das Fernsehprogramm ist voll mit Filmen über gescheiterte Ehen. Warum sollte es bei uns Katzen anders sein?«, gab sich der Jungkater altklug. »Habt ihr euch in letzter Zeit oft gestritten?«, wollte er von Socke wissen.

Der machte große Augen. »Nein, überhaupt nicht.«

»Vielleicht hat sie einen anderen«, brachte Gismo eine weitere Möglichkeit ins Spiel.

Der weißpfotige Kater fauchte ihn wütend an.

»Das kommt dauernd vor. Siehst du nicht fern?«, verteidigte Gismo sich.

»Bei den Menschen, aber doch nicht in Katzenkreisen«, belehrte Mikey ihn. »Und wenn, hätte Socke das gemerkt. Wir Katzen haben ein viel besseres Gespür für so etwas.«

»Genau.« Clooney richtete sich auf. »Ich hätte es sicher auch gemerkt.« Damit sprang sie auf die verwaiste Mauer. »Hat eigentlich in letzter Zeit jemand Champion gesehen?«, erkundigte sie sich dann nachdenklich nach dem Norwegischen Waldkater, der auch mit im Revier lebte.

»Der treibt sich momentan hauptsächlich vorne beim Seniorenstift herum«, wusste der Revierchef. »Hat da mehrere Anlaufstellen und ist der Liebling sämtlicher Bewohner.«

»Du meinst also nicht, dass er mit Mimi durchgebrannt ist?«, vergewisserte sich Gismo.

Socke schlug mit seiner Pfote nach dem Jungkater, der sich gerade rechtzeitig in Sicherheit bringen konnte. »Spinnst du?«

»Ich habe ihn gestern noch gesehen«, besänftigte Mikey seinen Katzenkumpel, »da hatte er es eilig, in das Stiftsgebäude zu kommen, die gehen dort nämlich zeitig schlafen, meinte er. Ich hatte nicht den Eindruck, dass er Geheimnisse vor mir hat.«

»Tatsache ist aber: Mimi ist verschwunden!«, maulte Gismo und begann wütend in Peters Vorgarten herumzubuddeln.

»Da hast du recht«, lenkte der Revierchef ein. »Und vermutlich ist sie in Not. Wir müssen uns etwas einfallen lassen.«

»Hihi, Suleika würde jetzt sagen, wir sollen das den Menschen überlassen.« Clooney hatte ihnen den Rücken zugedreht. »Sie sitzt dadrin und will uns, glaube ich, eine Mitteilung machen.« Sie kicherte.

»Guter Vorschlag, Clooney, wir müssen die Menschen dazu bringen, nach Mimi zu suchen«, lobte Mikey.

»Sag ich doch.« Die mollige Grautigerin blickte selbstzufrieden über ihre Schulter auf die anderen herunter.

Gismo hielt in seiner Bewegung inne und begann übergangslos, sich den Dreck von den Pfoten zu putzen. »Ein Suchtrupp«, nuschelte er. »So neu ist die Idee nun auch nicht.«

»Jetzt klopft sie sogar mit der Pfote an die Scheibe«, kommentierte Clooney Suleikas Gebaren hinter der Terrassentür. »Ich kann dir nicht helfen, Suleika, so leid es mir tut, dass du eingesperrt bist«, artikulierte sie, ganz im Gegensatz zu dem Gesagten ohne Bedauern in der Stimme. Danach sprang sie zu den anderen Katzen auf den Fußweg herunter.

»Eingesperrt?«, wiederholte Socke nachdenklich. »Klar, du bist genial!« Er leckte Clooney in spontaner Begeisterung übers Ohr. »Mimi ist bestimmt versehentlich irgendwo eingesperrt worden und kommt nicht mehr raus.«

»Mein Reden.« Clooney streckte sich. »Wir sollten einen kleinen Imbiss nehmen. Und dann unterstützen wir die Menschen besser und machen uns ebenfalls auf die Suche.«

*

»Wollen wir uns heute Abend treffen? Ich lade dich auf eine Pizza ein«, schlug sein Vater in einschmeichelndem Tonfall vor.

Einen Moment war Kevin Zweibold versucht, die Verbindung einfach zu unterbrechen. Wenn er gewusst hätte, wer sich hinter der unbekannten Telefonnummer verbarg, hätte er das Gespräch erst gar nicht angenommen. »Keine Zeit, ich muss in der Nachbarschaft eine Katze sitten und Blumen gießen.«

»Sparst du immer noch auf einen Hund?«

Verächtlich stieß Kevin die Luft aus. »Und wenn es so wäre? Geht dich nichts mehr an.«

»Ey, Mann«, gab sein Vater sich kumpelhaft, »es war falsch, dir kein Haustier zu erlauben. Ich mache es wieder gut, ich kaufe dir einen Hund. Ist das was?«

»Spar dir deine Mühe ... und das Geld. Ich will keinen Hund mehr.«

»Eine Katze?«, riet Stefan Zweibold beinahe verzweifelt.

Sein Sohn verdrehte die Augen. »Das kann dir egal sein. Wenn du so viel Geld über hast, dann zahl lieber Mom endlich den Unterhalt.«

»Hat sie sich über mich beschwert?«, kam es lauernd.

»Was wäre dann?«

»Hör zu, ich bezahle. Bald. Ich bin an einer großen Sache dran ... Ich meine ... ein Auftrag. Ja, ein Auftrag. Ich habe einen großen ... äh ... einen Deal in Aussicht. Bald sind wir alle Sorgen los.«

Kevin Zweibold schüttelte den Kopf, während sein Vater weiterstotterte. Der wollte ein erfolgreicher Anwalt sein? Er klang eher wie ein Kleinganove.

»Ich leg jetzt auf«, fiel er ihm ins Wort und beendete das Gespräch.

Der Mann war einfach nur peinlich. Und was sollte das Gerede von dem großen Auftrag? War er der Anwalt oder der Handlanger von diesem Zuhältertypen, mit dem er ihn gestern gesehen hatte? Das würde natürlich zu ihm passen, sein Vater als Speichellecker von so einer halbseidenen Gestalt. Er war froh, dass sein Sportskamerad nicht dabei gewesen war, als er seinen Vater mit diesem Typen getroffen hatte. Die spotteten so schon über den »Winkeladvokaten«, wie sie ihn abfällig bezeichneten. Kevin schämte sich für ihn. Wenn er mit der Schule fertig war, würde er weggehen aus Hannover. Weit weg. Irgendwo hin, wo keiner ihn und seinen Erzeuger kannte.

*

Peter betrat die Kneipe. Ein auskunftsfreudiger Nachbar hatte ihm den Tipp gegeben, es in der Sportsbar an der Ecke zu versuchen, nachdem er erfolglos an der Wohnungstür des Gesuchten geklingelt hatte. Im Halbdunkel des Raums erkannte der Hauptkommissar zwei Personen in dem kleinen Lokal. Den Wirt, der hinter der Theke stand, Gläser polierte und dabei den Bildschirm an der Wand links von ihm nicht aus den Augen ließ. Und einen einzelnen Gast an der Theke.

»Herr Krüger? Kai Krüger?«

»Wer will das wissen?«

Peter Flott zückte seinen Ausweis und zeigte ihn dem bärtigen Mittvierziger mit bulliger Statur. Er kannte ihn von den Polizeifotos.

Krüger hob beschwichtigend die Hände. »Ey, ich hab nichts verbrochen. Ist schließlich nichts Verbotenes daran, in der Kneipe ein Bier zu trinken.«

»Ich möchte Ihnen nur ein paar Fragen stellen. Darf ich?« Peter zeigte auf den freien Barhocker neben Krüger.

»Klar doch, kann ich unseren Freund und Helfer zu einem Bierchen einladen oder ist das Beamtenbestechung?« Er lachte dröhnend und gab dem Wirt ein Zeichen, dann verschränkte er die muskulösen Arme vor der Brust. Seinen rechten Bizeps zierte ein Tattoo, eine Schlange.

Peter ging nicht auf seine Frage ein. »Kennen Sie einen Philipp Oberwasser?«

»Phil? Klar, aus dem Knast. Hat er was ausgefressen? Eigentlich ist er eher der Typ, der andere die Drecksarbeit machen lässt. Obwohl bei diesem Promi-Anwalt damals ist ihm ja wohl auch die Hand ausgerutscht.«

»Sie scheinen ihn nicht besonders zu mögen«, stellte der Hauptkommissar fest.

»Das kann man so nicht sagen. Im Knast herrscht ein deftigerer Umgangston. Sie wissen doch: Was sich liebt, das neckt sich.« Er grinste und machte einen Kussmund.

Peter reagierte nicht auf seine Provokation.

»Was ist jetzt, hat der gute Phil wieder einen abgemurkst?« Krüger machte mit der Hand eine Geste, als schneide er sich die Kehle durch, und wollte sich über diesen geschmacklosen Witz beinahe ausschütten vor Lachen.

»Er ist tot«, warf der Kommissar ihm hin.

Schlagartig verstummte Krüger und starrte ihn mit offenem Mund an. Seine Augen weiteten sich. »Hat ihn jemand …?« Noch mal diese Geste.

Wusste er tatsächlich nichts über das Ableben seines ehemaligen Knastkumpels? Oder war er ein guter Schauspieler? Peter vermochte es nicht zu beurteilen.

Sicher war jedoch: Wenn Krüger gestern noch bei Oberwasser gewesen war und ihn nicht getötet hatte, dann war er wahrscheinlich der Letzte, abgesehen vom Mörder, der ihn noch lebend gesehen hatte. Sonst wären keine so deutlichen Fingerabdrücke auf dem Türgriff zu finden gewesen. Und diese Fingerabdrücke sprachen wiederum gegen ihn als Täter. Krüger war zwar nicht der hellste Kriminelle, was sein Vorstrafenregister eindrücklich belegte. Aber seine Abdrücke hätte er ihnen wohl kaum so auf dem Silbertablett serviert.

Der Hauptkommissar antwortete mit einer Gegenfrage: »Wann haben Sie ihn das letzte Mal gesehen?«

Der Wirt stellte zwei frisch gezapfte Pils vor die Männer auf den Tresen. Krüger griff sofort zu seinem Glas und nahm einen tiefen Schluck. Anschließend prostete er Peter zu. »Wohl bekomms!«

»Wann?«, wiederholte der.

»Da muss ich nachdenken«, versuchte Krüger offensichtlich Zeit zu schinden. »Ich glaube, das war kurz vor seiner Haftentlassung.«

»Denken Sie genauer nach. Wir haben Ihre Fingerabdrücke in Oberwassers Wohnung sichergestellt.«

»Mist!« Krüger schlug mit der Faust auf den Tresen, trank noch einen weiteren Schluck. »Wo haben Sie die denn gefunden?«, fragte er, obwohl er natürlich wissen musste, dass Peter ihm darauf keine Antwort geben würde. Er versuchte eindeutig, Zeit zu gewinnen.

Der Hauptkommissar schwieg.

Sein Gegenüber leerte sein Glas. »Also gut«, antwortete er schließlich. »Ich war gestern bei ihm. Kurz.

Wollte hören, wie es ihm so geht. Ist ja nicht so leicht nach 15 Jahren im Bau.«

Peter nahm ihm das nicht ab. »Sie sind also aus purer Nächstenliebe zu ihm gegangen?«

»Klar.« Krüger verschränkte die Arme vor der Brust.

»Und wie ging es Ihrem *Freund?* Kam er mit der Situation zurecht oder mussten Sie ihn … aufmuntern?«

»Sie meinen, ich habe ihm Drogen vorbeigebracht?« Krügers Augen verengten sich. »Nee! Ich hab nix mehr mit dem Zeug zu tun. Das waren Jugendsünden. Haben Sie etwa was bei ihm gefunden?« Herausfordernd beugte er sich vor, sodass der Kommissar seinen Bieratem roch.

Auch auf diese Frage ging Peter nicht ein. »Wie ging es ihm denn?«, wiederholte er stattdessen seine Frage.

»War ziemlich schweigsam. Bin da bald wieder gegangen. Mit seinem Tod hab ich nichts zu tun. Meinen Sie, ich hätte Ihnen sonst meine Fingerabdrücke dagelassen?«

*

Wie lange war sie schon hier eingesperrt?

Sie hatte nagenden Hunger, also musste es inzwischen länger als ein Tag sein. Doch noch schlimmer als der Hunger war diese Enge. Es war ihr beinahe unmöglich, ihren Exkrementen auszuweichen, die sie notgedrungen in einer Ecke hinterlassen hatte. An den Geruch hatte sie sich mittlerweile gewöhnt.

Aber am allermeisten quälte sie die Ungewissheit. Was hatte er mit ihr vor? Sie war doch nur eine einfache Katze! Ihr Fell war zwar schön, darauf achtete sie oder hatte dies zumindest bisher getan. Außerdem – wenn er es darauf abgesehen hätte, wäre sie sicher schon lange tot.

Was also plante er mit ihr?

Er hatte wenig geredet und diese wenigen Worte hatten ihr Angst gemacht. »Ich ziehe dir sämtliche Krallen aus den Pfoten«, hatte er sie gewarnt, als sie versucht hatte, ihn zu kratzen. »Ich breche dir dein dämliches Rückgrat, dann kannst du nicht mehr davonlaufen!«, war seine Drohung gewesen, als sie versucht hatte, sich ihm zu entwinden, bevor er sie in diese Transportbox gesperrt hatte.

Seither war sie in diesem dunklen Verlies allein. Ihre anfängliche Freude über sein Verschwinden war Furcht gewichen. Würde er nie wiederkommen? Wie lange war er nun schon weg? Eine Stunde? Einen Tag? Länger? Sie hatte ihr Zeitgefühl verloren.

Dann tauchte er plötzlich wieder auf und sie wünschte, er wäre weggeblieben.

Er betrachtete sie durch das Gitter und teilte ihr gehässig mit: »Wenn er nicht tut, was ich will, werde ich dir ein Ohr abschneiden und es ihm schicken. Danach hacke ich dir den Schwanz ab.«

Erschrocken maunzte sie auf.

Daraufhin hallte sein diabolisches Lachen durch den ganzen Raum. »Du verstehst mich, was?« Sein Gesicht war ganz nah, sein alkoholisierter Atem stach ihr in die Nase. »Fürchtest du dich vor mir?« Das klang geradezu euphorisch. »Du hast Angst!«

Sie fauchte.

»Nein? Na, ich werde dir das Fürchten noch lehren! Wenn ich dir den Schwanz ausgerissen habe, steche ich dir nämlich deine schönen Augen aus! Na, ist das was? Morgen. Vielleicht ist es morgen schon so weit!«

Sein teuflisches Lachen klang noch in ihren Ohren, als er längst wieder gegangen war.

*

Nachdem Peter die Kneipe verlassen hatte, trank Krüger dessen unangerührtes Bier in einem Zug aus.

»Noch eins«, orderte er dann und trommelte ungeduldig mit den Fingern auf den Tresen. Mord! Das war schon eine Hausnummer. Hätte er geahnt, dass die Ermittlungen in diese Richtung gehen würden, wäre er natürlich sorgfältiger gewesen, wegen seiner Fingerabdrücke. Immerhin, sie hatten keinen Stoff gefunden, sonst wäre er jetzt nicht mehr hier. Und einen Freundschaftsbesuch unter ehemaligen Zellengenossen, da sollten sie ihm erst einmal etwas anderes nachweisen.

Er zückte sein Handy, suchte eine Telefonnummer und wählte. Das Pils wurde vor ihm abgestellt. Mit dem Mobiltelefon am Ohr nahm er einen Schluck und lauschte. »Hier ist die Mailbox von …« Er unterbrach die Verbindung.

*

»Du suchst deine Freundin, hm?« Max Petkow, Mimis Mensch, sah Socke traurig an, wie er da auf seiner Türschwelle saß. »Ich weiß leider auch nicht, wo sie ist. Weißt du, ich denke, ich werde mal dein Frauchen fragen, was man tun kann, um sie zu finden.«

Frauchen. Was für ein blödes Wort. Hätte er nicht gerade andere Sorgen gehabt, hätte Socke sich über diesen Ausdruck lustig gemacht. Max meinte damit wahrscheinlich Chris, Peters Freundin. In den Augen der Menschen war die Tierärztin von Berufs wegen Expertin, was ihre vierbeinigen Lieblinge anging. Und sicher war es auch keine schlechte Idee, sie zu fragen. Dann würden sie endlich Suchplakate aufhängen, wie sie das beim letzten Mal getan hatten, als Mimi verschwunden gewesen war.

Socke trabte hinter dem Malermeister her, der sich direkt auf den Weg in den Karl-Schurz-Weg 14 machte, wo er Chris vermutete.

Auf halber Strecke begegneten sie Gismo, der aus dem kleinen Park auf der anderen Straßenseite kam, und er schloss sich ihnen an. »Tag, Kumpel, gibt's was Neues? Im Park ist Mimi jedenfalls nicht. Ich habe alles durchkämmt.«

Socke verneinte. »Er will Chris um Rat fragen.«

»Hm.« Sie marschierten eine Weile schweigend nebeneinander her. »Worum ging es bei eurem Streit?«, erkundigte sich Gismo unvermittelt bei Socke.

»Wir haben uns nicht gestritten«, fauchte der zurück.

»Denk nach!«, insistierte der Jungkater. »Man darf Konflikte nicht verdrängen.«

Statt einer Antwort hieb Socke ihn in die Flanke.

»Gewalt ist keine Lösung, sondern ein Zeichen von …«

Mit einem weiteren Pfotenschlag brachte Socke seinen Katzenkumpel zum Schweigen. »Wenn du nicht sofort aufhörst, werde ich deiner Mutter sagen, sie soll die Fernbedienung für den blöden Fernseher verschleppen, und ich werde ihr eigenpfotig dabei helfen.«

*

Den ganzen Nachmittag hatte Toni, zusammen mit einem Kollegen von der Streife, die Nachbarn von Philipp Oberwasser abgeklappert. Etwas Spektakuläres war dabei nicht herausgekommen, es würde also reichen, die Berichte morgen zu schreiben. Peter hatte sie eigentlich mittags schon nach Hause und in den Urlaub entlassen wollen, aber sie hatte sich geweigert. Letztendlich, so nahm sie an, war es dem Hauptkommissar ganz recht. Bei der Bitte um Verstärkung hatte man ihn hingehalten, ab kommender Woche könne man jemanden schicken. Im Moment waren, aufgrund Ferienzeit und dank des hartnäckigen Darmgrippevirus, die Reihen ausgedünnt. Sie hatte also ihren Urlaub gestrichen. Allerdings wusste ihr Freund noch nicht Bescheid.

Als Toni ihre Wohnung betrat, fiel ihr Blick als Erstes auf eine gepackte Tasche im Flur. Im Gegensatz zu ihr war Sebastian also reisefertig.

Sie ging in die Küche, in der sie ihn hantieren hörte. »Hi«, grüßte sie von der Tür aus.

Sebastian stand am Herd und rührte in einem Topf. Auf der Anrichte neben ihm befand sich eine geöffnete Raviolidose. Ein Gourmetessen schien sie also nicht zu erwarten. »Ich dachte, du kommst gar nicht mehr«, maulte ihr Freund und wandte sich einer großen Schüssel Salat zu. Da er das Dressing offensichtlich schon vor einer Weile darüber gegeben hatte, war der Inhalt in sich zusammengefallen.

»Ich mache mich nur schnell frisch«, sagte Toni und flüchtete eilig ins Badezimmer. Sie wusch sich Gesicht und Hände. Dann setzte sie sich auf den geschlossenen Toilettendeckel.

Auf dem Weg hierher hatte sie darüber nachgedacht: Stritten sie und Basti besonders oft? Nein, hatte sie die Frage für sich beantwortet, nicht häufiger als andere Paare. In ihrer Gesäßtasche knisterte die Broschüre mit dem Psychotest. Sie hatte ganz vergessen, sie nach ihrem Gespräch mit dem Zahnarzt wieder in dessen Wartezimmer zu legen. Sie zog das schmale Heft hervor und riskierte einen Blick. »Worum ging es beim letzten Streit mit Ihrem Partner?« Die Antwortmöglichkeiten reichten von »Das weiß ich nicht mehr« über »Alltägliches wie die nicht verschlossene Zahnpastatube« bis hin zu »Grundsätzliches, das geklärt werden muss«.

Hm, ein abgesagter Besuch bei den Eltern des Partners. Das war schon etwas Grundsätzliches. Sie atmete tief durch. Sie musste mit Basti sprechen, wann und ob überhaupt dieser Besuch stattfinden sollte.

»Toni, wo bleibst du denn? Das Essen wird schon wieder kalt!«, hörte sie Basti rufen. »Es ist immer dasselbe mit dir.«

Sie stand auf und ging in die Küche. Also würde es erst um Alltägliches gehen und dann, später, um das Grundsätzliche. Manchmal war eine Beziehung wirklich kompliziert.

*

In diesem Sommer passten die bisherigen Temperaturen zur momentanen Stimmung im Hause von Hauptkommissar Peter Flott. Socke hing auf seinem Kratzbaum und sah entmutigt aus halbgeschlossenen Lidern zum Sofa. In dessen Ecke saß Chris, die Beine übereinandergeschlagen, einen Krimi vor der Nase. Allerdings schien sie nicht zu lesen, denn sie hatte bisher noch kein einziges Mal umgeblättert. Wahrscheinlich dachte sie genau wie der Kater an die verschwundene Mimi.

Als Max am frühen Abend mit seiner Sorge um die vermisste Katze zu ihr gekommen war, hatte sie schnell und umsichtig reagiert. Im Handumdrehen waren Suchplakate und Flyer erstellt worden, die sie gemeinsam im Revier aufgehängt und verteilt hatten. Sie hatten die Nachbarn gebeten, in ihren Kellern und Garagen nachzusehen, ob Mimi versehentlich dort eingesperrt worden war. Tierheim und Katzenhilfe waren informiert, falls jemand die Katze dort abgeben würde. Durch einen Anruf bei der Polizei konnten sie glücklicherweise ausschließen, dass es einen tödlichen Unfall gegeben hatte. Chris hatte ihre Kollegen durchtelefoniert, aber auch in anderen Tierarztpraxen war keine verletzte oder tote halterlose Katze aufgetaucht. Da Mimi gechippt war, hätten sie davon ohnehin sicher längst erfahren. Jetzt konnten sie nur noch warten. Chris hatte Max nach Hause geschickt, falls Mimi sich dort einfinden sollte. Er hatte versprochen, sich in diesem Fall sofort zu melden.

»Was für ein Tag!« Peter betrat mit zwei Gläsern Rotwein das Wohnzimmer und setzte sich zu seiner Freundin. »Eine verschwundene Katze, ein schwermütiger Kater und am Ende ein Selbstmord, der sich als Mord entpuppt.«

»Der Mörder, der diesen Promi-Anwalt kurz nach der Jahrtausendwende umgebracht hat? Der ist nun also selber getötet worden?«, wollte Chris wissen.

»Ja«, antwortete ihr Freund knapp. »Und ausgerechnet jetzt ist Lisa krank und Toni hat eigentlich Urlaub.«

»Eigentlich?«

»Sie will ihn verschieben. Ich habe natürlich versucht, ihr das auszureden, aber ich glaube, da ist nichts zu machen. Du weißt ja, wie sie ist. Wenn sie sich etwas in den Kopf gesetzt hat …«

Chris nickte, sie kannte die Kollegen ihres Mannes inzwischen ganz gut.

»Ich habe schon Verstärkung angefordert, aber na ja: Wir haben Urlaubszeit. Ich hoffe nur, wir lösen den Fall in den nächsten zwei Wochen.« Er betrachtete die tiefrote Flüssigkeit in seinem Glas.

Seine Freundin legte den Krimi, den sie noch immer in der Hand hielt, zur Seite und wandte sich ebenfalls ihrem Rotwein zu. »Das wäre nicht schlecht«, murmelte sie.

In knapp zwei Wochen nämlich wollten Peter und sie in den Urlaub fahren, Chris' Kompagnon würde so lange die gemeinsame Tierarztpraxis allein führen. Es war die erste längere Reise, die sie gemeinsam geplant hatten. Bisher war es ihnen noch nicht einmal gelungen, ein verlängertes Wochenende außerhalb Hannovers zu verbringen. Ihre erste Beziehungskrise hatten sie tatsächlich wegen eines von Chris abgesagten Wochenendtrips gehabt. Dieses Mal war alles bestens vorbereitet: Der Aufenthalt auf der Sonneninsel Fehmarn war gebucht, alle Patienten informiert, um Socke würde sich die Nachbarin kümmern, und im Tierheim, wo Chris ehrenamtlich tätig war und wo gerade während der Urlaubszeit Hochbetrieb herrschte, hatte man für die Dauer ihrer Abwesenheit eine Vertretung besorgt. Den Urlaub zu verschieben war also keine Option. »Habt ihr schon eine Spur?«, fragte sie hoffnungsvoll.

»Keine heiße«, Peter stieß sanft mit seinem Glas gegen ihres. »Das Opfer ist erst vor zwei Monaten aus der Haft entlassen worden. Viele soziale Kontakte hatte er nicht. Außer denen, die er im Knast geschlossen hat.«

»Bestimmt war es einer von denen.«

Socke erhob sich und machte einen Katzenbuckel. Das Gerede über tote Menschen deprimierte ihn noch mehr als die sonst üblichen Berichte über Chris' Patienten. Schwerfällig hüpfte er von seinem Kratzbaum und trottete Richtung Katzenklappe. Vielleicht brachte eine nächtliche Runde durchs Revier neue Erkenntnisse über Mimis Verbleib.

KAPITEL 3
MITTWOCH

Patrizia Sontheim stand am Fenster und beobachtete den Sonnenaufgang. Es versprach ein schöner Tag zu werden. Der Wetterbericht meldete ansteigende Temperaturen und einen Rückgang der Niederschläge. Ihr war das gleich. Sie hatte die ganze Nacht kein Auge zugetan und fühlte sich müde und erschöpft.

Philipp Oberwasser war tot und ihr Verstand sagte ihr, dass sie nun keine Angst mehr zu haben brauche, aber leider konnte sie das Gefühl nicht abschalten, das sie seit seiner Haftentlassung beschlichen hatte und sie mehr und mehr beherrschte. Sein Tod hatte daran, bisher, nichts geändert. Sie brauchte noch etwas Zeit und war froh, dass Jan gerade nicht hier war.

Nach dem Mord an ihrem Mann vor 15 Jahren hatten ihr die wenigen Freunde, die ihr geblieben waren, zu einer Trauertherapie geraten, doch sie hatte alles mit sich selbst ausgemacht. Und so würde es diesmal wieder sein. Wenn Jan morgen zurückkäme, dann wäre dieses Kapitel ihres Lebens endgültig abgeschlossen und sie würde sich über eine Zukunft mit ihm Gedanken machen.

Vielleicht sollte sie das auch den Reportern sagen, die ihr Interviewanfragen und Bitten um Stellungnahme zum Tod von Philipp Oberwasser auf ihren Anrufbeantworter sprachen. Der Mord an ihrem Ehemann lag schon lange zurück, Philipp war tot, bald konnte die Vergangenheit begraben werden.

Genau das würde sie der Presse sagen.

*

Socke hatte kaum geschlafen und überdies noch schlecht geträumt, von Mimi, die in einem Verlies von einem Tierquäler gefangen gehalten wurde. Schließlich war er unruhig durchs Haus getigert und hatte seine beiden Menschen ebenfalls wach gehalten.

»Was ist nur mit dem Kater los?«, hatte Peter irgendwann entnervt ausgerufen.

»Er vermisst seine Freundin, Mimi, die Katze von Max«, hatte Chris mal wieder den Nagel auf den Kopf getroffen. »Und vielleicht spürt er auch, dass wir wegfahren wollen. Das gefällt ihm natürlich gar nicht«, ergänzte sie. »Katzen mögen keine Veränderungen. Auch wenn es vorübergehende sind.«

Dasselbe hatte sie am Abend zuvor Herrn Klämmerle gesagt. August Klämmerle war das sogenannte Herrchen von Dackeldame Angelique und Suleikas Katzensitter. Er hatte gegen 21 Uhr an der Haustür geklingelt, wortreich für die Störung um Entschuldigung gebeten und anschließend der Tierärztin sein Leid mit dem »süßen Kätzle«, wie er die Perserin nannte, geklagt.

Socke, der gerade durch seine Katzenklappe hatte hereinschlüpfen wollen, staunte nicht schlecht, als ihm

Dackeldame Angelique von drinnen entgegenblickte. Ein beherztes Knurren von ihm reichte allerdings aus, um die Hündin in ihre Schranken zu weisen. Hochbeinig war Socke an ihr vorbei zu seinem Kratzbaum stolziert, von wo aus er der Unterhaltung der Menschen lauschte.

Herr Klämmerle klagte, dass ihm Suleika mehrfach ausgebüxt sei. Er wusste sich nicht mehr zu helfen.

Angelique versuchte derweil ihrerseits, ein Gespräch mit Socke anzufangen, und die Dackeldame war nicht weniger geschwätzig als ihr Herrchen. Aber der schwarze Kater mit den weißen Pfoten hatte heute keine Lust auf Small Talk und verzog sich.

*

Am Morgen nun führte Sockes erster Weg zum Amerikaplatz, wo Mimi mit ihrem Menschen wohnte. Der kam ihm mit hängendem Kopf entgegen, offenbar hatte er eine ebenso schlechte Nacht hinter sich wie der Kater.

»Socke, ich muss zur Arbeit. Ich hoffe, bis heute Abend ist Mimi wieder da.« Damit stieg er in seinen weißen Kombi. »Malermeister Petkow«, stand in großen Lettern auf dessen Seite, das hatte Mikey ihnen mal vorgelesen. Socke drehte noch eine Runde. Nichts Neues im Revier, keine Spur von Mimi. Auf dem Weg vor seinem Zuhause erwartete ihn allerdings ein altbekannter Anblick: Suleika saß auf der Mauer und blickte auf den Fußweg herunter, wo sich neben Mikey auch Clooney und Gismo versammelt hatten.

»… und so ist dies eine Erfahrung, die ich nicht missen möchte«, hörte er Suleika in gewohnt blasiertem Tonfall schwadronieren.

»Eingesperrt sein?«, äußerte Clooney ihre Zweifel.

»Es ist diese Einsamkeit, die einen zwingt, sich auf sich selbst zu besinnen. Das hat eine beruhigende Wirkung auf …«

»Also, ruhig warst du gestern aber nicht«, fiel ihr die Grautigerin ins Wort.

»Und dieses Ding da, was dir der Mensch verpasst hat, das ist megapeinlich«, ergänzte Gismo.

Mikey schwieg und betrachtete die Perserin mit großen Augen und zuckenden Schnurrhaaren.

»Das ist ein Geschirr«, belehrte Suleika die anderen Katzen. »Und es ist zu meinem eigenen Schutz.«

Erst jetzt entdeckte Socke die Bänder im dichten Fell der Perserkatze und die Leine, die hinter ihr von der Mauer herunterhing und offenbar irgendwo am Haus festgemacht war.

»Vor was soll dich das denn schützen?«, fragte Clooney zweifelnd, bekam aber keine Antwort darauf. »Geschirr?«, überlegte sie dann laut. »Nennen die Menschen so nicht die Teller, auf denen sie Essen servieren?«

»Du denkst wohl nur ans Essen?«, spottete die Perserin. »Hier geht es um ganz andere Dinge, nicht so Triviales wie die tägliche Nahrungsaufnahme.«

»Hat der Mann oder die Tierärztin dir eine Gehirnwäsche verpasst?« Gismos Frage klang eher interessiert denn besorgt.

»Das ist bei mir nicht nötig«, gab Suleika hochnäsig zurück.

»Aha!«, rief Clooney skeptisch dazwischen.

»Ich bin eine einsichtige Katze und benötige keinerlei Druckmittel. Mit diesem Dackelflitt... äh, ich meine, mit Jaspers Freundin Angelique habe ich ebenfalls meinen Frieden gemacht. Sie ist eine ganz passable Gesprächspartnerin«, erklärte Suleika.

Mikey prustete leise und begann danach hektisch, seine Vorderpfoten zu putzen, enthielt sich aber nach wie vor jeder Aussage.

»Gehirnwäsche, ich sag es ja«, murmelte Gismo. Laut fügte er hinzu: »Also ich gehe jetzt in den Park und suche nach Mimi.«

»Mimi? Was ist mit ihr?« Sofort wurde der Blick der Perserin leidend.

»Sie ist verschwunden, hast du das nicht mitbekommen in deiner Einsamkeit?«, fauchte Clooney. »Gestern warst du deshalb noch ganz betroffen.«

»Also doch Gehirnwäsche«, kam es leise von Gismo, der bereits im Gehen begriffen war.

Clooney erhob sich und sah ihm nach. »Ich komme mit, vielleicht läuft uns dabei ja eine fette Maus über den Weg.«

Mikey und Socke tauschten einen kurzen Blick, und der Revierchef schloss sich dem Jungkater wortlos an.

»Also, wenn ihr meine Meinung hören wollt ...«, begann die Perserin, aber keiner hatte Interesse daran.

Socke sah einen Moment den zwei Katern hinterher, die hinter Clooney im Park verschwanden, dann setzte er sich in die entgegengesetzte Richtung in Bewegung, zur Seniorenresidenz Kastanienhof.

*

Champions Spur dort war schnell gefunden. Der norwegische Waldkater hatte sein Revier ausgiebig markiert. Allerdings: Es roch anders als gewohnt.

»Sie haben mich kastrieren lassen«, teilte Champion ihm leicht beschämt mit. »Zwei kräftige Pfleger haben mich gefangen. Sie haben mich überrumpelt und schon war es passiert.« Er putzte verlegen seine rundlicher gewordene Flanke. »Geimpft wurde ich auch gegen alles Mögliche. Angeblich zur Sicherheit für mich und die alten Leutchen hier.« Er sah Socke nachdenklich an. »Na ja, die Menschen in der Residenz sind teilweise sehr alt und manche krank, da muss man aufpassen. Aber sie sind alle äußerst freundlich und freigiebig.«

Die beiden Kater hockten hinter einem Lavendelbusch im Innenhof des Seniorenheims. Auf der Terrasse gegenüber von ihnen befand sich eine kleine Gruppe älterer Leute, die an einem Tisch beisammensaßen und Karten spielten. Aus einem geöffneten Fenster drang das Klappern von Geschirr.

»Sie haben mir immer von ihrem Essen etwas aufgehoben.« Champion hob seine Nase in die Richtung des Küchenfensters, aus dem ein köstlicher Essensgeruch zu ihnen herüberwaberte. »Das haben die Pfleger aber mitgekriegt und unterbunden. Sie meinten, es sei ungesund für mich.« Er schnupperte. »Jetzt bekomme ich stattdessen eine eigens für mich zubereitete Mahlzeit. Dafür haben die älteren Herrschaften gesorgt. Und Extrasnacks für mich haben sich die meisten Bewohner zwischenzeitlich auch besorgt und immer parat.«

»Hast du Mimi in letzter Zeit hier in der Nähe gesehen?«, kam Socke auf sein Anliegen zu sprechen.

»Mimi? Die habe ich in dieser Gegend noch nie gesehen. Mikey hat mich auch schon auf sie angesprochen. Was ist mit ihr?«, wollte der norwegische Waldkater wissen.

Socke berichtete vom Verschwinden seiner Freundin.

»Also in meinem Revier ist sie nicht, das hätte ich mitbekommen.« Von den Kartenspielern drang Gelächter zu ihnen herüber. Neugierig lugte Champion um die Lavendelsträucher herum, bevor er fortfuhr: »Die Bewohner sprechen viel mit mir, und wenn eine weitere Katze aufgetaucht wäre, hätten sie mir das bestimmt erzählt.«

Traurig ließ Socke die Schnurrhaare hängen. »Wenn du etwas hören solltest …«

»… geb ich dir Bescheid«, vervollständigte Champion eilig den Satz und streckte sich. Die fröhliche Kartenrunde auf der Terrasse schien sich aufzulösen und der Kater wurde unruhig. »War sonst noch was? Es ist nämlich gleich Mittagessenszeit.«

*

»Wer hat den Streit begonnen?« Toni warf das Heftchen auf ihren Schreibtisch. Sie natürlich. Es war immer sie, die Unangenehmes zur Sprache brachte und damit Auseinandersetzungen provozierte. Gestern war es nicht anders gewesen. Basti hatte dieses Mal für seine Verhältnisse ziemlich heftig reagiert: »Meine Güte, ich will dich doch nicht zwangsverheiraten, sondern nur meinen Eltern vorstellen. Du bist ja paranoid.« Diesen Vorwurf hatte sie selbstverständlich nicht auf sich sitzen lassen können. Sie hatte zurückgeschrien, und irgendwann hatte er eingelenkt und leise gemeint: »Dann fahre ich halt ohne dich.« Das wiederum hatte so märtyrerhaft gewirkt, dass es ihr ebenso wenig recht war. Sie hatte allerdings zu diesem Zeitpunkt keine Kraft und Lust mehr, weiterzustreiten. Schweigend hatten sie die inzwischen kalten Ravioli gegessen und den welken Salat weggeworfen.

Heute Morgen dann war Sebastian allein zu seinen Eltern aufgebrochen, die in der Nähe von Köln lebten.

Toni seufzte. Warum hatte sie nicht einfach die Arbeit vorgeschoben? Warum musste sie immer gleich einen Streit vom Zaun brechen. Vielleicht war sie ja nicht nur »beziehungskompliziert«, sondern beziehungsunfähig.

Die Tür wurde aufgestoßen und ihr Kollege Fritz betrat außer Atem den Raum. »Oh Mann, die ÜSTRA hatte eine Betriebsstörung, wir sind über eine halbe Stunde im Tunnel festgesessen.« Er ließ sich stöhnend auf seinen Bürostuhl fallen. »Jetzt habe ich es nicht mal mehr geschafft, mir vor der Frühbesprechung etwas vom Bäcker zu holen.« Damit öffnete er seine Schreibtischschublade und begann zu wühlen. Binnen kürzester Zeit lagen zwei angebrochene Keksschachteln, eine

Tafel Schokolade und eine Chipstüte vor ihm auf dem Tisch. »Hm.« Er rieb sich das Kinn.

Toni ergänzte das Sammelsurium um einen Schokoriegel. »Los, wir müssen«, forderte sie ihren Kollegen auf und raffte ihre Notizen vom Vortag zusammen.

*

»Der Drogentest war negativ«, berichtete kurz darauf Peter die Neuigkeiten aus der Gerichtsmedizin. »Vielleicht hatte er tatsächlich zufällig Kontakt mit dem Stoff.«

»Klar. Und ich bin der Weihnachtsmann«, schnappte Toni.

Der Hauptkommissar warf ihr einen warnenden Blick zu.

»Ich meine ja nur«, verteidigte sie sich. »Bei einem Ex-Knacki glaube ich nicht an solche Zufälle.«

Peter hob die Augenbrauen. »Keine Vorverurteilung.«

»Zumal er kurz vor seinem Tod Besuch von einem mehrfach vorbestraften Kleinkriminellen und Drogendealer hatte«, kam Ulrich Zeitler Toni überraschend zu Hilfe.

»Da hast du schon recht.« Fritz machte sich an der Verpackung der Schokoladentafel zu schaffen. »Aber bloß weil er eingesessen hat, muss er nicht gleich mit Drogen zu tun haben. Ganz so schlimm geht es in unseren JVAs auch nicht zu.« Er schob sich ein Stück der Süßigkeit in den Mund.

Der SpuSi-Mann drehte die Schokolade um. »Igitt, Erdbeerjoghurt-Geschmack.«

Beleidigt entwand ihm der Ältere die Tafel. »Du musst ja nichts davon essen.«

Peter erzählte von seinem Gespräch mit Kai Krüger. »Er ist angeblich nicht länger als fünf Minuten in Oberwassers Wohnung gewesen«, beendete er seinen kurzen Bericht. »Das könnte ein Grund sein, warum wir tatsächlich nur die Abdrücke am Türgriff von ihm gefunden haben und sonst nirgendwo.« Er nickte Toni zu. »Was haben die Nachbarn denn ausgesagt?«

Die warf einen Blick auf ihre Notizen. »Leider nicht viel. Wir haben lediglich eine Zeugin, die gesehen hat, dass Personen das Haus betreten und verlassen haben. Das ist die, die auch den Toten gefunden hat.«

»Eine sehr aufmerksame Nachbarin!«, bestätigte Zeitler.

»Ihr zufolge haben am Mordabend fünf Menschen, die dort nicht wohnen, das Haus betreten und vier wieder verlassen. Ob die alle bei Oberwasser waren, wissen wir natürlich nicht. Zwei davon, zwei Männer, waren jedenfalls angeblich nur ganz kurz da.«

»Hat jemand von den anderen Hausbewohnern angegeben, dass er Besuch hatte?«, fragte Fritz.

»Ich konnte noch nicht alle befragen. Eine Frau ist gestern in Urlaub gefahren. Ein junges Ehepaar habe ich nicht angetroffen.« Sie klappte ihren Block zu. »Und ein Mann ist gerade Strohwitwer – wenn der Damenbesuch hatte, würde er das möglicherweise nicht direkt zugeben.«

»Seine Ehefrau muss es ja nicht erfahren. Geh heute noch einmal vorbei. Und nimm ein Foto von Krüger mit«, ordnete Peter an.

Die junge Kommissarin runzelte die Stirn, verkniff sich aber einen Kommentar.

»Wie weit bist du mit den weiteren Kontakten des Opfers?«, wollte Peter nun von Fritz wissen. »Hast du mit der JVA gesprochen?«

»Ja und nein. Die Leiterin ist zurzeit in Urlaub und ihr Vertreter wusste nicht viel. Aber heute kann ich mit einem der zuständigen Fachwirte sprechen.«

»Und sonst?«

Fritz schlug seinen Notizblock auf. »Viel habe ich nicht. Einen Festnetzanschluss hatte er nicht, und auf dem Handy gibt es relativ wenige Bewegungen. SMS, Whatsapp und was man sonst so hat – Fehlanzeige. Kaum Anrufe und die meisten mit unterdrückter Rufnummer.« Er sah seinen Chef fragend an.

»Lass dir eine richterliche Anordnung geben«, beschloss der.

Fritz blätterte weiter. »Einmal hat er bei seinem Bruder angerufen.«

»Hört, hört«, kam es von Toni. »Mir hat der Bruder erzählt, er hätte keinen Kontakt zu Oberwasser gehabt.«

»Das Telefonat hat keine zwei Minuten gedauert. Intensiv kann der Kontakt also nicht gewesen sein«, grinste Fritz und fuhr fort. »Interessant ist, dass er zwei Leute aus seiner Vergangenheit vor der Haft angerufen hat: die Witwe seines Opfers und seinen damaligen Anwalt. Die Gespräche haben letzte Woche stattgefunden. Den Anwalt hat er noch ein zweites Mal kontaktiert – am Tag seines Todes.«

»Na, dann statten wir den beiden doch mal einen Besuch ab.« Peter wandte sich Toni zu. »Du der Witwe und ich dem Anwalt. Und du, Fritz, versuch rauszukriegen, ob er mit ihnen auch während seiner Haftzeit Kontakt hatte. Bei dem Anwalt könnte das ja immerhin sein. Bei der Frau würde es mich wundern.«

»Ich dachte, ich soll die Hausbewohner befragen.« Toni verschränkte die Arme vor der Brust und sah Peter herausfordernd an.

»Das machst du hinterher – oder morgen«, reagierte der leicht genervt. »Verstärkung ist erst mal nicht …«

Er wurde vom Klopfen an der Tür unterbrochen. Gleich darauf betrat ein uniformierter Beamter den Raum. »Guten Morgen«, grüßte er atemlos. »In Mittelfeld hat jemand eine leblose Person gemeldet. Die Kollegen brauchen eure Hilfe.« Er sah in die Runde. »Ach, die SpuSi ist auch da«, kommentierte er die Anwesenheit Ulrich Zeitlers. »Du kannst deinen Leuten Bescheid geben, und dann könnt ihr gleich mitkommen.«

*

Obwohl sie bereits ein Geständnis hatten, befragten Peter und sein damaliger Chef die Witwe des Ermordeten als unmittelbare Tatzeugin. Sie suchten sie am Tag nach dem Mord in ihrer Villa im Zooviertel auf.

Patrizia Sontheim war allein zu Hause. Freunde oder

Verwandte, die ihr beistanden, gab es nicht, und auf einen Rechtsbeistand hatte sie, genau wie Oberwasser, verzichtet, ebenfalls mit dem Hinweis, sie sei selbst Anwältin. Sie wirkte sehr gefasst, als sie den Ablauf des Geschehens zu Protokoll gab, und sie bestätigte im Wesentlichen den Tathergang, wie ihn Oberwasser in seinem Geständnis geschildert hatte.

Einzig, als es um ihre Beziehung zu Philipp Oberwasser ging, wich sie von dessen Aussage ab. »Freundschaftlich? Das würde ich nicht so sagen. Philipp war krankhaft eifersüchtig, und das war auch der Grund für unsere Trennung gewesen. Sie können sich sicher vorstellen, dass ich wenig begeistert war, als er in der Kanzlei meines Mannes angefangen hat.« Bei diesen Worten waren ihr dann doch die Tränen gekommen, und sie hatte die Beamten gebeten zu gehen.

*

Socke lag auf dem Stromverteilerkasten vor Peters Haus und beobachtete aus halb geschlossenen Augen, wie ein Pärchen, das neben Clooney, Gismo und deren Menschin wohnte, sein Auto belud.

»Was ist denn *da* noch drin?«, fragte der junge Mann seine Freundin, die soeben eine offenbar schwere Reisetasche heranschleppte.

»Schuhe«, war die atemlose Antwort.

»Aber das sind mindestens 20 Paar, und wir bleiben doch nur 14 Tage weg.«

»Du übertreibst maßlos. So viele sind es nicht, und

für dich habe ich auch noch ein Ersatzpaar Sneakers eingepackt«, maulte die Frau.

»Etwa die blauen, die du mir gekauft hast? Vergiss es! Die drücken, und ich habe genug Schuhe dabei. Unser Auto sieht aus, als ob wir auswandern wollten.« Der Mann machte keinerlei Anstalten, die Tasche in den Kofferraum zu wuchten.

Seine Frau hatte die Hände in die Hüften gestemmt und sah ihn herausfordernd an. »Dass ich nicht lache, du hast gerade mal zwei Paar dabei, und was ist, wenn …«

»Hallo, Socke, gibt es Neuigkeiten von Mimi?« Der Kater schrak zusammen. Angelique sah ihn von unten her an. Ihr sogenanntes Herrchen blieb bei den beiden Streithähnen stehen und erkundigte sich, ob er helfen könne.

»Leider nein, wenn ich doch wüsste, was mit ihr geschehen ist«, seufzte der Kater.

»Meinst du, sie ist in ein Auto gestiegen?« Angelique streifte mit einem Blick den geöffneten Kofferraum des Kleinwagens.

»Das kann ich mir nicht vorstellen. Noch mal passiert ihr so etwas nicht«, war Socke überzeugt. »Ich hoffe nur, dass sie nicht vom Katzenfänger erwischt wurde.«

»Katzenfänger?«, jaulte Angelique auf. »Was ist denn das?«

»Die fangen Katzen«, erklärte Socke und verkniff sich ein »Wie der Name schon sagt.«

»Aber warum?«

»Keine Ahnung, für Tierversuche oder um sich aus ihrem Fell einen Mantel zu machen. Menschen können grausam sein.« Der Kater sah traurig auf die Dackeldame herunter, die entgeistert zurückblickte.

»Du meinst, die fangen Katzen und verschleppen sie?« Ihre Nackenhaare richteten sich auf und der Schwanz zitterte nervös. »Ich glaube, da habe ich vor ein paar Tagen einen gesehen.«

»Was?«, fauchte Socke entsetzt auf. »Wann war das, und was hast du gesehen?« Er sprang vom Stromverteilerkasten und machte einen beeindruckenden Buckel vor der erschrockenen Angelique.

»Ich, äh, i-ich glaube, d-das war vorgestern«, stotterte die. »Da ist ein Mann vorne über die Straße gelaufen. Er hatte eine große Transportbox im Arm und darin muss eine Katze gewesen sein. Die hat ganz laut gemaunzt und gefaucht.«

»Warum hast du nichts getan? Wo war denn da dein blödes Herrchen!«, miaute Socke erbost.

»Mein Herrchen hat sich mit dem Herrchen von Kalle unterhalten. Die standen an der Ecke und haben das gar nicht mitbekommen. Kalle und sein Mensch wollten joggen gehen. Also Kalles Herrchen wollte laufen, Kalle eher nicht, aber er muss abnehmen und …«

»Was ist mit der Katze passiert?«, fiel Socke ihr ungeduldig ins Wort. Wie die meisten Hunde neigte Angelique dazu, abzuschweifen. »War es Mimi? Warum hast du nicht gleich Alarm geschlagen?«

»Die Katze habe ich nicht erkannt, sie war ja nur zu hören. Und ich erkenne schließlich nicht alle Katzen aus dem Revier an ihrer Stimme. Ich habe mir auch nichts dabei gedacht«, verteidigte sich Angelique, »ihr macht ja immer so ein Theater, wenn ihr zum Tierarzt müsst. Außerdem hat mir Kalle gerade erzählt, was …«

Socke hatte Mühe, ruhig zu bleiben. »Ist der Mann mit der Katze in einem Auto weggefahren?«

Die Hündin dachte nach. »Jetzt wo du es ansprichst … Nein, er ist zu Fuß gegangen. Stimmt, das ist natürlich komisch, wenn man zum Tierarzt muss, wäre es eigentlich schlauer, mit dem Wagen zu fahren. Wir nehmen auch immer das Auto, wenn ich zum Arzt muss. Wir müssen dann immer eine ganze Weile fahren, und das wäre ja …«

»Hast du gesehen, wo er hingelaufen ist?«, hakte der Kater ungeduldig nach.

»Na ja, er ist die Spittastraße vorgelaufen und am Zebrastreifen auf die andere Seite gewechselt. Danach ist er aus meinem Blickfeld verschwunden und, wie gesagt, Kalle stand neben mir und war schon ganz aus der Puste, obwohl er und sein Herrchen eben erst …«

»Ist er über die Bahnschienen rüber?« Sockes Nase berührte beinahe die von Angelique.

Nervös leckte sich die Dackeldame mit der Zunge über die Schnauze. »Es könnte sein, aber das habe ich nicht gesehen. Kalle wollte nämlich gerade berichten …«

Socke hatte ihr bereits den Rücken zugewandt und bog in die Spittastraße ein.

*

Der Hunger war weg, aber dafür wurde ihre Angst immer größer. Bereits kurz nachdem der böse Mann sie verlassen hatte – war das gestern gewesen? –, war er noch einmal wiedergekommen und hatte ihr zwei tote Mäuse in die Box geworfen. Mimi hatte diese unerwartete Gabe misstrauisch untersucht. Von den Tieren schien keine Gefahr für sie auszugehen. Sie waren ihrem Zustand nach durch eine Falle zu Tode gekommen, auf jeden Fall war kein Gift im Spiel gewesen, das roch sie. Und sie hatte Hunger, weshalb sie sich über die Nager hermachte.

Während sie einen von ihnen verspeiste, schoss der Mann ein paar Fotos von ihr. Was er damit bezweckte, konnte sie sich nicht vorstellen. Sie war schließlich keine Rassekatze, die sich für viel Geld verkaufen ließ. Außerdem passte dieses Verhalten nicht zu den Drohungen, die er zuvor ausgestoßen hatte. Das alles war ihr in dem Moment allerdings nicht so wichtig gewesen, sie war froh gewesen, dass er jetzt wenigstens den Mund gehalten hatte. Wortlos war er dann auch verschwunden, und seither saß sie in ihrem Verlies und grübelte, wie sie daraus entkam.

Sie befand sich in einer Tiertransportbox. Vermutlich einem Modell für mittelgroße Tiere. Dem Geruch nach hatte man vor ihr darin eine andere Katze transportiert, aber das war schon eine Weile her. Mit der Pfote hatte sie alles, was sich durch das Gitter erreichen ließ, abgetastet, doch leider war es ihr nicht gelungen, den Mechanismus zum Öffnen des Käfigs auszulösen. Dieser befand sich in einem großen dunklen Raum, dessen einzige Lichtquelle ein vergittertes schmales Fenster unter der Decke darstellte. Die Scheibe hinter dem

Fenster bestand entweder aus Milchglas oder war sehr dreckig, auf jeden Fall war durch sie hindurch nichts zu erkennen. Sie nahm nicht einmal eine Bewegung wahr.

Bis auf ihre Box schien der Raum, in dem sie stand, leer zu sein, vermutlich handelte es sich um einen nicht genutzten Keller. An der gegenüberliegenden Wand konnte sie im Dunkeln schemenhaft einen Wasserhahn ausmachen, der auf halber Höhe angebracht war und stetig tropfte. Ein feuchter Film auf dem Steinfußboden sorgte für eine klamme und ungemütliche Atmosphäre.

Verzweifelt maunzte sie auf. Sollte sie versuchen, Alarm zu schlagen? Vielleicht würde jemand im Haus sie hören und befreien. Sie lauschte angestrengt. Waren überhaupt Menschen im Gebäude? Bis auf das leise Tropfen war es totenstill. Dann vernahm sie wieder dieses Geräusch von draußen, das sie hier unten regelmäßig hörte und kannte. Sie musste sich in der Nähe der Straßenbahngleise befinden. Das passte auch zu ihrer Erinnerung, denn der Mann hatte sie, nachdem er sie überwältigt und in die Box gestopft hatte, zu Fuß hierhergebracht und es hatte nicht sehr lange gedauert. Aufgegriffen hatte er sie wenige Meter von Sockes Haus entfernt. Lediglich eine Straße und eine Häuserreihe weiter befanden sich die Straßenbahnschienen. War sie also ganz in Sockes Nähe? Sie miaute lauter und lauschte erneut.

Doch was, wenn dadurch der böse Mann zurückkäme? Was hatte er nur mit ihr vor?

*

Wie schon bei der Befragung der Zeugen im Haus des Mordopfers hatte Toni einen uniformierten Beamten dabei. Natürlich wäre sie auch gerne mit zu dem neuen Todesfall gefahren, aber laut erstem Anschein war es ein Drogentoter. Ob die Überdosis eventuell bewusst herbeigeführt worden war, war zwar nicht klar, aber fürs Erste deutete nichts auf eine Beteiligung Dritter hin. Deshalb hatte Peter entschieden, dass seine Anwesenheit dort vorerst ausreiche und Toni sich weiter ihrem anderen Fall widmen solle. Also stattete sie gemeinsam mit dem Kollegen von der Schutzpolizei Patrizia Sontheim im Zooviertel einen Besuch ab. Sie hatte mit ihr telefoniert und sich angekündigt. In ihrer Hosentasche knisterte schon wieder die Zeitschriftenbeilage mit dem Beziehungstest. Sie hatte sie gestern dorthin gesteckt, um sie vor ihrem Freund zu verbergen, weil sie ihr peinlich gewesen wäre, und dann vergessen.

»Bist du eigentlich verheiratet oder liiert?«, fragte sie unvermittelt den jungen Mann, der sie begleitete.

Der wurde rot. »Äh, nein, verheiratet nicht. Äh, also liiert, sozusagen. Wieso?«, wand er sich.

Toni merkte, dass ihre unbedachte Frage missverständlich klang. »Nur so interessehalber. Darf ich dich fragen, wie du mit ihren Eltern klarkommst?«

»Ich … ich kenne sie noch gar nicht.« Der Kopf des Kollegen glich einer reifen Tomate. »Wir sind erst seit zwei Wochen zusammen«, ergänzte er zur Erklärung.

»Wissen sie schon, dass du bei der Polizei bist?«, bohrte Toni weiter.

»Nein. Ich glaube, sie wissen bisher gar nichts von mir.«

»Na, dann bringe es ihnen schonend bei, solltest du sie überhaupt je kennenlernen«, murmelte Toni vor sich hin und dachte dabei an ihren Vater und dessen Problem mit ihrem und Bastis Beruf. »Da vorne ist es, du kannst in der Einfahrt parken.«

»Wow«, entfuhr es ihrem Begleiter, »das Zooviertel ist ja als noble Wohngegend bekannt, aber das hier …«

Die Bezeichnung Herrenhaus ging Toni bei der sontheimschen Villa durch den Sinn. »Tja, hier wohnen halt die großen Tiere«, konnte sie sich einen bekannten Kalauer nicht verkneifen, immerhin verdankte dieser hannoversche Stadtteil seinen Namen dem nahe gelegenen Zoologischen Garten.

Die ehemalige Anwältin öffnete selbst die Tür. »Meine Haushälterin hat Urlaub«, erklärte sie und führte die Beamten auf die Terrasse. »Bitte.« Sie deutete auf eine Sitzgruppe unter einer Pergola. Umsäumt von einer perfekt getrimmten Buchsbaumhecke wirkte diese Ecke angenehm geschützt. Auf dem Tisch standen eine Karaffe mit Eiswasser und Gläser.

»Bedienen Sie sich bitte«, forderte Frau Sontheim sie auf, nachdem sie alle Platz genommen hatten. Sie selbst verschränkte die Arme vor der Brust und lehnte sich zurück.

Eine schöne Frau, dachte Toni. Beinahe zu perfekt. Die stahlblauen Augen waren dezent betont, das lange blonde Haar hatte sie nachlässig hochgesteckt, ein paar leicht gewellte Strähnen umspielten ihr ebenmäßiges, faltenfreies Gesicht. Ob sie da der Natur ein bisschen nachgeholfen hatte? Immerhin war sie laut Akte 42 Jahre alt. Viel mehr als ihr Alter hatte die junge Kommissarin bislang nicht über sie in Erfahrung bringen können. Offenbar hatte Patrizia Sontheim nach dem Tod ihres Mannes ein sehr zurückgezogenes Leben geführt. Die Kanzlei hatte sie vermietet, sie selbst arbeitete nicht mehr als Anwältin und, soweit Toni bekannt war, auch in keinem anderen Beruf. Wie es schien, lebte die Frau seit 15 Jahren vom Erbe ihres verstorbenen Gatten, und das nicht schlecht, wie unschwer zu erkennen war.

»Ich kann Ihnen leider nichts über Philipp erzählen«, antwortete sie auf Tonis erste Frage. »Wir haben uns seit dem Mordabend nicht mehr gesehen. Zum Glück musste ich nicht vor Gericht gegen ihn aussagen.« Sie schloss einen Moment die Augen und atmete tief durch. »Er hatte ja bereits gestanden.«

»Sie hatten also keinen Kontakt in den letzten Jahren?«, vergewisserte sich Toni. Ihr Begleiter schrieb eifrig mit.

»Er ist der Mörder meines Mannes«, erwiderte ihr Gegenüber schlicht. »Da macht man keine Höflichkeitsbesuche.«

»Trotzdem hat er sie nach seiner Haftentlassung angerufen.«

Patrizia Sontheim nahm sich ein Glas und schenkte ein.

»Was wollte er von Ihnen?«, fragte die Kommissarin schließlich, als die Witwe schwieg.

»Geld«, kam die einsilbige Antwort.

Langsam verlor Toni die Geduld. »Geht es ein bisschen genauer?«

»Leider nicht. Er hat mich um ein Startkapital gebeten, so nannte er das. Ich habe nein gesagt, und das war's.«

»Wieso hat er gerade Sie danach gefragt?«

»Wahrscheinlich weil ihm kein anderer etwas gegeben hat. Ich weiß es nicht.« Die Witwe zuckte mit den Schultern und trank einen Schluck Wasser.

»Sie hatten eine Beziehung mit ihm, bevor Sie Herrn Sontheim geheiratet haben, und waren laut seiner damaligen Aussage nach wie vor mit ihm befreundet.«

Die Sontheim lachte auf. »Das war seine Version. Es stimmt, wir waren kurz zusammen, während des Studiums. Wir gehörten zu einer Clique, aber es war wirklich nur eine kurze Affäre.«

Toni blätterte in ihrem Notizblock, obwohl sie die Fakten auswendig kannte. »Er behauptete, sie hatten vor zu heiraten. Sein damaliger Anwalt Stefan Zweibold, der Sie beide zu Studienzeiten kannte, hat das übrigens bestätigt.« Sie legte den Block vor sich auf den Tisch. »Nicht dass das wichtig wäre.«

»Es ist und bleibt gelogen. Sein Anwalt war ein ehemaliger Kommilitone von uns, das ist richtig. Als Philipp gemerkt hat, es wird ernst, hat er sich an ihn gewandt.« Sie nahm einen weiteren Schluck. »Zweibold hat sich damals an mich rangemacht, und ich habe ihn abblitzen lassen. Immerhin war er verheiratet und hatte einen kleinen Sohn. Wahrscheinlich wollte er mir mit seiner Aussage aus Rache eins auswischen.« Sie lehnte sich erneut zurück und sah Toni herausfordernd an.

»Was meinen Sie mit ›als er merkte, dass es ernst wurde‹?«, wollte Toni wissen. »Ein Mordgeständnis ist schließlich ernst genug.«

»Als Anwalt hat man dauernd mit Straftaten zu tun. Wir haben in unserer Clique damals ständig irgendwelche Szenarien diskutiert. Rumgesponnen, was wäre wenn. Ich glaube, Philipp hat manches Mal den Bezug zur Realität verloren. Das gilt auch für unsere Beziehung. Durchaus möglich, dass er tatsächlich geglaubt hat, es wäre etwas Ernstes mit uns. Immerhin hat er sich bei meinem Mann in die Stelle als Referendar reingequatscht.« Sie malte mit den Fingern Anführungszeichen in die Luft. »Für mich war das eine sehr unangenehme Situation. Er hat mich regelrecht gestalkt. Bevor der Mord passiert ist und als ihm klargeworden war, warum Philipp unbedingt für ihn arbeiten wollte, hatte Adalbert ihm nahegelegt, sich einen anderen Job zu suchen. Leider hat unsere Ehe unter dieser Situation gelitten. Deswegen der Streit, der dann zu Philipps Ausraster geführt hat.«

Der Polizeibeamte sah Toni fragend an. Die deutete ein Nicken an. Auch wenn das für den aktuellen Fall vermutlich nicht von Bedeutung war, so war es doch sehr interessant für den Gesamteindruck, wie alles zusammenhing. Und wer wusste es schon, vielleicht hatte die Frau des ermordeten Staranwalts nur auf eine Gelegenheit gewartet, sich am Mörder ihres Mannes zu rächen. Wobei sie nicht eben wie eine von Gram gebeugte trauernde Witwe wirkte.

»Frau Sontheim, wo waren Sie am Sonntagabend zwischen 20 und 22 Uhr.«

»Oh, bin ich jetzt verdächtig? Muss ich mir einen Anwalt nehmen?«, gab sich die Angesprochene kokett entrüstet.

»Sie wissen doch«, setzte Toni an, »dass wir diese Frage routinemäßig …«

Die Frau winkte ab. »Ich habe den Tatort im Fernsehen angeschaut. Leider gibt es keine Zeugen. Mein Lebensgefährte ist zurzeit auf Dienstreise in München und meine Haushälterin hat Urlaub, wie Sie ja wissen.«

*

Peter nahm Ulrich Zeitler im Wagen mit, der von unterwegs sein Team von der Spurensicherung alarmierte. Gleichzeitig mit ihnen bog der Mercedes des Gerichtsmediziners in die Giesener Straße im Stadtteil Mittelfeld ein. Ein uniformierter Beamter kam auf sie zu. »Da vorne ist es.« Er deutete auf das mittlere Gebäude in einer Reihe von drei Häusern, vor dessen geöffneter Haustür ein weiterer Polizist stand. »Gehen Sie bitte wieder hinein«, bat der die Passanten, die aus den anliegenden Ladengeschäften getreten waren.

»Was ist denn passiert?«, wollte eine ältere Dame wissen.

»Ich kann Ihnen leider nichts Genaueres sagen.«

»Ist dieser Rechtsverdreher überfallen worden? Wahrscheinlich einer von seinen sogenannten Klienten«, entrüstete sich ein beleibter Mann von etwa 60 Jahren.

Prof. Dr. Kremski, der Chef der Gerichtsmedizin, der sich heute persönlich die Ehre gab, da sein Mitarbeiter

Dr. Eilig erkrankt war, näherte sich dem Grüppchen. »Lassen Sie mich durch«, donnerte er. »Und behindern Sie nicht die Arbeit der Polizei.«

Bis auf den maulenden Dicken leisteten die Menschen seiner Anweisung Folge. »Ich habe ein Recht darauf zu erfahren, was hier los ist«, polterte der. »Schließlich zahle ich pünktlich meine Steuern.«

»Hören Sie!« Der Professor war dicht vor ihm stehen geblieben und hielt ihm eine Standpauke, die Peter nicht weiter verfolgte. Stattdessen sah er sich auf dem kleinen Platz vor dem Häuserblock um.

»Miau.« Ein schwarzer Kater trippelte hinter einem parkenden Auto hervor und kam auf ihn zu. Ein schwarzer Kater mit weißen Pfoten.

»Socke, was machst du denn hier?«, entfuhr es dem Hauptkommissar erstaunt. Er hatte keine Ahnung gehabt, dass das Revier seines pelzigen Mitbewohners bis in diese Gegend reichte. Aber warum auch nicht? Es waren schließlich nur etwa 500 Meter Luftlinie bis zu seinem Haus. Socke strich ihm um die Beine, als wollte er etwas mitteilen.

Immer wenn in letzter Zeit in der Nähe seines Wohnorts ein Mord geschehen war, war der Kater am Tatort aufgetaucht. Er streichelte Socke übers Köpfchen. Hoffentlich war die Anwesenheit des Katers kein schlechtes Zeichen.

»Wollen wir?«, hörte er den SpuSi-Chef hinter sich fragen.

*

Socke sah den beiden Männern hinterher, die im Innern des Hauses verschwanden. Er wäre zu gerne mitgegangen, aber der Hauptkommissar hatte ihm den Weg verstellt und es damit zu verhindern gewusst. Also schlich der weißpfotige Kater vor dem Eingangsbereich herum und versuchte doch noch an den uniformierten Beamten vorbeizuschlüpfen.

Jetzt näherte sich ein hochgewachsener Mann im dunkelgrauen Anzug, den die Polizisten mit »Herr Staatsanwalt« ansprachen. Einer von ihnen hielt ihm respektvoll die Tür auf. »Geradeaus durch«, informierte er den Staatsanwalt dabei.

Ein VW-Bus bog in die Straße ein, und der Fahrer hupte kurz zur Begrüßung. Polizeibeamte und Staatsanwalt wandten ihre Köpfe dem Wagen zu, dessen Türen sich noch im Ausrollen öffneten und das SpuSi-Team ausspuckten.

Socke nutzte die Gunst der Stunde. »Geradeaus durch«, hatte der Polizist gesagt. Keiner beachtete ihn.

Drinnen hörte er Peter sprechen: »Eigentlich habe ich mir ja abgewöhnt, an Zufälle zu glauben.«

»Meinst du, die Sache hat etwas mit dem Mord an Philipp Oberwasser zu tun?«, war die Gegenfrage eines Mannes. Der Stimme nach war es der, der mit dem Hauptkommissar angekommen war. Irgendjemand hatte gesagt, er sei von der Spurensicherung, das hatte sich der Kater gemerkt. Er hatte es schon immer interessant gefunden, dass es Menschen zu geben schien, die von Berufs wegen Spuren sicherten. Peter hatte so etwas ab und an erwähnt und so hatte Socke den Mann neugierig betrachtet.

»Der Tote war damals sein Anwalt, hatte kürzlich Kontakt mit Oberwasser. Und er stirbt ausgerechnet einen Tag nach dem Mord an Oberwasser«, zählte der Hauptkommissar auf.

Socke wagte einen Blick in den Raum. Rechter Hand stand ein kleiner Tisch mit Stühlen drum herum. Auf einem saß oder besser hing ein offenbar toter Mann. Vor ihm kniete der Arzt, der sich draußen mit dem dicken Passanten gestritten hatte, und schien ihn zu untersuchen. Peter und der Spurensicherer standen mitten im Zimmer vor einem mächtigen Schreibtisch und betrachteten die beiden aus sicherer Entfernung.

»So! Alle, die nicht zur SpuSi gehören, raus hier!«, donnerte jemand hinter dem Kater. »Was ist das denn? Hatte der Tote eine Katze?«

Socke drehte sich um und sah sich einem furchterregenden Wesen gegenüber. Es bestand ganz aus weißem Material, das ihn an das Zeug erinnerte, mit dem ihm nach seinem Unfall damals die verletzte Pfote umwickelt worden war. Es roch nach Papier und ein bisschen nach Mensch und, ja, es hatte ein menschliches Gesicht. Jetzt beugte es sich über ihn, griff in sein Nackenfell und hob ihn hoch. Der Kater war so perplex, dass er sich das gefallen ließ, und so baumelte er Sekunden später vor der Nase des Mannes. »Kennt die jemand?«, fragte er lautstark in die Runde. Der Kater strampelte und miaute.

»Socke?« Das war Peter. »Er gehört zu mir.«

»Jetzt bringen die schon ihre Haustiere zum Tatort«, hörte man den Arzt von drinnen schimpfen.

»Was macht der hier?«, verlangte der SpuSi-Mann zu

wissen, hob den Kater noch ein bisschen höher und trat mit ihm vor die Haustür. Eine Kamera klickte.

»Keine Ahnung«, versuchte Peter seine Fassung wiederzufinden. »Lassen Sie ihn einfach laufen und ziehen Sie sich halt andere Handschuhe an.«

*

Das Geständnis von Philipp Oberwasser lag vor und das Strafverfahren gegen ihn war bereits in Vorbereitung, als er Akteneinsicht verlangte. Da er nach wie vor keinen Rechtsbeistand hatte, der ihn im Normalfall auf dem Laufenden gehalten hätte, gewährte der zuständige Staatsanwalt ihm seinen Wunsch.

Nachdem er sich über die Sachlage informiert hatte, wollte Oberwasser plötzlich doch einen Anwalt, und zwar seinen Freund aus Studientagen: Stefan Zweibold.

Dieser führte, um sich einen schnellen Überblick zu verschaffen, gleich nach seiner Beauftragung unter anderem ein Gespräch mit Peter und dessen Chef. Peter erlebte ihn als nervösen Menschen, der, obwohl mit der Materie des Strafrechts durchaus vertraut, unsicher und ängstlich wirkte. Nicht nur einmal fragte sich der Kommissar, was Oberwasser bewogen hatte, sich erst zu diesem späten Zeitpunkt und dann ausgerechnet einen Anfänger als Rechtsbeistand zu nehmen. Zumal sich die Lage für ihn dadurch kaum veränderte: Es gab weder neue Beweise noch kam es zu einem Widerruf des Geständnisses.

Oberwasser wurde wegen Totschlags verurteilt, das Geständnis wirkte strafverkürzend.

Den einzigen Grund dafür, dass der Geständige Zweibold als Strafverteidiger engagiert hatte, sah Peter darin, dass er und der Angeklagte Studienfreunde gewesen waren und Oberwasser jemanden gebraucht hatte, der in dieser schweren Zeit an seiner Seite stand.

*

Eine ältere Dame stieg in die Straßenbahn und sah sich suchend um. Alle Sitzplätze der Linie 8 Richtung »Messe Nord« waren besetzt, was ungewöhnlich für den frühen Nachmittag war.

War gerade Messe oder sonst eine Veranstaltung?, fragte sich Kai Krüger. »Möchten Sie sich setzen?« Er erhob sich und bot der Alten seinen Platz an. Nicht dass er so ein Menschenfreund wäre, aber er wollte auf keinen Fall unangenehm auffallen, weil er auf einem Sitzplatz für mobilitätseingeschränkte Fahrgäste saß. Außerdem erinnerte ihn die Omi an seine Großtante Mina, eine herzensgute Frau, die er über alles geliebt hatte.

»Danke, junger Mann«, nahm die Frau sein Angebot an. »Das ist nett von Ihnen, heutzutage erlebt man das nicht mehr oft, dass einem jemand seinen Platz anbietet.« Sie sah sich in der Bahn um. Die anderen Gäste blickten betont desinteressiert aus dem Fenster oder auf ihre Handys.

Krüger betrachtete den Monitor, auf dem die nächste Haltestelle angezeigt wurde.

»Wissen Sie, ich bin schon 85, da ist man nicht mehr

so gut auf den Beinen. Wenn ich viel stehe, werden sie ganz dick. Ich war gerade beim Arzt«, teilte ihm die Seniorin ziemlich laut mit. Offenbar litt sie neben geschwollenen Beinen auch an Schwerhörigkeit. »Fahren Sie ebenfalls bis Mittelfeld?«, wollte sie nun von Krüger wissen.

Der brummte nur und nickte.

Die 85-Jährige wühlte in ihrer Handtasche und förderte eine Tüte Bonbons zutage. »Wollen Sie?«

Ein junges Mädchen kicherte.

So viel zum Thema Unauffälligkeit. »Nein, danke«, murmelte Krüger. Hatte er womöglich eine Bierfahne? Oder warum bot ihm die Alte Pfefferminz an? Er hatte tatsächlich vorhin ein paar Bierchen in seiner Stammkneipe, dem Colorado, gezischt. Deswegen hatte er ja auch die Bahn und nicht sein Moped genommen. Nicht auszudenken, wenn er kontrolliert worden wäre, und bei seinem Glück wäre bestimmt genau das passiert.

»Zuckerfrei«, erklärte die Seniorin nun. »Wissen Sie, mein Blutzuckerspiegel ist leicht erhöht. Das kommt schon mal vor im Alter, aber man sollte es nicht auf die leichte Schulter nehmen.« Ihr Blick fiel auf die Tätowierung auf Krügers Unterarm. »Ist das eine Schlange?«, wollte sie wissen. »Warum malen Sie sich denn eine Schlange auf den Arm?«

Sollte er einfach aussteigen? Bothmerstraße, noch zwei Stationen, er starrte auf den Monitor und tat so, als habe er nichts gehört. Warum musste die Kanzlei dieses blöden Anwalts auch so weit ab vom Schuss liegen? Das war doch keine Gegend für einen Geschäftsmann. Der Typ war ein Loser. Genau wie Oberwasser, der sich für was Besseres hielt. Gehalten hatte. Ein toter Loser. Er war gespannt, was ihm der Advokat zu sagen hatte.

In Gedanken versunken hätte er beinahe seine Haltestelle verpasst. Die Seniorin hatte inzwischen eine andere Gesprächspartnerin gefunden, mit der zusammen sie die Bahn verließ. Krüger folgte ihnen als einer der letzten Fahrgäste, so kurz vor der Endstation, und steuerte einen kleinen Supermarkt auf der anderen Straßenseite an.

Der Platz davor war von ein paar Jugendlichen bevölkert, die lautstark diskutierten. »Jede Menge Bullen …« – »Der hat bestimmt was ausgefressen!« – »Sieht ja nicht gerade wie ein Erfolgstyp aus.« – »Einer von seinen Klienten oder wie man die nennt«, schnappte er auf und ging schnell weiter. Vorn an der Straßenecke bestätigte sich seine Ahnung. Wie es aussah, war der Anwalt das Gesprächsthema der jungen Leute. Auf der Straße vor dessen Kanzlei standen zahlreiche Polizeifahrzeuge. Da kam er wohl zu spät.

*

»Ich kann Ihnen nicht viel über Stefan Zweibold sagen, ich arbeite noch nicht lange für ihn«, sagte die etwa 25-jährige Frau mit dem modischen Kurzhaarschnitt bedauernd. Clara Puppenmacher war »Mädchen für alles« in der Anwaltskanzlei gewesen. So hatte sie Peter ihre Aufgaben erklärt. Nach der Trennung vom Vater ihres Kindes verdiente sie sich mit dem Halbtagsjob bei Zweibold etwas dazu. »Ich habe damals meine Ausbildung zur Rechtsanwaltsfachgehilfin abgebrochen, als ich schwanger war«, erzählte sie. »Bei Stefan konnte ich wenigstens ein bisschen von dem anwenden, was ich gelernt habe, und er war flexibel, was meine Arbeitszeiten anging.« Sie putzte sich die Nase. »Vielleicht hätte ich sogar irgendwann meine Ausbildung fertig machen können, wenn meine Kleine erst aus dem Gröbsten raus ist.«

»Sie haben ihn gefunden?«, fragte Peter.

»Ja, ich war ein bisschen spät dran. Die Erzieherin in der Kita meiner Tochter wollte noch mit mir reden. Ich habe in der Kanzlei angerufen, um Bescheid zu geben, aber es ist keiner rangegangen. Konnte ja auch nicht.« Sie schluchzte auf.

»Frau Puppenmacher, haben Sie mitbekommen, dass Ihr Chef Drogen konsumiert hat?«

Die junge Mutter schüttelte heftig den Kopf. »Er hatte manchmal eine Alkoholfahne, aber sonst … Ich kann mir überhaupt nicht vorstellen, dass er gefixt haben soll. Meinen Sie, er hat sich selbst umgebracht?«

»Was denken Sie denn? Gab es dafür Anzeichen?«, hakte der Hauptkommissar nach.

Frau Puppenmacher zerpflückte gedankenverloren ihr Taschentuch. »Na ja, besonders glücklich wirkte er nicht«, gab sie zu. »Er lebte ja in Scheidung, und ich glaube, sein Sohn wollte nichts mehr von ihm wissen. Er hat zwar nie etwas gesagt, aber das hat ihm sichtlich zugesetzt.« Sie knüllte die Papiertuchfetzen zusammen und steckte sie in die Tasche ihrer Jeans. »Aber wie gesagt, ich habe erst seit ein paar Monaten bei ihm gearbeitet.«

*

»Tut mir leid, wenn ich Ihnen nicht die trauernde Witwe bieten kann, aber wir haben uns schon lange auseinandergelebt.« Katharina Zweibold schüttelte ihre blonde Mähne und sah Peter offen an. »Das Einzige, was mich belastet, ist, dass ich es meinem Sohn beibringen muss.« Sie fuhr sich mit dem Handrücken über die Stirn und seufzte.

Peter war erleichtert. Er hasste es, Angehörige über den Tod eines Familienmitglieds zu unterrichten. In den meisten Fällen handelte es sich dabei um keinen natürlichen, oft um einen gewaltsamen Todesfall, der fast immer überraschend für die Familienmitglieder kam. Es sei denn, sein Gegenüber hatte etwas mit dem Ableben der Person zu tun. Einerseits musste man behutsam sein, andererseits wachsam. Und vor allem musste man auf alles gefasst sein. Er hatte Zusammenbrüche, Schreikrämpfe, aber auch Freudentänze erlebt. Da war ihm die beinahe nüchterne Reaktion von Zweibolds Witwe allemal lieber. Die junge Streifenbeamtin, die ihn begleitet hatte, atmete ebenfalls kaum merklich auf.

»Darf ich Ihnen noch ein paar Fragen stellen?«, erkundigte er sich und erhielt ein Nicken zur Antwort.

»Ist Ihnen bekannt, ob Ihr Mann Drogen konsumiert hat?«

Dieses Mal schüttelte Katharina Zweibold den Kopf. »Er hat ganz gerne mal ein Glas über den Durst getrunken. Vor allem in letzter Zeit, wie ich gehört habe, oft mehr als gut für ihn war. Ansonsten …«, sie zuckte mit den Schultern, »nicht dass ich wüsste. Gemerkt habe ich jedenfalls nichts, wenn wir mal miteinander zu tun hatten.«

»Hatte er berufliche Schwierigkeiten?« Peter wollte abklären, ob es neben den offensichtlichen Eheproblemen weitere Gründe für einen Suizid gegeben haben könnte.

Erneutes Achselzucken. »Ich weiß es nicht, ausschließen würde ich es nicht. Jedenfalls hat er den Trennungsunterhalt nicht bezahlt, obwohl meine Anwältin ihn mehrfach aufgefordert hat.«

Die Haustür wurde geöffnet, und Frau Zweibold schlug ängstlich ihre Hand vor den Mund. »Mein Sohn«, murmelte sie und sagte laut: »Hallo, Kevin, kannst du bitte mal kommen?«

»Was ist denn?« Unwillig betrat ein sportlicher junger Mann mit kurzgeschorenen dunkelblonden Haaren das Wohnzimmer, in das Frau Zweibold sie vorhin gebeten hatte.

Die Streifenbeamtin straffte die Schultern. Peter bedeutete ihr mit einem Blick, sich zunächst ruhig zu verhalten.

»Kevin, es ist etwas Schlimmes passiert«, begann Katharina Zweibold.

»Ist was mit Papa?«, fragte ihr Sohn nach einem Blick auf die Polizeiuniform von Peters Begleiterin.

»Ja, leider. Dein Vater … Er ist tot.« Frau Zweibold war aufgestanden und nahm ihren Sohn in die Arme, was der sich beinahe apathisch gefallen ließ.

»Aber … Was …? Was ist denn passiert? Ein Unfall?«, stammelte er.

»So wie es aussieht, eine Überdosis Drogen«, erklärte der Hauptkommissar.

»Das hat er doch nicht absichtlich gemacht?« Kevin entwand sich aus der Umarmung und sah Peter flehend an. »Wir haben gestern noch telefoniert, da war er direkt euphorisch, hat was von einem großen Auftrag gefaselt. Da bringt man sich doch nicht um.«

Seine Mutter schien überrascht. »Ihr habt telefoniert? Davon hast du mir gar nichts erzählt.«

»Er hat mich angerufen. Wollte sich mal wieder einschmeicheln«, gab Kevin zurück.

Peter schaltete sich ein: »Hat Ihnen Ihr Vater Näheres über diesen Auftrag erzählt?«

»Nö. Nur dass er bald genug Geld hätte, um Unterhalt zu zahlen, und einen Hund wollte er mir kaufen.« Er sank aufs Sofa und verbarg sein Gesicht in den Händen. Seine Mutter setzte sich neben ihn und strich ihm über den Rücken. Doch Kevin schien ihre tröstende Geste nicht zu benötigen, denn als er ihnen sein Gesicht wieder zuwandte, war es trocken und zeigte keine Regung. Frau Zweibolds Blick wanderte von den Beamten zur Tür.

Der Hauptkommissar verstand und nickte seiner Begleiterin zu. »Ich denke, wir gehen jetzt.«

*

Hilflos betrachtete Katharina Zweibold ihren Sohn. »Möchtest du reden?«

Kevin schüttelte den Kopf.

»Soll ich dir einen Kakao kochen?«, bot seine Mutter an.

»Ein Bier wäre mir ehrlich gesagt lieber, ich bin schließlich kein Baby mehr.«

»Ja.« Unentschlossen stand die Mittvierzigerin auf. »Warum eigentlich nicht. Auf den Schreck kann ich auch eins gebrauchen.« Sie verließ das Wohnzimmer.

Kevin sah ihr hinterher und atmete tief durch. Er konnte es noch gar nicht glauben, dass sein Vater tot sein sollte. Zu seiner großen Verwunderung empfand er keinerlei Trauer – eher so etwas wie Erleichterung. War es das wirklich gewesen? Es würde keine peinlichen Auseinandersetzungen mehr mit ihm geben.

Sein Erzeuger und er hatten nie ein besonders herzliches Verhältnis gehabt. Als sein Vater noch bei ihnen gewohnt hatte, hatte Kevin es ihm nie recht machen können. Alles, was er getan hatte, war kritisiert worden. Für Kevins Wünsche hatte dieser Mann nie Verständnis gehabt und auch kein wirkliches Interesse an ihm. Bis zu seinem Tod hatte er nicht gewusst, dass Kevin in der fünften Klasse den Vorlesewettbewerb seiner Stufe gewonnen hatte. Oder dass Kevins Mutter in der siebten beim Rektor hatte vorsprechen müssen, weil er sich mit einem Schulkameraden geprügelt hatte. Und schon gar nicht hatte er eine Ahnung vom Grund dieser Schlägerei gehabt: das Mädchen aus der Parallelklasse, in das sich beide Jungs unsterblich verliebt hatten. Wie hatte Kevin geheult, als Nadine zum Schuljahresende mit ihren Eltern nach Australien ausgewandert war. Nein, sein Vater hatte weniger über ihn gewusst als jeder Nachbar aus der Straße.

»Hier, es ist leider nicht ganz kalt.« Seine Mutter kam mit einem Tablett zurück, auf dem zwei Bierflaschen und zwei Gläser standen. »Soll ich uns dazu eine Pizza bestellen?«, fragte sie.

Er schüttelte den Kopf und trank direkt aus der Flasche. Brrr, eigentlich mochte er kein Bier, aber irgendwie passte das jetzt, und er fühlte sich damit sehr erwachsen.

»Das war ein echter Schock, als die Polizisten vorhin vor der Tür standen«, begann Katharina Zweibold unbeholfen ein Gespräch. »Ich kann es immer noch nicht fassen, und du?« Sie schenkte sich etwas Bier in eines der Gläser. »Du hast gestern noch mit ihm telefoniert?«, fragte sie, als Kevin nicht reagierte.

»Hm.«

»Was wollte er denn?«

»Weiß ich selber nicht wirklich. Ist mir auch egal.« Kevin sah sie trotzig an.

Katharina schluckte. »Es ist einfach unfassbar. Plötzlich ist er tot.«

»Vor mir musst du nicht die trauernde Witwe spielen. Ja, er ist tot«, antwortete ihr Sohn mit ruhiger Stimme. »Und weißt du was? Es ist gut so.«

*

Auf dem Nachhauseweg dachte Peter über die Ergebnisse des heutigen Tages nach. Die nachmittägliche Besprechung des Ermittlerteams war kurz gewesen.

Fritz konnte mit keinen neuen Erkenntnissen bezüglich der Befragung der JVA-Beamten aufwarten.

Danach berichtete Toni von ihrem Gespräch mit Patrizia Sontheim. »Sie war mir zwar nicht sonderlich sympathisch, aber wie eine von Gram zerfressene Witwe kam sie mir nicht gerade vor«, lautete ihre Einschätzung.

Diese deckte sich mit Peters Erinnerung an die Vernehmung Patrizia Sontheims nach dem Mord an ihrem Mann. Die junge Witwe hatte damals genau das Maß an Trauer zur Schau getragen, das man von ihr erwartet hatte. Sie hatte ihren Ehemann verloren, was tragisch, jedoch finanziell nicht zu ihrem Nachteil gewesen war. Dass sie nun 15 Jahre später am Mörder Rache üben sollte, war mehr als unwahrscheinlich.

Beim Tod von Stefan Zweibold gingen sie, nach dem, was sie bisher wussten, von einem Suizid oder einem tragischen Unfall aus. Obduktionsergebnisse lagen noch keine vor, und so stand dem Feierabend nichts im Weg.

Ein kurzer Anruf von Peter bei Chris ergab, dass sie im Rahmen eines Hausbesuchs am Moltkeplatz vorbeigekommen war und dort auf dem Wochenmarkt frische Ravioli mit Frischkäse-Limetten-Füllung gekauft hatte. Genau das Richtige für einen – wenn auch nicht ganz so lauen – Sommerabend. Gut gelaunt schloss der Hauptkommissar die Haustür auf. Aus dem Wohnzimmer hörte er Stimmen.

Auf halbem Weg kam ihm Socke entgegen. Der Kater machte irgendwie einen deprimierten Eindruck. Er strich ihm nicht wie sonst um die Beine, sondern sah ihn nur aus großen Augen an.

»Da bist du ja«, empfing ihn Chris.

Die Tierärztin saß zusammen mit Malermeister Max Petkow auf dem Sofa. Auf den Knien hatte sie einen aufgerissenen Umschlag und mehrere Fotos liegen.

»Hallo«, grüßte Max Petkow leise.

»Schau dir das mal an«, forderte seine Freundin und hielt ihm eins der Bilder und eine Karte entgegen. »Das hatte Max heute in der Post.« Offenbar waren sie zum Du übergegangen, registrierte Peter, was ja unter Nachbarn nicht unüblich war. Außerdem hatte Chris dem Maler seinerzeit die Katze Mimi vermittelt und stand ihm nach wie vor bei Fragen zur Seite. Um Mimi schien es auch jetzt zu gehen, denn auf dem Foto war sie zu sehen. Aufgenommen durch ein Gitter zeigte es die dreifarbige Katze, wie sie eine Maus verspeiste. Peter betrachtete die handgeschriebene Karte:

Lieber Max, wie du siehst, geht es deiner Katze gut. Und das wird auch so bleiben. Du erinnerst dich ja sicher nicht mehr an unser Gespräch beim Klassentreffen, und das ist auch gut so.
Gruß Stefan.

Entgeistert ließ Peter das Schreiben sinken. »Was soll denn das?«

»Wenn ich das nur wüsste«, seufzte Max. »Für mich

klingt es nach einer Drohung. Der Kerl hat Mimi entführt, aber warum?«

»Eigenartig. Die Art und Weise…«, murmelte Peter.

»Der Typ ist Anwalt«, erläuterte Chris. »Wahrscheinlich kann man ihm aufgrund seiner Wortwahl nichts anhaben. Tiere gelten ja vor dem Gesetz als Sache.« Sie schnaubte wütend. »Und das ist keine offene Drohung.«

Socke sprang neben sie aufs Sofa und miaute laut und klagend.

Chris strich ihm begütigend über sein Köpfchen. »Ja, du vermisst deine Freundin.«

»Da könntest du recht haben«, dachte Peter laut nach. »Mit der Drohung, meine ich. Kennen Sie den Mann?«, wandte er sich an Max Petkow.

»Ja, das ist ein ehemaliger Schulkamerad, wir haben uns vor ein paar Wochen auf dem Klassentreffen wiedergetroffen und ganz ordentlich gebechert.« Er fuhr sich verzweifelt durch die kurzen dunklen Haare. »Er hat mich gegen Ende ziemlich zugetextet. Ich habe mir schon den Kopf zerbrochen, was er mir da so Wesentliches erzählt haben könnte, aber«, er seufzte laut, »es fällt mir nicht mehr ein. Der Typ ist ein ziemlicher Wichtigtuer, irgendwann hab ich auf Durchzug geschaltet. Und Alkohol war auch reichlich im Spiel. Ich habe gerade im Internet geschaut.« Er deutete auf sein Smartphone. »Er ist Anwalt und scheint ganz in der Nähe seine Kanzlei zu haben. Ich gehe gleich hin und stelle ihn zur Rede.« Er nickte Chris dankbar zu. »Ich war nur so durcheinander, als ich vorher den Brief geöffnet habe. Da musste ich erst einmal mit jemandem reden. Aber am besten spreche ich jetzt mit Stefan Zweibold persönlich.« Er machte Anstalten, sich zu erheben.

»Stefan Zweibold? Den werden Sie nicht antreffen«, bremste Peter ihn aus. »Er ist tot.«

»Tot?« Chris und der Malermeister starrten ihn entgeistert an.

»Ja«, war die resignierte Antwort. »Meines Wissens haben wir keine Katze bei ihm gefunden.« Er schüttelte den Kopf. »Natürlich nicht«, sagte er mehr zu sich selbst, »sonst hätte ich das längst erfahren.« Gedankenverloren runzelte er die Stirn. Allerdings war Socke am Fundort gewesen. Er blickte den Kater nachdenklich an, der nach wie vor neben Chris auf dem Sofa saß. Was hatte das nun wieder zu bedeuten?

»Ist er umgebracht worden?«, fragte seine Freundin.

»Im Moment gehen wir nicht davon aus …«, ließ sich der Hauptkommissar geistesabwesend zu einer Aussage hinreißen. Er überlegte: Die Umstände seines Todes waren möglicherweise doch komplizierter, als sie auf den ersten Blick aussahen. Zweibold entführte eine Katze, schrieb einen dubiosen Brief und nahm sich dann das Leben? War die Überdosis doch ein Unfall gewesen? Oder hatten die Drogen sein Denkvermögen derartig gestört, dass er nicht mehr gewusst hatte, was er tat?

Seine Freundin und Mimis Mensch schauten ihn Hilfe suchend an.

Peter entschloss sich, etwas mehr preiszugeben. »Nach ersten Erkenntnissen ist er an einer Überdosis Heroin gestorben. Das kann ein Unfall sein, aber manchmal steckt Absicht des Toten dahinter. Vielleicht hat er sich in irgendetwas hineinmanövriert, aus dem er keinen Ausweg mehr sah. Ich meine, die Entführung einer Katze, um sich Ihr Schweigen zu erkaufen«, er deutete auf Max, »das klingt nach einer Verzweiflungstat. Vielleicht ist ihm klargeworden, wie abstrus sein Verhalten ist. Und wie ausweglos seine Situation. Das wiederum könnte bedeuten …«

Drei erwartungsvolle Augenpaare waren auf ihn gerichtet.

»… dass er dem Ganzen ein Ende gesetzt und hoffentlich vorher die Katze freigelassen hat.«

*

Nach Peters Worten hatte Socke nichts mehr zu Hause gehalten. Sollte Mimi freigelassen worden sein, würde er sie finden. Aus dem Nachbarsgarten trat Clooney und sprach ihn an. Widerwillig blieb er stehen.

»Meine Menschin und Gismo schauen sich eine Quizsendung im Fernsehen an.« Sie gähnte. »Da stellt dauernd einer Fragen. Und damit kommt man ins Fernsehen, das soll einer verstehen. Fragen stellen könnte ich auch.« Clooney hatte ihr großes Ziel, eine berühmte Katze zu werden, nach wie vor nicht aufgegeben. Sie war überzeugt, dass bei prominenten Persönlichkeiten Fanpost an der Tagesordnung war. Und dass bei ihr diese Briefe jede Menge Leckerchen enthalten würden. Immerhin war sie ja dafür bekannt, einem kleinen Imbiss nicht abgeneigt zu sein. »Ich habe diesen Moderator durchschaut«, teilte sie Socke mit. »Er tut nur so, als wüsste er die Antworten auf die ganzen Fragen nicht. Aber die Leute lieben ihn trotzdem. Vielleicht mögen es Menschen nicht, wenn man zu klug ist? Was meinst du?«

Socke hatte Clooney nur mit halbem Ohr zugehört. Schnell berichtete er ihr von Mimis Entführung und was Peter dazu gesagt hatte. »Ich will jenseits der Bahngleise nach ihr suchen.« Damit wandte er sich zum Gehen.

»Ich komme mit. Du kannst Hilfe gebrauchen. Mimi könnte verletzt sein.« Die mollige Grautigerin trabte neben ihm her. »Und wenn wir sie finden, landen wir bestimmt als Helden des Tages in der Zeitung«, schnaufte sie, während sie Mühe hatte, mit Socke Schritt zu halten.

*

»In der Straße hat der Mann gewohnt«, erklärte der Weißpfotige kurze Zeit darauf. »Vorn, in dem mittleren Haus zwischen den beiden mit den großen Fenstern.«

»Die kenne ich. Das sind Läden, aber die verkaufen nichts Essbares, nur Brillen und Frisuren«, wusste Clooney.

»Frisuren?«

»Na ja, in den Schaufenstern sind Bilder mit Menschenköpfen abgebildet und wenn unsere Menschin da reingeht, hat sie danach immer eine andere Frisur.«

»Also ist das ein Friseur«, brachte Socke es auf den Punkt.

»Ja, genau, ein Friseursalon«, bestätigte die Grautigerin.

Inzwischen waren die Katzen auf dem kleinen Platz vor den zwei Geschäften angelangt, zwischen denen sich die Kanzlei des toten Anwalts befunden hatte.

»Ist der Mann ermordet worden?«, wollte Clooney wissen und betrachtete das Siegel, das an der Haustür angebracht war.

»Peter sagt nein. Er hat sich angeblich selber umgebracht, möglicherweise aus Versehen.«

»Manche Menschen sind wirklich zu blöd«, wunderte sich Clooney und schnüffelte den Eingangsbereich ab. »Oh weh, hier waren jede Menge Menschen. Ein paar Hunde auch, aber von einer Katze rieche ich nichts.«

Socke bewegte sich an der Hauswand entlang. Keine Spur von Mimi. Aus dem Friseursalon trat gerade eine Dame mittleren Alters und schloss die Tür hinter sich sorgfältig ab. Während sie den Schlüssel in ihrer Handtasche verstaute, fiel ihr Blick auf die zwei Katzen. »Wen haben wir denn da?«, fragte sie und lachte fröhlich. »Seid ihr auf eurem Abendspaziergang?«

Clooney trat einen Schritt auf sie zu und machte einen langen Hals.

»Du bist aber süß.« Die Frau ging in die Hocke und streckte ihre Hand aus. »Normalerweise kommen hier nur ab und zu Hunde vorbei. Katzenbesuch hatte ich noch nie.«

Clooney schnupperte an ihr. »Nichts Essbares«, teilte sie ihrem Katzenkumpel mit.

Die Frau schien sie verstanden zu haben, zumindest inhaltlich. »Ich habe leider keine Leckerchen für euch. Wie gesagt, Katzenbesuch hatten wir noch nie.

Wo kommt ihr zwei denn her?«, fragte sie mehr sich selbst als die beiden Tiere. »Ihr gehört doch nicht etwa dem Anwalt, der heute gestorben ist? Würde mich allerdings wundern, ein Tierfreund war der nicht. Außerdem hätte ich euch dann schon mal gesehen«, murmelte sie vor sich hin.

Socke kam nun ebenfalls näher und setzte sich neben Clooney.

Die Friseurin bot auch ihm ihre Hand zum Beschnuppern. »Das einzige Tier, zu dem er nett war, war die alte Katze von Frau Bayerlein. Und das bestimmt nur, weil sie seine Mandantin war.« Sie strich Socke gedankenverloren übers Köpfchen und erhob sich schließlich. »Wenn ihr morgen wiederkommt, habe ich ein kleines Leckerchen für euch, versprochen.« Damit ging sie davon.

Clooney blickte ihr hinterher. »Ein äußerst sympathischer Mensch.«

*

Max Petkow klapperte mit der Leckerlidose. »Mimi!«, rief er dabei und schnalzte mit der Zunge. Bisher ohne Erfolg. Die Gesuchte ließ sich leider nicht blicken. Hatte dieser Mistkerl sie doch nicht freigelassen? Ihr womöglich etwas angetan? Wut stieg in Max auf, seine Hand ballte sich zur Faust. Wie erbärmlich war es, ein hilfloses Tier zu entführen? Der Typ war doch krank! Was hatte ihm der nur an jenem Abend für ein Geheimnis verraten, was ihn später zu so einem Schritt veranlasst hatte? Seit Stunden zermarterte Max sich den Kopf. Stefan hatte mit seinen Mandanten angegeben. »Schwere Jungs«, die er immer wieder »raushauen« musste. Je später der Abend geworden war, desto spektakulärer die Fälle, von denen er erzählte. Namen hatte er keine genannt, oder doch? Gegen Ende des Klassentreffens waren sie beide ziemlich betrunken gewesen, und er, Max, hatte den Prahlereien seines ehemaligen Schulkollegen kaum noch zugehört. Er selbst hatte nicht viel von sich berichtet. In seinem Alkoholrausch hatte er anstelle von Kinderbildern, die er nicht hatte, ein Foto von Mimi vorgezeigt. Das musste dieser Idiot sich gemerkt haben.

Schon in der Schule wusste Stefan die Schwächen der anderen zu seinem Vorteil zu nutzen, wie Max sich jetzt erinnerte. Allerdings war er auch ein Feigling gewesen, und wenn es drauf angekommen war, hatte er gepetzt. Max und Stefan waren nie Freunde gewesen. Wenn er es genau bedachte, hatte Stefan eigentlich gar keine Freunde gehabt. Die Beziehungen zu seinen Mitschülern konnte man allenfalls als Zweckgemeinschaften bezeichnen. Stefan war nicht dumm und wusste seinen Vorteil stets zu nutzen, deshalb ließ man ihn in Ruhe, aber zum Freund wollte ihn keiner haben.

Max bog in die Spittastraße ein und schepperte mit der Dose. Er war ein Stück an den Bahngleisen entlanggelaufen, auch hier lag glücklicherweise keine verletzte oder gar tote Katze. Aber es gab auch kein Lebenszeichen von seiner geliebten Mimi. Erneutes Dosenklappern. »Mimi!«

»Miau!« Ein Katzenköpfchen rammte gegen sein Schienbein und sein Herz setzte einen Moment aus. »Clooney!« Er konnte seine Enttäuschung nur schwer verbergen.

»Miau!«

»Und Socke«, sagte er, als er das zweite näher kommende Tier erkannte, »sucht ihr eure Freundin? Ich hab sie leider nicht gefunden. Ach, kommt her.« Er hockte sich vor die beiden hin und öffnete die Dose. »Haltet die Augen weiter offen, ihr zwei, ich bin sicher, Mimi ist ganz in der Nähe.«

KAPITEL 4
DONNERSTAG

Es war Nacht. Durch die trübe Scheibe drang kaum Licht in den Raum und auch die Geräusche der vorbeifahrenden Bahnen waren seltener zu hören. Inzwischen war der Hunger zurückgekommen. Und der Durst. Der tropfende Wasserhahn war so nah und doch unerreichbar. Der böse Mann hatte sich den ganzen vergangenen Tag nicht blicken lassen, das war das einzig Gute an der momentanen Situation.

Nachdem ihr anhaltendes Miauen nichts gebracht hatte, lauschte sie in die Stille.

Im Haus blieb alles ruhig. Entweder befanden sich seine Bewohner im Urlaub oder es stand leer. Der böse Mann musste von außerhalb gekommen sein.

Sie drehte sich einmal um ihre eigene Achse und versuchte, sich zu strecken, doch viel bewegen konnte sie sich in ihrem engen Käfig nicht, und so konzentrierte sie sich darauf, weiter angestrengt nach draußen zu horchen.

Einmal, als es noch heller gewesen war, hatte sie Stimmen wahrgenommen. Kinder, die unweit des Fensters gespielt hatten. Sie hatte aus Leibeskräften miaut, doch niemand hatte reagiert. Nach kurzer Zeit hatte wieder Stille geherrscht, abgesehen vom immer wiederkehrenden Rattern der Straßenbahn.

Erneut bemühte sie sich, mit der Pfote den Schließmechanismus der Box zu erreichen, auch dieses Mal vergeblich. Sollte sie versuchen, durch Verlagerung ihres Gewichts den Käfig zu kippen? Vielleicht würde sich so das Gitter öffnen? Dabei würde sie sich vermutlich mit ihren Exkrementen beschmutzen, die sie sorgfältig in eine Ecke gescharrt hatte, doch das war ihr inzwischen egal. Sie hatte Durst, und die kleine Pfütze an der gegenüberliegenden Wand erschien ihr wie das Paradies. Sie rammte mit der Flanke eine Seite der Plastikbox. Die Box wackelte, Fäkalien rutschten ihr vor die Pfoten. Ihr Käfig neigte sich zwar ein paar Zentimeter zur Seite, kam aber wieder aufrecht zum Stehen. Sie brauchte mehr Schwung. Sie konnte es schaffen. Sie kauerte sich so dicht wie möglich an die andere Käfigseite, spannte ihre Muskeln und sprang.

*

»Ich dachte, du wärst im Urlaub«, begrüßte Lisa ihre Kollegin Toni.

Die schnaufte genervt. »Basti ist allein zu seinen Eltern gefahren. Schön, dass du zurück bist.«

»Willkommen zurück«, schloss sich Fritz an und winkte die im Türrahmen stehende Lisa ins Büro. »Wie geht es dir? Du hast abgenommen.«

»Alles wieder gut, danke der Nachfrage.« Sie setzte sich auf die Schreibtischkante. »Ihr wisst ja selber, wie diese Magen-Darm-Geschichten ablaufen.« Sie wies mit der Hand die Kekspackung zurück, die Fritz eilig zur Begrüßung aus der Schublade gekramt hatte und ihr hinhielt. »Und ihr habt einen neuen Mordfall?«

»Philipp Oberwasser«, bestätigte Toni und berichtete der Kollegin stichpunktartig.

»Soll ich dir einen Milchkaffee aus der Cafeteria holen?«, fragte Fritz zwischendurch und machte Anstalten, sich zu erheben.

»Lieber einen Tee«, erwiderte Lisa.

»Mir kannst du einen Milchkaffee mitbringen«, rief Toni Fritz hinterher, der sich schon auf den Weg gemacht hatte.

»Da hat sich ja jemand richtig Mühe gegeben, es nach Selbstmord aussehen zu lassen«, kommentierte Lisa anschließend die Ausführungen ihrer Kollegin.

»Allerdings«, bestätigte die. »Und gestern hat sich dann sein Anwalt einen goldenen Schuss gesetzt, wie es aussieht. Falls die Obduktion nicht etwas anderes ergibt.«

»So, und deswegen hast du deinen Urlaub abgesagt?«, fragte Lisa.

Toni spielte verlegen mit einer Büroklammer. »Na ja, es hat gerade wirklich nicht so gut gepasst.«

»Es passt nie, das weißt du doch. Die Kriminellen richten sich nun mal nicht nach unseren Urlaubsplänen. Aber bisher hat dich das nicht gestört. Hast du dich mit Basti gestritten?«

»Fang du nicht auch noch damit an«, maulte Toni, sodass Lisa erstaunt ihre Augenbrauen hob.

»Wer denn noch?«, wollte sie wissen. »Fritz?«

»Nee, nicht direkt. Es ist nur …« Sie warf die verbogene Büroklammer auf den Schreibtisch. »Alle wissen immer genau, was gut für mich ist. Angefangen bei meinem Vater.«

Lisa nickte, sie wusste von Tonis schwierigem Verhältnis zu ihrem Erzeuger und auch, dass momentan komplette Funkstille zwischen ihnen herrschte. »Hat er sich mal wieder bei dir gemeldet?«, fragte sie.

Toni verneinte. »Ich«, sie schluckte, »ich kann einfach im Moment keine weitere Person in meinem Leben gebrauchen, die weiß, was gut für mich ist.« Beim letzten Halbsatz malte sie Anführungszeichen in die Luft.

»Und du meinst, Bastis Eltern könnten so sein?«

Toni zuckte mit den Schultern und nickte.

»Hast du das Basti gesagt?«, wollte ihre Kollegin wissen.

»Nicht direkt.«

Die Bürotür wurde aufgestoßen und Fritz schob sich mit einem Tablett vor der Brust herein. »So, ein leckerer Earl Grey, ein Milchkaffee und dann hatten sie so süße Mini-Schokocroissants im Angebot, da konnte ich einfach nicht widerstehen.«

*

»Du bist heute in der Zeitung«, empfing Clooney Socke mit einem vorwurfsvollen Unterton. »Du hast mir gar nicht gesagt, dass die Presse einen Bericht über dich plant.«

»Das ist kein Bericht über mich«, antwortete der Weißpfotige genervt, »ich bin nur zufällig auf dem

Foto.« Der Kater hatte im Moment wirklich andere Probleme, denn Mimi war auch in der Nacht nicht aufgetaucht. Zudem war die Stimmung im Hause des Hauptkommissars am Morgen stark gesunken, als Chris Peter am Frühstückstisch das Titelbild der Tageszeitung gezeigt hatte. »Hauptkommissar bringt Haustier mit zur Arbeit«, hatte sie ihrem Freund die Überschrift vorgelesen. Das Foto zeigte einen Mitarbeiter der Spurensicherung, gehüllt in den üblichen weißen Anzug, wie er den verdattert dreinblickenden Socke am Nacken hochhob und der Kamera präsentierte.

Was als launiger Artikel im Sommerloch gedacht war, würde dem Kommissar vermutlich einigen Ärger einbringen, und so war Peter mit entsprechend schlechter Laune zur Arbeit aufgebrochen.

Socke wiederum war nicht minder missgelaunt nach draußen geschlichen, wo ihn Clooney bereits erwartet hatte. »Meinst du, sie würden mich auch mal fotografieren, wenn ich am Tatort auftauche?«, dachte die rundliche Katze laut nach.

»Das ist kein Tatort«, belehrte Suleika sie. Die Perserin war von ihnen unbemerkt auf die Mauer gesprungen. Wie bereits gestern trug sie ein Geschirr. Im Garten hinter ihr hörte man Herrn Klämmerle herumhantieren, wie er die Blumen auf der Terrasse goss.

»Woher willst du das denn so genau wissen?«, fragte Clooney mit herausforderndem Unterton.

»Angelique hat mich informiert.«

»Der Dackel?«, fragten Socke und seine Nachbarin wie aus einer Schnauze.

»Ja.« Die Perserin setzte eine herablassende Miene auf. »Mein Betreuer hat sie mitgebracht. Sie wartet im Haus auf ihn, und sie hat mir vorher minutiös berichtet, was in der Zeitung steht. Ihr Herrchen liest ihr morgens nämlich immer daraus vor.«

»Na dann.« Socke konnte sich lebhaft vorstellen, wie ausführlich der Bericht gewesen war.

»Diese Hündin ist eine Quasselstrippe«, bemerkte Clooney. »Zum Glück ist sie im Haus geblieben.«

»In der Zeitung steht auf jeden Fall, dass es allem Anschein nach Suizid war und keine Fremdeinwirkung vorliegt«, machte sich Suleika wichtig. »Natürlich ist die Untersuchung noch nicht abgeschlossen«, fügte sie hinzu. »Aber nach bisherigem Erkenntnisstand …«

»Möglicherweise ist es ja doch ein Mord gewesen«, unterbrach Clooney sie. »Ich habe da so eine Ahnung. Und ich könnte hingehen und das herausfinden. Kommst du mit?«, wandte sie sich an Socke.

Der Kater ließ sich nicht lange bitten. Vielleicht würden sie dort in der Nähe endlich eine Spur von Mimi finden.

»Dich brauche ich ja nicht zu fragen«, wandte sich Clooney im Gehen an Suleika, »du bist hier ja angekettet.«

»Ihr wisst, was ich von solchen Unternehmungen halte«, hörten sie die Perserin in ihrem Rücken sagen. »Jedes Mal, wenn ihr euch in polizeiliche Ermittlungen eingemischt habt, ist das gefährlich geworden. Ihr solltet es lieber lassen.«

*

»Hast du kein Zuhause?«, begrüßte der Wirt der Sportsbar seinen Stammgast Kai Krüger.

Der grinste. »Doch, aber da gibt's kein frisch gezapftes Pils.«

»Willst du jetzt am frühen Morgen schon anfangen zu saufen? Hattest du gestern nicht genug?«

»Erstens: Es ist fast elf, also mitnichten früher Morgen. Zweitens: Willst du dir dein eigenes Geschäft kaputtmachen?« Krüger haute mit der Faust auf den Tresen. »Und drittens: Mach mir 'nen Kaffee.« Er grinste, als er das überraschte Gesicht seines Gegenübers sah. »Ich muss nachdenken, und das kann ich besser, wenn ich unter Leuten bin.« Er sah sich um. Außer ihm und dem Wirt befand sich niemand in der Kneipe. Kein Wunder, sie hatte gerade erst aufgemacht. Er beugte sich vor und winkte den Wirt zu sich heran. »In Wahrheit ist mein Kaffee alle und ich wollte sowieso zum Kiosk, wegen der Zeitung. Da dachte ich, vielleicht krieg ich die auch bei dir.«

Brummelnd wandte sich der Mann um, warf Krüger die aktuelle Ausgabe der NHP hin und hantierte anschließend am Kaffeevollautomaten.

Krüger besah sich die Titelseite und lachte laut auf. »Was ist denn das?« Dann las er. Der tote Anwalt aus der Giesener Straße, das war natürlich Zweibold. Man ging von einer Überdosis aus. Na, und an wen würden sich die Herrschaften wenden, wenn es darum ging, woher er das Zeug für den goldenen Schuss hatte? Da half es auch nichts, dass seine Rufnummer unterdrückt gewesen war, als er den Anwalt angerufen hatte. Die Bullen würden früher oder später wieder bei ihm klingeln, und er sollte sich schon mal ein paar Antworten überlegen, die er dem tierlieben Hauptkommissar geben würde. Er musste wieder schmunzeln.

Der Schnappschuss mit der Katze war klasse! Und dann die Spitzen im Text: »Ist das die Vertretung für den im Urlaub befindlichen Drogenspürhund oder das Ergebnis einer Diskussion um Haustiere am Arbeitsplatz? Immerhin handelt es sich bei dem tierischen Neuzugang in den Reihen der Spurensicherung um den Kater eines Hauptkommissars.«

Grinsend nahm er seinen Kaffee entgegen. Der Katzenflüsterer sollte ruhig kommen.

*

Glücklicherweise war bei der Polizei Sockes Auftauchen und vor allem sein Eindringen am Ort eines möglichen Verbrechens mit Humor genommen worden. Zwar gefiel es weder dem Staatsanwalt noch der Abteilung für Öffentlichkeitsarbeit, dass sich die NHP über ihre Arbeit lustig machte, aber sie sahen von Konsequenzen ab. Die Zusammenarbeit mit der Presse war schließlich in der Regel sehr gut, und im Sommerloch mussten sie halt sehen, wo sie blieben.

Eine kleine Rüge hatte nicht Peter als Besitzer des tierischen Störenfrieds gegolten, sondern Ulrich Zeitler von der SpuSi, zu dessen Aufgaben es gehörte, einen mutmaßlichen Tatort abzuriegeln. Zeitler hatte die Zurechtweisung mit einem Schulterzucken hingenommen.

Da keine neuen Erkenntnisse im aktuellen Fall vorlagen und die Ergebnisse der Rechtsmedizin bezüglich der Obduktion von Stefan Zweibold noch ausstanden, hatte Peter die morgendliche Dienstbesprechung kurzerhand auf den Nachmittag verschoben. Toni und Fritz hatte er gebeten, Lisa bis dahin auf den aktuellen Stand zu bringen, während er selbst sich auf den Weg in die Giesener Straße machte.

Ein muffiger Geruch empfing ihn, als er die Kanzlei des verstorbenen Anwalts betrat. Von einem kleinen Flur gingen drei Räume ab. Das Büro Zweibolds, in dem ihn seine Mitarbeiterin gefunden hatte, ein zweiter, wesentlich kleinerer, fensterloser Raum, in dem ebenfalls ein Schreibtisch stand, und eine Nasszelle, in der sich die Gästetoilette befand. In keinem der Zimmer entdeckte Peter eine Tiertransportbox oder eine Spur von Mimi.

Genauso verhielt es sich mit den Räumen im ersten Stock, wo Zweibold gehaust hatte. Eine kleine Küche, ein sanierungsbedürftiges Badezimmer und ein winziger, ziemlich unaufgeräumter Wohnschlafraum. Vorsichtshalber kontrollierte Peter sämtliche Schränke, auch wenn die auf den ersten Blick zu klein erschienen. Im Kühlschrank fand er neben einer fast leeren Flasche Wodka, einer Packung Vollkornbrot und einer Dose Margarine einen einzelnen Schlüssel, den er mitnahm. Es handelte sich um einen Sicherheitsschlüssel, der vermutlich zu einer Haus- oder Wohnungstür gehörte und nicht mit dem zu diesen Räumlichkeiten übereinstimmte, wie er feststellte.

Als Letztes nahm sich der Hauptkommissar den Keller vor. Hier herrschte ein unbeschreibliches Chaos. Gegenüber von einem riesigen Aktenschrank im Flur stapelte sich im eigentlichen Kellerraum Müll, der, wie es aussah, von einer Renovierung herrührte. Außerdem sah Peter ein Fahrrad mit platten Reifen, jede Menge Leergut, ein altes Sofa, einen Werkzeugkasten und dazwischen Winterreifen, vermutlich von Zweibolds Pkw. Peter zückte sein Handy und rief bei der Spurensicherung an. Vielleicht hatte der Anwalt die Transportbox mit der Katze in sein Auto verfrachtet. Wie erwartet, hatte man den Wagen bisher nicht kontrolliert. Nach einem weiteren Telefonat wusste der Hauptkommissar, dass es sich dabei um einen schwarzen Golf älteren Baujahrs handelte, und er kannte das Kfz-Kennzeichen.

Bevor er sich allerdings auf die Suche nach dem Pkw und dem zugehörigen Schlüssel machte, kontrollierte er weiter jeden Quadratzentimeter des Kellers.

Außer einer toten Maus in einer Falle fand er allerdings kein Tier.

*

Abe Bayerlein war nervös. Seit zwei Stunden wartete er auf den Rückruf seines neuen Anwalts. Er befinde sich bei einer Gerichtsverhandlung, hatte dessen Sekretärin ihm mitgeteilt.

Abe lief unruhig in seinem Büro auf und ab. Natürlich wusste er, dass man anwaltliche Dokumente vor Gericht nicht verwenden durfte und somit die Informationen, die die Polizei über ihn bei Zweibold finden würde, zunächst geschützt waren. Trotzdem hatte er einen Experten damit beauftragt, den Rechner der Kanzlei zu hacken und seinen Namen gänzlich daraus verschwinden zu lassen. Glücklicherweise hatte er hierfür eine Koryphäe an und vor allem *in* der Hand. Darum musste er sich also keine Gedanken mehr machen. Aber Bayerlein wollte auf Nummer sicher gehen, wusste er doch von dem Aktenschrank in Zweibolds Keller, in dem Informationen zu all seinen Fällen lagerten. Am liebsten wäre es ihm gewesen, sein neuer Rechtsbeistand würde seine Akte umgehend sicherstellen. Dass Zweibold sein Wissen um Bayerleins Geschäfte niedergeschrieben hatte, daran gab es für den Geschäftsmann keinen Zweifel. Genau so etwas hatte dieser Winkeladvokat bei ihrem letzten Treffen ganz beiläufig erwähnt. Wie gesagt, der Typ war eine Memme gewesen, aber eine hinterfotzige Memme.

Bayerlein ärgerte sich, so lange gewartet und ihn nicht schon früher abserviert zu haben.

Es klopfte und auf sein »Herein« betrat ein lässig gekleideter, etwa 30-jähriger Mann mit unscheinbarem Äußeren den Raum. Cane, der Hund, wie sein Besucher wegen seiner Spürnase in der Szene genannt wurde, blieb abwartend vor ihm stehen.

»Und?«, hielt sich Abe nicht lange mit Begrüßungsworten auf.

»Die Polizei war noch mal da. Besser gesagt dieser Hauptkommissar von der Mordkommission«, bekam er zur Antwort.

Abe horchte auf – Mordkommission?

»Er hat offenbar im Haus etwas gesucht«, berichtete Cane weiter.

Der Geschäftsmann grinste. »Vielleicht hat Zweibold über ihn auch eine Akte angelegt?«

»Wenn, dann hat er die auf jeden Fall nicht gefunden, denn er war anschließend noch an Zweibolds Auto und hat das ebenfalls durchsucht.«

Bayerlein schüttelte nachdenklich den Kopf, sein Besucher berichtete weiter: »Danach hat er sich mit der Friseurtante unterhalten, die den Laden nebenan betreibt. Und da sind plötzlich noch zwei Katzen aufgetaucht und haben den beiden um die Beine gestrichen. Die Frau hat sie gefüttert, vor allem die dicke Katze war ganz scharf auf das Zeug. Der Hauptkommissar hat eine ganze Weile mit der Frau geredet und die Viecher gestreichelt.« Er deutete auf die Zeitung, die auf dem Schreibtisch lag. »Der scheint ziemlich tierlieb zu sein«, spöttelte er.

Bayerlein interessierte sich für diese Tatsache nicht sonderlich. »Was laberst du mich mit diesem Mist zu?«, wies er seinen Gesprächspartner schroff zurecht und trommelte nachdenklich mit den Fingern auf die Tischkante. Dabei richtete er seinen Blick auf einen Punkt hinter Canes linkem Ohr. »Er war im Haus? …«, wiederholte er schließlich, wurde aber vom Klingeln seines Telefons unterbrochen. Er warf einen Blick auf das Display. Endlich rief der Anwalt zurück. »Das Siegel an der Tür ist also …« Abe Bayerlein beendete den Satz nicht, sondern zuckte mit den Schultern und ließ es weiterläuten. »Willst du dir was extra verdienen?«

»Vergiss es«, winkte Cane ab. »Daran mache ich mir die Finger nicht schmutzig.«

*

Hatte sie jemals etwas Köstlicheres getrunken? Sie konnte sich nicht erinnern. Mimi hatte das abgestandene Wasser aus der Pfütze vollständig aufgeleckt und konnte nun nicht genug von den Tropfen bekommen, die viel zu langsam aus dem Hahn rannen. Für einen Moment setzte sie sich auf den feuchten Kellerboden. Ihre Flanke schmerzte von dem Aufprall der Plastikbox auf dem harten Stein und ihre rechte Hinterpfote blutete. Sie musste mit einer Kralle am Türgitter der Box hängen geblieben sein. Aber der Einsatz hatte sich gelohnt. Die Käfigtür hatte sich bei dem Sturz verzogen, und so war es der zierlichen Katze gelungen, sich endlich zu befreien. Zwar taten ihr nicht nur die Seite und ihre Pfote weh, sondern sie war darüber hinaus mit Exkrementen verschmiert und stank beinahe unerträglich, doch sie war ihrer Freiheit ein gutes Stück näher.

Sie raffte sich auf. Der schlimmste Durst war gestillt, nun musste sie sehen, wie sie aus diesem Kellerverlies entkommen würde, schließlich konnte jeden Moment der böse Mann zurückkommen. Zunächst untersuchte sie die Tür. Eine schwere Stahltür. Trotz Schmerzen sprang sie an den Griff, doch egal, wie sie ihr Gewicht auch verlagerte, er bewegte sich nicht. Entmutigt maunzte sie auf.

Dann wandte sie sich dem Fenster zu. Da es sich direkt unter der Decke befand, würde es einen gewaltigen Sprung benötigen, um es zu erreichen. Doch sie musste es versuchen. Nur einen kleinen Moment würde sie warten. Einen Moment, bis das Pochen in der Pfote, die nun stärker blutete, ein wenig nachließ.

*

Socke und Clooney bogen in die Häuserreihe des Karl-Schurz-Wegs 14 ein.

»Die Frau ist sehr nett«, urteilte die Grautigerin über die freundliche Friseurmeisterin, die heute tatsächlich, wie gestern versprochen, Leckerchen für die Katzen vorrätig gehabt hatte.

»Wer ist nett?«, wollte Suleika von der Mauer herunter wissen.

»Na, du bist jedenfalls nicht gemeint«, war Clooneys streitlustige Antwort.

»Was ist los? Hab ich was verpasst?« Jungkater Gismo hatte die beiden kommen gehört und war eilig vom Park herangesprintet.

»Wir haben Mimi auf der anderen Seite der Bahngleise gesucht«, erklärte Socke und berichtete von der Beobachtung der Dackeldame Angelique, die ihn ursprünglich zu dem Ausflug dorthin bewogen hatte.

»Komisch«, wunderte sich Suleika, »davon hat sie mir gar nichts erzählt.«

Das erstaunte Socke allerdings auch.

»Vielleicht ist sie nicht zu Wort gekommen«, stichelte Clooney.

Die Perserin achtete nicht auf sie, sondern erging sich in Belehrungen über die Gefahren des Verkehrs, besonders die auf den Bahngleisen. »Straßenbahnen sind gefährlich und schnell«, fasste sie schließlich zusammen.

Keiner reagierte. Clooney hatte begonnen, leise vor sich hin zu summen, leckte sich die Pfote ab und strich damit über ihre Ohren.

Gismo wandte sich an Socke: »Habt ihr eine Spur von Mimi gefunden?«

Der sank in sich zusammen und schüttelte stumm das Köpfchen.

»Wir waren am Tatort«, ergänzte seine Mutter vage. »Du weißt schon, das Foto in der Zeitung.«

»Es ist überhaupt nicht klar, ob es sich dabei um einen Tatort handelt«, mischte Suleika sich ein.

Clooney beachtete sie nicht. »Peter war auch da. Er hat die Frau aus der Nachbarschaft verhört.«

»Das war sicher lediglich eine Zeugenbefragung«, kam es von der Mauer.

»Der tote Mann hat Mimi entführt und hält sie gefangen«, überhörte die Grautigerin diesen Einwurf ebenfalls. »Aber die Frau wusste leider nichts von Mimi. Sie sagte, der Tote hat nur ab und zu nach der Katze einer älteren Dame geschaut, als die im Krankenhaus war.«

Gismo schaute verwirrt drein.

»Sie hat recht«, erklärte Socke daher, »Mimis Mensch hat einen Erpresserbrief bekommen.«

Der Jungkater spitzte interessiert die Ohren.

Clooney fuhr derweil in ihrem Bericht fort: »Inzwischen ist die alte Frau in einem Pflegeheim und die Katze hat sie mitgenommen.«

Suleika schnalzte missbilligend mit der Zunge. »Da hast du etwas falsch verstanden. In ein Seniorenheim darf man keine Tiere mitnehmen.«

»Ich weiß doch, was ich gehört habe«, fauchte Clooney erbost.

»Klar geht das manchmal«, bestätigte nun ihr Sohn Gismo, »als Therapie. Neulich gab es darüber einen Bericht in einer Fernsehsendung. Tiere üben eine beruhigende Wirkung auf Menschen aus, haben sie gesagt.«

»Champion lebt ja auch vorne im Kastanienhof«, ergänzte die Tigerin.

Die Perserin war nicht überzeugt. »Da ist er vermutlich nur geduldet. Er gehört schließlich keinem der Bewohner.«

»Eine Katze gehört *nie* irgendjemandem«, belehrte Gismo sie, was ihm einen strafenden Blick und ein missbilligendes »Pah!« einbrachte. Er überhörte es und wandte sich an Socke, der noch immer traurig vor sich hin starrte. »Was stand in dem Brief? Hat der Erpresser seine Forderungen genannt?«

*

Auch in der Medizinischen Hochschule war während der Urlaubszeit im Sommer die Personaldecke dünn, und so war die Obduktion von Stefan Zweibold für den späten Nachmittag angesetzt worden. Was ihren anderen Todesfall anging, gab es ebenso wenig neue Erkenntnisse, sodass die Dienstbesprechung schnell zu Ende gewesen war.

Peter hatte nur rasch die Aufgaben verteilt: Toni und Lisa sollten erneut die Bewohner des Hauses befragen, in dem Oberwasser zu Tode gekommen war, und zwar zu Kai Krüger und Stefan Zweibold, von denen sie Fotos dabeihatten. Immerhin bestand die Möglichkeit, dass Oberwassers Anwalt etwas mit dem Mord an seinem Mandanten zu tun und sich aufgrund von Schuldgefühlen das Leben genommen hatte. Fritz würde sich weiter auf Oberwassers Beziehungen in der JVA konzentrieren, worüber er bisher immer noch nicht viel in Erfahrung hatte bringen können. Peter selbst machte sich erneut auf den Weg nach Bemerode zu Zweibolds Witwe. Offiziell, um sein Bild des Anwalts zu vervollständigen. Insgeheim hoffte er jedoch, mehr über Mimis Verbleib herauszufinden. Darüber hatte er seinen Kollegen bisher nichts gesagt, und auch den Schlüssel, den er am Morgen sichergestellt hatte, hatte er noch nicht der SpuSi übergeben.

*

Eine Freundin von Katharina Zweibold öffnete ihm die Tür und führte ihn ins Wohnzimmer, wo die Witwe auf dem Sofa saß, vor sich auf dem Couchtisch einen aufgeschlagenen Ordner, neben sich einen Stapel Papiere. »Hallo, Herr …«

»Flott«, ergänzte Peter und fügte überflüssigerweise hinzu: »Ihre Freundin hat mich hereingelassen.«

»Hm«, antwortete Frau Zweibold unkonzentriert, während sie eins der Dokumente stirnrunzelnd betrachtete.

»Darf ich Ihnen etwas zu trinken anbieten, Kaffee, Tee oder lieber ein Wasser?«, wollte die Freundin wissen, die sich als Charlotte Ratzke vorgestellt hatte.

»Ein Wasser wäre nicht schlecht«, bat Peter und zeigte fragend auf einen Sessel.

Frau Zweibold riss sich von den Unterlagen los, nickte und fragte dann: »Haben Sie Neuigkeiten von meinem, äh, von Stefan? Hat er sich das Leben genommen oder könnte es doch ein Unfall gewesen sein?« Sie legte die Papiere in den Ordner und klappte ihn zu.

Peter hatte einen kurzen Blick darauf erhaschen können, es handelte sich um ein Versicherungsdokument. Wahrscheinlich prüfte die Witwe gerade, ob sie bald in den Genuss einer Lebensversicherungsprämie kommen würde. »Die Untersuchungen sind noch nicht abgeschlossen, ich kann also nichts sagen. Ich hätte heute ein paar Fragen zu einem Freund Ihres Mannes. Philipp Oberwasser. Kennen Sie ihn?«

»Ist der nicht vor ein paar Tagen umgebracht worden?«, stellte die Witwe eine Gegenfrage und ergänzte: »Das stand in der Zeitung.«

Frau Ratzke kam mit einer Flasche Wasser sowie drei Gläsern zurück und setzte sich zu ihrer Freundin aufs Sofa. »Wer ist umgebracht worden?«

»Ein Freund und Mandant von Herrn Zweibold,

Philipp Oberwasser, kannten Sie ihn?« Die Frage war nun an beide Frauen gerichtet, immerhin war es denkbar, dass sie denselben Bekanntenkreis hatten.

Charlotte Ratzke schüttelte den Kopf und schenkte ein.

Ihre Freundin hingegen nickte nachdenklich. »Ja«, meinte sie schließlich. »Der Name sagt mir tatsächlich etwas. Aber ich hatte ihn schon lange nicht mehr gehört. Er gehörte zur Clique meines Mannes, als ich ihn kennengelernt habe.« Sie nahm eines der Gläser und trank einen Schluck. »Er war auf unserer Hochzeit«, wandte sie sich an ihre Freundin.

»Also müsste ich ihn *doch* kennen, aber ich kann mich nicht erinnern. Da waren über 80 Leute. Und das ist beinahe 20 Jahre her.«

»19«, erwiderte Katharina Zweibold leise. »Und die Studienkollegen meines Mannes sind sowieso lieber unter sich geblieben. Ich hatte nicht viel mit ihnen zu tun.«

»Wer gehörte denn alles zu dieser Clique?«, fragte Peter interessiert und zückte Stift und Notizblock.

»Hm, also das waren mein Mann und Stefan Zweibold. Außerdem so ein smarter Typ namens Strelitz, wie hieß der gleich mit Vornamen … Andreas oder André. Er ist kurz nach unserer Heirat nach Amerika ausgewandert. Und zwei Frauen waren auch dabei. Die eine hieß Patrizia Rogenkamp, Patty wurde sie genannt. Die hat ja später den Staranwalt geheiratet. Das war vielleicht ein verrücktes Huhn.« Sie lachte leise.

Der Hauptkommissar schrieb mit. »Verrückt« war allerdings nicht das Adjektiv, mit dem er die vermögende Anwaltswitwe beschrieben hätte, nach allem, was er von ihr gehört hatte.

»Und die andere Frau, warten Sie, das war eher so eine Unscheinbare, mit Brille, mausbraune Haare und immer in praktischen Klamotten. Wie hieß die noch?« Sie runzelte die Stirn. »Reitmeier, Elke oder Elvira. Oft war ich nicht dabei, wenn die sich getroffen haben«, fügte sie hinzu, »meistens wurde gefachsimpelt und teilweise ganz ordentlich getrunken.«

Peter bedankte sich für ihre Auskünfte. »Hat Ihr Mann Oberwasser in den letzten Wochen erwähnt?«

Leider konnte Katharina Zweibold da nicht weiterhelfen, hatte sie doch kaum noch Kontakt mit ihrem verstorbenen Mann gehabt. Sie versprach aber, ihren Sohn zu fragen, der momentan nicht im Haus war.

Bevor er sich verabschiedete, zeigte Peter der Witwe noch den Schlüssel, den er im Kühlschrank Zweibolds gefunden hatte.

Aber auch hierzu wusste sie nichts zu sagen. »Also, zu unserer Wohnung gehört er nicht.«

Auf seine Frage, ob ihr verstorbener Mann tierlieb gewesen sei, lachte die Frau nur. »Wenn er nicht Angst gehabt hätte, erwischt zu werden, hätte er die Hunde und Katzen aus der Nachbarschaft am liebsten umgebracht.«

*

Die nachmittägliche Besprechung war kurz gewesen. Aus der Rechtsmedizin gab es keine maßgeblichen Neuigkeiten zum Fall Zweibold. Peter berichtete von der »Entführung« der Katze Mimi, doch das war natürlich kein Bestandteil der offiziellen Ermittlungen.

Toni und Lisa hatten den ganzen Vormittag damit zugebracht, die Nachbarn von Philipp Oberwasser zu befragen. Dabei meinte die ältere Dame, die am Vortag die einzige Zeugin gewesen war, Kai Krüger als einen der Besucher wiederzuerkennen. »Laut der Dame war er einer der beiden Männer, die sich ganz kurz im Haus aufgehalten haben.« Das Ehepaar, das am Vortag nicht da gewesen war, hatte nun angegeben, eine Freundin zu Besuch gehabt zu haben. Keiner von ihnen hatte Beobachtungen über weitere Hausbesucher gemacht oder etwas gehört. Der Strohwitwer wiederum hatte schließlich eingestanden, dass eine Freundin bei ihm übernachtet hatte, und die Kommissarinnen beschworen, seiner Frau nichts zu sagen. Toni war das zwar ein Dorn im Auge, aber sie hatte zähneknirschend versprochen, den Mund zu halten, wenn diese Tatsache nicht ermittlungsrelevant sei. »Wir haben jedenfalls die Adresse seiner Freundin, die nehmen wir uns morgen vor«, schloss Toni ihre Ausführungen.

»Vielleicht hat sie jemanden gesehen oder gehört«, ergänzte Lisa, als sie sah, wie Fritz grinste.

Der wiederum hatte bei seinen Gesprächen mit den JVA-Mitarbeitern keine hilfreichen Neuigkeiten über das Opfer erfahren. »Dass sein Anwalt ab und zu da war, ist ja kein Geheimnis. Andere Besucher hatte es nicht gegeben, und mit den Insassen scheint er keine engeren Freundschaften geschlossen zu haben. Er hat allerdings in der Schlosserei gearbeitet, und da habe ich bisher nur mit einer Urlaubsvertretung telefoniert.«

Schließlich hatte Peter vorgeschlagen, für heute Feierabend zu machen, und so schlenderte Toni jetzt die Lister Meile entlang. Zu Hause wartete keiner auf sie.

Es war zwar nach wie vor eher kühl für die Jahreszeit, doch in den Außenbereichen der Restaurants und Cafés herrschte trotzdem viel Betrieb. Immerhin regnete es nicht. Spontan setzte sie sich an einen gerade frei werdenden Tisch einer Eisdiele und bestellte ein Spaghettieis.

Als die Servicekraft verschwunden war, zog sie das inzwischen arg ramponierte Heftchen aus der Tasche ihrer leichten Sommerjacke, auf das sie beim Hinsetzen wieder aufmerksam geworden war. »Betrachten Sie Ihre vorangegangenen Beziehungen: Haben sich manche Fehler aus der Vergangenheit wiederholt?« Toni überlegte. Eine längere Partnerschaft hatte sie zuvor nicht gehabt. Das mit Sebastian war da schon das Maximum. Und wenn sie ehrlich zu sich selbst war, hatte es meistens an ihr gelegen, dass ihre Beziehungen jeweils so kurz gewesen waren.

»Darf ich?« Ein etwa 40-jähriger Mann im dunklen Anzug zeigte auf einen freien Stuhl an ihrem Tisch.

Toni nickte zerstreut.

»Danke. Es ist überall so voll«, meinte der Anzugträger, während er sich setzte. »Die Leute nutzen das halbwegs gute Wetter aus. Hoffentlich kommt der Sommer noch richtig.« Er lockerte seine Krawatte und lächelte Toni an. »Endlich frei. Haben Sie auch Feierabend oder sind Sie im Urlaub hier?«

»Feierabend«, murmelte Toni und steckte weiter ihre Nase in das Heft in ihrer Hand. »Sie haben jemanden kennengelernt und schweben auf Wolke sieben. Alles ist perfekt. Wie lange dauert es bis zu Ihrem ersten Streit?«, las sie die nächste Frage.

Die Bedienung brachte ihr Eis und sah den Neuankömmling fragend an.

»Einen Eiscafé«, bestellte der und schenkte Toni ein weiteres Lächeln. »Und darf ich meine nette Tischnachbarin zu einem Prosecco einladen?«

Toni hielt ihren Blick auf die Antwortmöglichkeiten der Testfrage gerichtet: »A) Sobald ich mir seiner sicher bin, B) Keine Ahnung, das variiert, C) Die meisten Beziehungen beginne ich mit einem Streit«. Sie sah auf und funkelte ihren Tischgenossen angriffslustig an.

*

Chris und Max Petkow erwarteten Peter bereits, als der von der Arbeit nach Hause kam. Heute saßen sie auf der Terrasse, vor sich auf dem Tisch befanden sich eine Karaffe mit Eistee und zwei Gläser sowie der Brief und die Fotos. Peter hatte von der Arbeit aus angerufen und den Malermeister gebeten, diese vorbeizubringen. Nachdem weder Max noch Chris bei ihrer Suche nach Mimi tagsüber weitergekommen waren, wollte der Hauptkommissar die Bilder noch einmal genauer betrachten. Chris hatte sogar eine Lupe bereitgelegt, sah ihm aber entmutigt entgegen. »Außer einer Transportbox kann man leider nichts darauf erkennen.« Sie seufzte tief. »Hast du das Haus von dem Typen gründlich durchsucht?«

»Klar. Aber keine Spur von einer Katze.« Peter schenkte sich Eistee ein. »Die Nachbarin wusste auch nichts, und seine Witwe war sogar so nett und hat mich in ihrem Keller nachschauen lassen. Aber keine Spur.« Er nahm sich eins der Bilder und die Lupe. »Hm. Auf jeden Fall ist es ziemlich dunkel.«

»Das haben wir auch schon festgestellt«, antwortete seine Freundin mürrisch.

»Es macht den Anschein«, redete Peter weiter, »als würde sich rechts oben eine schwache Lichtquelle befinden. Siehst du die Schatten?«

Alle drei beugten sich nun über die Ablichtung.

»Entweder ist es eine Lampe …«, fuhr der Hauptkommissar fort.

»Eher eine Funzel, so düster, wie es da ist«, unterbrach ihn Chris.

»Hm«, nickte Peter. »Oder es ist eines von diesen Fenstern mit Folie.«

»Aber so wie der Schatten fällt«, schaltete sich nun Max Petkow ein, »müsste das höher angebracht sein als ein Fenster in einem normalen Raum.«

»Ein Kellerfenster?«, fragte Chris.

Beide Männer nickten.

»Aber seinen Keller hast du durchsucht?«, vergewisserte sich Chris.

Peter seufzte. »Der hatte gar kein Fenster. Genauso

wenig wie der im Haus seiner Witwe, wo er früher gewohnt hat.«

»Vielleicht ein ungenutzter Nachbarkeller?«, suchte Max Petkow verzweifelt nach einer Möglichkeit.

Peter schüttelte den Kopf. »Das sind alles solche Holzverschläge, und eine Transportbox habe ich nirgends gesehen. Ich habe sie mit der Taschenlampenfunktion meines Handys ausgeleuchtet. Außerdem hätte sich Mimi doch bestimmt bemerkbar gemacht«, setzte er nicht mehr ganz so entschlossen hinzu.

»Gibt es hier in der Nähe ein leer stehendes Haus?«, dachte Chris bereits an eine weitere Möglichkeit.

Max biss sich auf die Unterlippe. »Und wenn sie gar nicht mehr in der Nähe ist? Der Verrückte kann sie ja überall hin verschleppt haben!«

Auch daran hatte der Kommissar gedacht und die Witwe nach einer Ferienwohnung oder Gartenhütte gefragt. Leider verfügten die Zweibolds weder über das eine noch das andere.

Eine ganze Weile noch zerbrachen sich die drei ihre Köpfe, jedoch ohne zündende Idee. Schließlich verabschiedete sich der Malermeister, nachdem Peter ihm versprochen hatte, die Fotos am Folgetag den Experten der Spurensicherung vorzulegen. Vielleicht hatten sie ein Detail übersehen …

*

Es wurde langsam dunkler. Mimi saß wieder neben dem Wasserhahn und fing die Tropfen. Ihr Magen knurrte.

Wie lange war es her, seit sie die zwei Mäuse verspeist hatte? Es kam ihr wie eine Ewigkeit vor. Wie lange konnte eine Katze ohne Futter auskommen? Sie erinnerte sich an Geschichten von Artgenossen, die zwei Wochen ohne Nahrung überlebt hatten. Ohne Wasser, das wäre kritischer. Zum Glück tropfte der Hahn.

Doch mit dieser Tatsache schien sich ihr persönliches Glück dann auch erschöpft zu haben. Nachdem sie den halben Nachmittag versucht hatte, unter immer größeren Schmerzen das Fenster zu erreichen und jedes Mal auf halber Höhe an der glatten Steinwand abgerutscht war, hatte sie es aufgegeben und verfolgte nun einen anderen Plan. Dieser sah vor, das Fenster nicht aus den Augen zu lassen. Ihre Ohren waren gespitzt und sie lauerte auf die kleinste Bewegung, das winzigste Geräusch hinter der Scheibe. Sobald sie etwas wahrnahm, würde sie einen ohrenbetäubenden Katzenjammer inszenieren. Blieb nur die Hoffnung, dass jemand vorbeikam, was in den letzten Stunden selten, genau genommen gar nicht vorgekommen war.

Sie leckte über die Verletzung an ihrer Pfote. Sie war angeschwollen und pochte schmerzhaft. Mimi fühlte sich schlapp. Ihr war gleichzeitig heiß und kalt. Langsam dämmerte es schon wieder und mit dem Licht schwand auch ihre Hoffnung.

*

Gerade als Max Petkow sich an der Haustür von Peter verabschiedete, kam Socke von einem Rundgang zurück, auf dem er ein weiteres Mal vergeblich nach Mimi Ausschau gehalten hatte. Glücklicherweise war keine der Nachbarskatzen anwesend, als er den schmalen Weg bis zur Haustür entlangtrottete, so musste er nicht von seinem Misserfolg berichten. Ein Blick auf Mimis Mensch zeigte ihm, dass auch er keine guten Neuigkeiten hatte, und so schlüpfte der schwarze Kater mit den weißen Pfoten an den beiden Männern vorbei ins Haus.

In der Küche hörte er Chris werkeln.

Routinemäßig kontrollierte er seinen Napf, fraß lustlos ein paar Bröckchen »Huhn in Gelee« und verließ das Haus auf der anderen Seite wieder durch die geöffnete Terrassentür. Mit den Augen scannte er den Garten ab, doch die erschreckt davonstiebenden Spatzen konnten ihn genauso wenig erheitern wie das Rascheln im Lavendelstrauch, das vermutlich von einer Maus herrührte. Er atmete tief durch und ließ sich am Rand der Terrasse auf die Dielen plumpsen.

»Sie wird in einem Kellerloch gefangen gehalten«, hörte er über sich jemanden sagen. Clooney. Die mollige Katze hatte es sich anscheinend im Hochbeet zwischen den Kräutern gemütlich gemacht, jetzt lugte ihr Köpfchen über dessen Rand und auf Socke herunter.

»Die Menschen haben sich gerade die Erpresserfotos genauer angeschaut«, erklärte die Grautigerin und sprang, umweht von sanftem Kräuterduft, zu ihrem Katzenkumpel herunter. »Der Keller hat ein Fenster. Von außen gesehen liegt das in Bodennähe.«

»Wir müssen unbedingt noch einmal zum Haus von dem Entführer«, entschied Socke.

»Da hat Peter bereits im Keller nachgesehen: keine Mimi«, wusste Clooney.

»Vielleicht im Nachbarhaus, bei der Friseurin«, überlegte Socke.

»Die mit den Leckerlis?« Die Grautigerin schluckte. »Hast du schon zu Abend gegessen?«, wechselte sie abrupt das Thema.

»Hab keinen Hunger.«

Die Katze bekam große Augen. »Wir sollten uns auf jeden Fall erst stärken, bevor wir uns auf die Suche machen. Wenn du nicht mehr möchtest, kann ich deine Portion essen.« Damit lief sie zur Terrassentür – sie wusste, wo Sockes Napf stand.

*

Chris mischte Essig und Öl in einer Schüssel, während Peter Tomaten in Scheiben schnitt. »Hoffentlich finden wir Mimi bald. Wie krank muss ein Mensch sein, dass er so etwas tut?« Sie schüttelte ungläubig den Kopf.

»Ja, das sagt uns einiges über diesen Menschen«, gab Peter ihr recht. »Er ist feige, weil er sich an einem wehrlosen Tier vergreift. Aber gleichzeitig raffiniert. Ein Tier gilt vor dem Gesetz als Sache, und wenn überhaupt, kann man ihn nur wegen Sachbeschädigung drankriegen.«

»Krank, ich sag es ja!«, schimpfte Chris und rührte heftig in der Salatsoße. »Ich hoffe, ihr findet Mimi oder es meldet sich endlich jemand, der etwas beobachtet hat.« Damit spielte sie offensichtlich auf die Plakate und Handzettel an, auf die bisher leider niemand reagiert hatte. »Und was macht euer anderer Fall?«, erkundigte sie sich.

»Wir treten ein bisschen auf der Stelle«, gab Peter zu. »Aber es sind ja noch zehn Tage bis zu unserem Urlaub. Das schaffen wir.« Er musste es nur oft genug sagen, dann würde er es selber glauben. Er holte zwei Weingläser aus dem Schrank und schenkte ein.

»Also werde ich morgen mal mit Frau Bilgur sprechen«, verkündete Chris.

Peter reichte ihr ein Glas und sah sie fragend an. War Clooney krank oder was hatte Chris mit der Nachbarin zu besprechen?

»Sie wollte sich während unseres Urlaubs um Socke kümmern«, war die Erklärung. »Irgendjemand muss dem Kater doch sein Futter servieren.«

»Super«, Peter stieß mit seinem Glas gegen ihres, »auf unseren Urlaub!«

Chris seufzte und trank. Beide freuten sich auf die gemeinsame Zeit, in der sie mal nicht den Zwängen ihres Alltags unterworfen waren, sondern sich treiben lassen konnten.

»Einfach tun, worauf man Lust hat!«, war der Traum der sonst so rational denkenden Chris. Natürlich musste im Vorfeld noch einiges geregelt werden, um genau diese Sorglosigkeit genießen zu können. »Auf unseren Urlaub!«

*

Diesmal war Kai Krüger den ganzen Tag abstinent geblieben und hatte sein Moped genommen, das nun ein paar hundert Meter weiter entfernt zwischen Autos und einem Roller am Straßenrand geparkt war. Er hatte sich gefreut, dass Abe Bayerlein ihm den Auftrag gegeben hatte, denn beim letzten Mal hatte er sich nicht gerade mit Ruhm bekleckert. Da hatte er aber auch schon etwas getrunken gehabt und deshalb am Einbruchsort einen Dietrich vergessen. Wie blöd konnte man sein. Er hatte zwar Handschuhe getragen, aber auf dem Einbruchswerkzeug waren natürlich seine Fingerabdrücke gewesen. Schließlich war nicht geplant gewesen, es zurückzulassen. Selbstverständlich waren ihm die Bullen auf die Schliche gekommen, und er war, weil noch auf Bewährung, wieder mal in den Knast gewandert. Das war kein Zuckerschlecken gewesen, seine Blödheit hatte ihn zum Gespött der JVA gemacht. Immerhin hatte er Abe nicht verraten, und der Geschäftsmann hatte schließlich vor Krügers Verhaftung damals bekommen, was er gewollt hatte. Krüger hatte ihm die Papiere, die er in seinem Auftrag gestohlen hatte, direkt geliefert, noch bevor er den Verlust seines Dietrichs bemerkt hatte.

Das war alles eine Weile her, und endlich zahlte sich seine Verschwiegenheit aus. Heute Vormittag hatte sich Abe gemeldet und ihn gebeten, ihm seine Akte von diesem Rechtsverdreher zu besorgen. »Ohne Spuren diesmal«, hatte ihn der Geschäftsmann verhöhnt und etwas von »allerletzte Chance« gesagt.

»Wird erledigt«, war Krügers knappe Erwiderung gewesen. Er hatte gleich sein Equipment kontrolliert und alles bereitgelegt. Am späten Nachmittag dann war er nach Mittelfeld gefahren, hatte sein Moped in ausreichender Entfernung abgestellt und das Objekt in Augenschein genommen. Das Schloss war ein Witz, da würde er keine fünf Minuten brauchen. Das polizeiliche Siegel war bereits gebrochen, also sollte ihm ein Eindringen ohne Spuren gelingen.

Jetzt beobachtete er die Gegend. Der Optiker nebenan hatte Betriebsferien, und es schien zurzeit niemand im Haus zu sein. Der Friseursalon auf der anderen Seite allerdings war gut besucht, aber laut dem Schild an der Eingangstür schloss der Laden um 18.30 Uhr, und Krüger hoffte, dass es danach ruhiger in der Gegend werden würde. In dem mehrstöckigen Gebäude vorn an der Straßenecke waren eine Arztpraxis und ein Physiotherapeut ansässig, außerdem wohl Lagerräume des kleinen Supermarkts, der sich auf der Hauptstraße, Am Mittelfelde, befand. Dort lagen auch deren Eingänge, sodass die Patienten oder Angestellten des Ladens nicht bei seinem Beobachtungsposten in der Giesener Straße vorbeikamen, es sei denn, sie wohnten zufällig hier, und dieses Risiko war gering. Er musste nur abwarten …

*

Clooney hatte Socke überredet, noch einen Moment abzuwarten und sich auszuruhen, bevor sie sich auf die Suche nach Mimi machten. »Wir könnten weitere wichtige Hinweise von deinen Menschen bekommen.«

Mit dieser Argumentation überzeugte die Grautigerin den weißpfotigen Kater, und so leisteten die beiden Chris und Peter bei ihrem Abendessen auf der Terrasse Gesellschaft.

Zu Sockes Leidwesen wurde allerdings das Thema Mimi nur am Rande gestreift, und es kam nichts Neues zur Sprache.

Auch Clooney hatte sich von der Aktion mehr versprochen. Die Mahlzeit der Menschen bestand nämlich aus Salat und verschiedenen Vorspeisen, die Peter auf dem Heimweg von der Arbeit beim Griechen geholt hatte. Da war kaum etwas Katzengerechtes dabei. Das Einzige war vielleicht noch der Schafskäse, den ihr Chris jedoch mit dem Hinweis, er sei viel zu stark gewürzt, vorenthielt.

Socke wurde langsam ungeduldig. Clooney hoffte noch auf einen Nachtisch, vielleicht mit einem Tupfer Sahne?

Gerade als der Kater allein aufbrechen wollte, hatte Chris ein Einsehen mit ihrer pelzigen Gesellschaft und servierte jedem ein Katzenwürstchen. Als habe er es gerochen, sprang just in dem Moment Gismo lässig aus dem Nachbarsgarten übers Hochbeet und erhielt auch seinen Anteil. Als die Katzen sich – nun zu dritt – endlich auf den Weg machten, wurde es schon dunkel.

*

Ihr erster Weg führte die drei zu dem kleinen Platz vor der Anwaltskanzlei. Dort in der Nähe musste Mimi gefangen gehalten werden, davon waren sie überzeugt, sonst hätte der Mann sie nicht zu Fuß entführt. Immerhin verfügte er ja über ein Auto, wie Clooney dem Gespräch der Menschen entnommen hatte.

Ein Keller mit Fenster in Bodennähe von außen, so hatten die Menschen aus den Fotos geschlossen. Die Katzen würden also sämtliche Häuser im Umfeld darauf kontrollieren. Gerade befanden sie sich auf dem Fußweg vor dem Bahnübergang neben dem Jugendzentrum in der Spittastraße. Hier musste der Entführer entlanggegangen sein, wenn die Dackeldame Angelique sich nicht getäuscht hatte.

Gismo war besonders aufgekratzt. »Sollen wir uns trennen, um effektiver voranzukommen? Was meinst du als Leiter der Soko Mimi dazu?«, wandte er sich an Socke.

»Soko? Leiter?«

»Na, Sonderkommission, weißt du nicht, was das ist? Soll ich lieber die Leitung übernehmen?«, überlegte er. »Du bist schließlich befangen.«

»Äh, nein. Ich mache das schon. Geh du hier lang«, bestimmte Socke und deutete mit der Schnauze auf die Gärten jenseits der Bahngleise.

»Aye, aye, Sir«, schnarrte der Jungkater. »Um Mitternacht mache ich Meldung.« Damit schlängelte er sich durch ein Loch im Zaun auf die Häuserreihe zu.

Clooney sah ihm stolz hinterher. Dann drehte sie sich zu Socke um: »Wollen wir erst noch der netten Friseurin einen Besuch abstatten? Ich meine«, fügte sie eilig hinzu, als sie Sockes skeptisches Gesicht sah, »sozusagen als Ausgangsbasis. Und vielleicht hat sie wichtige Informationen für uns.«

»Ich glaube nicht, dass sie um diese Zeit noch da ist«, zweifelte der Kater. »Aber gut, irgendwo müssen wir ja anfangen …«

*

Wie erwartet war das Schloss ein Kinderspiel. Kai Krüger war sehr zufrieden mit sich. Zwei Anwohner von gegenüber hatten ihre Autos auf dem Platz vor der Kanzlei abgestellt – es war Feierabendzeit –, was einen wunderbaren Sichtschutz für ihn darstellte, zumal eines der Fahrzeuge ein VW-Bus war. Es hatte noch eine Weile gedauert, bis die Friseurin endlich ihren Laden abgeschlossen hatte und davongefahren war, doch seither war es ruhig auf der Straße geblieben. Keine Menschenseele schien mehr unterwegs zu sein. Nur zwei streunende Katzen trieben sich herum. Krüger musste grinsen, als er an die Schlagzeile in der heutigen NHP dachte. Sah die eine von ihnen nicht so aus wie die Katze auf dem Zeitungsfoto? Oder nein, es war ja ein Kater gewesen, der von diesem Hauptkommissar. Beinahe hätte er lauthals losgelacht: Der Polizeikater wurde Zeuge eines Einbruchs. Seine Kumpels in der Szene würden sich kaputtlachen. Ob er mit seinem Handy ein Foto von dem Kater machen sollte? »Na, miez, miez, miez! Komm, du Süßer«, lockte er ihn.

*

»Schau mal, was macht denn der da?«, wisperte Clooney, als sie und Socke den Mann sahen, der sich an der Eingangstür des Hauses zu schaffen machte.

»Ich glaube, der will ins Haus. Der bricht da ein«, mutmaßte Socke.

»Ob er was zu fressen hat?«, fragte seine Begleiterin, immerhin versuchte er auf sich aufmerksam zu machen. Eilig steuerte sie auf den Einbrecher zu, der in der leicht geöffneten Tür der Anwaltspraxis stand. »Wer Leckerchen verteilt, kann kein böser Mensch sein«, urteilte sie und rammte ihr Köpfchen mit Wucht gegen sein Schienbein.

Damit hatte der Mann wohl nicht gerechnet, denn er strauchelte. Socke huschte zwischen seinen Beinen durch und gelangte ins Innere des Hauses.

»Miau!«, hörte er Clooney in seinem Rücken.

»Hey«, beschwerte sich der Einbrecher. Dann folgte lautes Fauchen und entrüstetes Maunzen von seiner Katzenfreundin. »Verschwinde, du Biest!«

*

Krüger hatte Mühe, die Katze abzuschütteln, die sich in sein Bein verkrallt hatte. Wo der Kater von dem Kommissar hin verschwunden war, wusste er nicht und es interessierte ihn auch nicht mehr. Dann machte er halt keine Fotos von dem Viech. War sowieso eine Schnapsidee gewesen. Er steckte sein Handy ein, während er sich von dem laut miauenden, zappelnden Katzentier befreite. Schnell schlüpfte er ins Haus und zog die Tür hinter sich zu. Das war knapp gewesen. Hoffentlich hatten die Nachbarn nichts gehört.

*

Die mittlere der drei Türen in dem kleinen und dunklen Flur wurde, wie bereits am Vortag, durch einen Türstopper offen gehalten. Hier ging es ins Büro, das wusste der Kater, und in diesem Raum hatte die Leiche gelegen. Außerdem, so meinte Socke sich zu erinnern, gab es hinter dem Schreibtisch eine weitere Tür, die ins Treppenhaus führte. Gestern war sie offen gestanden, heute leider nicht. Hinter ihm trat der Einbrecher ins Haus. Ob er ihn dazu bringen könnte, den Zugang für ihn zu öffnen? Oder sollte er es besser selbst versuchen? Er hüpfte auf die Klinke und die Tür schwang erstaunlich leicht auf.

»Hey, was machst denn du hier?«, hörte er den Mann rufen.

Socke sah sich kurz um. Der Einbrecher hatte ihn entdeckt und hetzte auf ihn zu. Allerdings war der Kater im Vorteil. Es dauerte einen Moment, bis der Mann um den Schreibtisch herumgelaufen war, und dann beging er noch den Fehler und machte kein Licht an, wohl um Zeit zu sparen. Der Kater konnte im Halbdunkel ausgezeichnet sehen, der Mann allerdings nicht, und so stolperte er am Fuß der Treppe über eine Mausefalle, nachdem er dem Kater in den Keller hinab gefolgt war, und prallte unsanft gegen einen metallenen Schrank.

Er stöhnte laut auf. »Aua, Scheiße!« Mit diesen Worten nestelte der Mann sein Handy aus der Tasche und leuchtete damit die Räume ab. Schließlich wandte er sich dem Aktenschrank zu.

Währenddessen inspizierte Socke den restlichen Keller, doch hier war nichts. Es gab kein Fenster und von Mimi ebenfalls keine Spur. Traurig trottete er wieder nach oben.

Der Einbrecher hingegen schien fündig geworden zu sein. Mit einem zufriedenen »Na bitte« steckte er einen Packen Papiere in seine mitgebrachte Tasche, in der er auch die Werkzeuge mitführte, mit denen er den Schrank geöffnet hatte.

Socke wurde wütend. Dieser Mann hatte bekommen, was er gesucht hatte, während er, Socke, leer ausging. Dabei war der ein gemeiner Dieb, der Peter das Leben schwermachte. Das durfte nicht sein! Wütend stürzte er sich auf ihn, als er gerade die Tür zum Treppenhaus von außen schließen wollte, und biss ihm herzhaft in die behandschuhte Hand.

»Ah!«, schrie der Mann auf und versuchte den Kater abzuschütteln. Bevor ihm das allerdings gelang, konnte Socke ihm noch ein paar deftige Kratzer an den Unterarmen beibringen. Der Mann floh um den Schreibtisch herum und stolperte Richtung Ausgang.

Socke nahm den Weg unter dem Tisch durch und erwartete ihn dort fauchend. Von draußen hörte er Clooney zetern. Er sprang den Mann abermals an und schlug nach der Tasche. Der Plastikhandschuh seiner linken Hand war zerrissen und hing in Fetzen um seine Finger.

Klatsch! Ein beherzter Schlag des Katers und die Hälfte des Materials flog in den dunklen Flur. Endlich gelang es dem Mann, die Tür zu öffnen, und er stürzte über Clooney hinweg nach draußen, allerdings nicht ohne vorher kräftig nach Socke getreten zu haben.

*

Clooney fauchte. Die Tür fiel krachend ins Schloss und der Einbrecher taumelte davon.

Wo war Socke? Entsetzt miaute die mollige Katze auf. Während der Mann bereits um die Straßenecke hetzte, blieb sie sitzen und maunzte laut und klagend die geschlossene Tür an.

»Dieser Lärm ist ja nicht zum Aushalten!«, rief ein Anwohner aus einem Fenster auf der gegenüberliegenden Straßenseite. »Wenn hier nicht sofort Ruhe einkehrt, hole ich die Polizei!«

KAPITEL 5
FREITAG

»Hast du Socke gesehen?«, erkundigte sich Peter bei seiner Freundin anstelle eines Gutenmorgengrußes.

Chris verneinte. »Sein Frühstück hat er nicht angerührt. Sieht aus, als wäre er noch nicht von seinem nächtlichen Streifzug zurück.«

Peter stellte eine Tasse in den Kaffeevollautomaten und drückte auf den Knopf für Cappuccino. »Hoffentlich ist nichts passiert«, rief er gegen das Dröhnen des Mahlwerks und das Zischen der Milchschaumdüse an.

»Vielleicht sucht er Mimi«, mutmaßte Chris. »Dass er sie gern hat, ist ja offensichtlich. Ich hoffe, es meldet sich bald jemand auf die Plakate hin oder du findest das Versteck von dem Catnapper.«

»Das hoffe ich auch.« Der Hauptkommissar gab Zucker in seinen Kaffeebecher. »Wie lange hält es eine Katze ohne Futter aus?«, stellte er dann die bange Frage.

Chris seufzte tief. »Es gibt Fälle, da haben Katzen bis zu zwei Wochen ohne Nahrung überlebt, angeblich teilweise noch länger. Allerdings ohne Wasser«, sie seufzte abermals, »das geht nur ein paar Tage gut. Bei Mimi wäre es jetzt allerhöchste Zeit.« Sie biss sich auf die Unterlippe. »Na ja, und selbst wenn sie Wasser hätte, was auf den Fotos nicht so aussah: Längeres Hungern kann zur Schädigung von inneren Organen führen, speziell der Leber. Hepatische Lipidose ist der Fachbegriff. Das ist lebensbedrohlich. Auf dem Foto frisst sie gerade eine Maus oder was in der Art, aber das muss ja schon eine Weile her sein. Ach«, sie erhob sich und nahm ihren Freund in den Arm, »finde sie einfach schnell.«

*

Max Petkow hatte seinen Termin für den Vormittag abgesagt. Er konnte sich einfach nicht auf seine Arbeit konzentrieren und hatte zudem schlecht geschlafen. Die ganze Nacht hatte er sich sein Hirn zermartert, was Stefan Zweibold beim Klassentreffen gesagt haben könnte, weshalb er sich gezwungen sah, Mimi zu entführen. Leider konnte er sich nur daran erinnern, was er selbst erzählt hatte. Nachdem alle Fotos ihrer wohl geratenen Sprösslinge herumgereicht hatten, war es für ihn ein Spaß gewesen, Bilder von Mimi zu zeigen. Er hatte das witzig gefunden, und außerdem war die Katze ja beinahe wie ein Kind für ihn. Damit hatte er sich gegenüber diesem kranken Typen offensichtlich verletzlich gemacht. Hätte er doch einfach den Mund gehalten. Und vor allem: hätte Stefan den Mund gehalten. Warum musste der ihm irgendwelche Geheimnisse erzählen, die ihn, Max, gar nicht interessierten. Zum gefühlt tausendsten Mal ging er das Gespräch mit Zweibold durch. Zunächst war es um familiäre Dinge gegangen, seinen Sohn, seine Frau, von der er getrennt lebte. Wo, hatte er gesagt, wohnte die? Bemerode. Jetzt erinnerte er sich zumindest wieder daran: in der Gravensteiner Allee. Max hatte noch gedacht, dass das nicht die schlechteste Wohngegend sei. Zweibold hatte das dann auch gleich betont. Klar, seine ehemaligen Klassenkameraden hatten alle versucht, sich gegenseitig damit zu übertrumpfen, was sie zwischenzeitlich erreicht hatten.

»Na ja, ein Reihenhäuschen in Mittelfeld. Nicht gerade das Vorzeigeviertel«, hatte Stefan über Max' Bleibe geurteilt und mit seinem Haus in Bemerode dagegengehalten. Und dessen Hausnummer? Die hatte er doch ebenfalls genannt. Max grübelte weiter.

Sie entsprach zufällig Tag und Monat seines Geburtstags, jetzt erinnerte er sich auch daran. Wann hatte Stefan noch mal Geburtstag gehabt?

*

»Hat jemand von euch Socke gesehen?«, empfing Revierchef Mikey Clooney und Gismo, die gerade aus ihrem Zuhause ins Freie schlüpften.

»Wir machen uns Sorgen.« Suleika, frisch gebürstet und im unvermeidlichen Geschirr, hatte ihren Platz auf der Mauer bereits eingenommen, während ihr Katzensitter seine morgendliche Runde mit Dackeldame Angelique drehte. Im Gegensatz zu ihrer sonstigen Hochnäsigkeit klang die Perserin äußerst alarmiert.

Clooney setzte sich mitten auf den Weg, legte ihren Schwanz um sich und verkündete: »Ich weiß, wo er sich befindet, und bin mit seiner Rettungsaktion betraut.«

»Rettungsaktion?« Nun überschlug sich Suleikas Stimme beinahe.

»Was ist passiert?«, zeigte sich Mikey besorgt.

»Er wurde gestern bei einem wichtigen Einsatz eingesperrt«, schaltete sich Gismo ein, dem seine Mutter alles erzählt hatte.

Schnell fiel ihm Clooney ins Wort und berichtete von der gestrigen Aktion. »Leider hat der Mann von Gegenüber nicht wie versprochen die Polizei geholt, obwohl ich mir größte Mühe gegeben habe«, endete sie schließlich. »Socke und ich konnten uns durch die Tür verständigen und wir sind übereingekommen, es heute Morgen bei der Nachbarin zu versuchen. Die mit den Katzenleckerchen«, fügte sie erklärend hinzu.

»Wie furchtbar, der Arme«, lamentierte Suleika. »Wie kann ich ihm nur helfen?«

»Lasst mich einfach machen«, gab sich Clooney gönnerhaft. »Ihr könnt unterdessen weiter nach Mimi suchen«, wandte sie sich an Mikey und Gismo.

Nun war es an dem Jungkater, seine gestrige Suchaktion zu schildern. »In der Häuserreihe auf dieser Seite der Bahngleise ist sie nicht.«

»Dann nehmen wir uns heute die Straßen auf der anderen Seite vor«, bestimmte Revierchef Mikey. »Du befreist Socke …«, wandte er sich an Clooney.

»Aye, aye, Sir!«, schnarrte die, nachdem sie das gestern von ihrem Sohn so gehört hatte.

»Und ich?«, kam es von Suleika, die ausnahmsweise nichts am Vorgehen ihrer Katzennachbarn auszusetzen hatte.

»Du hältst hier die Stellung. Dies ist unsere Einsatzzentrale. Spätestens um die Mittagszeit kehren wir alle zurück. Sollte zwischenzeitlich etwas sein, nimmst du unsere Nachrichten entgegen.« Damit tippte er Gismo mit der Pfote an. »So, und nun komm, wir haben keine Zeit zu verlieren.«

»Und lass dich bloß nicht wieder einbuchten«, rief der Jungkater der Perserin im Gehen zu.

*

Die Tür zum Besprechungsraum wurde aufgerissen und Toni stürmte herein.

»Sorry, ich hab verschlafen«, entschuldigte sie sich und setzte sich auf den freien Platz neben Fritz.

»Zu Hause?«, raunte der ihr zu. »Dein Freund hat schon bei mir im Büro angerufen, weil er dich weder auf dem Festnetz noch auf dem Handy erreicht hat.«

»Ich wollte nicht mit ihm sprechen«, flüsterte Toni.

»Und gestern Abend? Er hat sich Sorgen gemacht«, gab ihr Kollege in vorwurfsvollem Ton zurück.

»Es ist spät geworden. Hab noch einen Bekannten getroffen«, verteidigte sich Toni. Natürlich hätte sie Basti auch noch zu vorgerückter Stunde zurückrufen können, aber sie hatte einfach nicht gewollt.

»So, so, und da ist es also spät geworden?«

»Hallo, könnt ihr beiden eure Diskussionen im Anschluss führen, wir haben einen Mordfall aufzuklären«, ging Peter dazwischen, »genauer gesagt, zwei Mordfälle.«

»Na, und wenn es spät geworden ist? Deswegen habe ich ja verschlafen«, zischte Toni dem älteren Kollegen zu. Der schob ihr versöhnlich einen Teller mit Mini-Schokocroissants zu.

»Zwei Mordfälle?«, fragte Lisa.

Der Hauptkommissar warf Toni einen warnenden Blick zu und nickte dann. »Ja. Ich habe den Obduktionsbericht von Stefan Zweibold. Der Professor hat extra eine Nachtschicht für uns eingelegt.« Er blätterte in seinen Unterlagen. »Zweibold ist an einer Überdosis Heroin gestorben.«

»Das wussten wir ja bereits oder haben es zumindest geahnt«, kam es von Uli Zeitler, der es sich mal wieder nicht hatte nehmen lassen, an der Dienstbesprechung der Ermittler teilzunehmen.

»Das stimmt. Allerdings hatte er eine hohe Konzentration Hydroxybuttersäure im Urin, besser bekannt als …«

»K.-o.-Tropfen«, fiel ihm der SpuSi-Mann ins Wort. »Das ist ja ein Ding.«

»So könnte man das sagen«, bestätigte der Hauptkommissar. »Außer diesem Detail gibt es übrigens keinerlei Hinweise auf Fremdverschulden.«

»Sag mal, Hydroxybuttersäure, ist das nicht ein Bestandteil von Ecstasy?«, fragte Lisa nach. »Vielleicht hat er sich das Zeug ja selber eingeworfen und sich dann aus Versehen eine zu hohe Dosis Heroin gespritzt.«

»Unwahrscheinlich. Wenn man mal von Alkohol absieht, hat er üblicherweise keine Drogen konsumiert. Zumindest gibt es momentan keine Indikatoren dafür, wie beispielsweise Einstichstellen. Sein Umfeld, insbesondere seine Mitarbeiterin, hat keine Anzeichen für regelmäßigen Drogenkonsum beobachtet, und die ersten Blut- und Urinuntersuchungen an der Leiche waren diesbezüglich ebenfalls negativ«, erklärte Peter. »Ein paar Tests stehen natürlich noch aus und die Haaranalyse. Aber wir können mit ziemlicher Sicherheit von einem Mord ausgehen.«

Toni pfiff leise durch die Zähne, während Fritz nachdenklich von einem Schokocroissant abbiss.

»Deswegen schauen wir uns gleich alle in seiner Kanzlei um«, bestimmte Peter.

»Alle?«, erkundigte sich Fritz entgeistert.

Uli hob beschwichtigend die Hände. »Leute, pfuscht mir nicht am Tatort dazwischen.«

»Wir pfuschen nicht! Und wir machen das schließlich nicht zum ersten Mal«, entgegnete Toni verärgert.

»Aber nicht, dass wieder irgendwelche Katzen da rumlaufen«, konnte sich der Chef der Spurensicherung eine Spitze gegen Peter nicht verkneifen.

»Ach ja, apropos Katze. Auch wenn es nichts mit seinem Tod zu tun hat: Zweibold hatte einige ältere Kratzer an den Unterarmen«, hakte Peter ein.

»Und du meinst, die kommen von einer Katze?« Lisa runzelte die Stirn. »Hat der Professor das gesagt?«

»Nach der Geschichte mit dem eigenartigen Brief und der Entführung der Katze können wir wohl mit ziemlicher Sicherheit davon ausgehen«, entgegnete Peter.

Lisa ließ ihre Teetasse sinken, die sie gerade zum Mund hatte führen wollen, und seufzte: »Hoffentlich finden wir die Kleine!«

»Das hoffe ich auch«, antwortete Peter leise. Nicht erst seit Kater Socke bei ihm lebte, wusste er, wie sehr einem ein Tier ans Herz wachsen konnte.

Uli schlug ihm kumpelhaft auf die Schulter. »Klar finden wir die Mieze.« Damit erhob er sich.

Die anderen Kollegen taten es ihm gleich.

»Sag mal, was war denn das für ein Bekannter, mit dem du die Nacht verbracht hast?«, fragte Fritz Toni im Hinausgehen.

»Ich hab nicht die Nacht mit ihm verbracht!«

»Wie auch immer, deinem Freund bist du eine Erklärung schuldig.«

*

Wäre der Anlass kein so trauriger gewesen, hätte er den Ausflug sehr genossen. Max Petkow war mit dem Fahrrad unterwegs nach Bemerode. Dabei wählte er den Weg an der Kleingartenanlage Mittelfeld vorbei über den Messeschnellweg und durch den Döhrbruch. Die Temperaturen passten sich so langsam der Jahreszeit an, es herrschten etwas mehr als 20 Grad, Tendenz steigend, und die Sonne schien. Genau das richtige Wetter für eine Fahrradtour, und die Strecke war traumhaft. Wer hätte gedacht, dass es ganz in der Nähe seiner neuen Bleibe so viel Grün gab? Er wohnte seit einem knappen Jahr in dem Reihenhaus in Hannover Mittelfeld und hatte, bis auf die Streifzüge in den letzten Tagen auf der Suche nach Mimi, bisher nicht viel von seinem neuen Umfeld erkundet. Als selbstständiger Malermeister war er stets gut beschäftigt, und die freie Zeit zwischen seinen Aufträgen nutzte er für seine Buchführung. Heute hatte er zum ersten Mal einen Termin bei einem Kunden abgesagt. Er trat in die Pedale und erreichte sein Ziel zügig.

Vor der Tür des schmucken Wohnhauses zögerte er einen Moment. Immerhin war die Frau gerade Witwe geworden. Bevor er es sich anders überlegen konnte, drückte er schnell auf den Klingelknopf. Mehr als rauswerfen konnte sie ihn nicht. Vielleicht war sie ja auch gar nicht zu Hause.

Er hatte den Gedanken noch nicht zu Ende gedacht, da wurde die Tür aufgerissen. Die Frau, die ihm gegenüberstand, wirkte zierlich, beinahe zerbrechlich, machte aber keinen allzu bedrückten Eindruck. Sie trug Jeans und ein dunkelblaues T-Shirt, die blonden Haare waren zu einem Pferdeschwanz zusammengebunden.

»Katharina Zweibold?«

Sie nickte. »Steht vor Ihnen.« Ihre grünen Augen sahen ihn fragend an, dann bekam ihr Gesicht einen abweisenden Ausdruck. »Wenn Sie von der Presse sind, ich habe nichts zu sagen.« Sie griff nach dem Türrahmen.

»Nein«, beeilte sich Max, »nein, ich bin … Ich war ein Schulfreund Ihres Mannes, also Ihres verstorbenen …« Er brach ab. »Mein Beileid, Frau Zweibold.« Er streckte ihr seine Hand entgegen, die sie langsam ergriff.

»Danke«, antwortete sie leise.

»Es geht um meine Katze …« Erneut geriet Max ins Stocken, als er ihren verwunderten Blick bemerkte. Die Frau musste ihn für komplett verrückt halten, immerhin zögerte sie damit, ihm die Tür vor der Nase zuzuschlagen. »Frau Zweibold, Katharina, darf ich kurz reinkommen? Es ist wichtig, vielleicht können Sie mir helfen …«

*

Peter traute seinen Augen nicht. War das etwa Clooney? Eine Katze saß auf dem kleinen Platz vor dem Friseursalon und ließ sich mit Leckerchen verwöhnen. Sie sah eindeutig nach seiner Nachbarskatze aus. Der Hauptkommissar schüttelte verwundert den Kopf. Seit Socke in seinem Haushalt lebte, war der Kater samt seiner tierischen Freunde immer wieder in die Fälle des Hauptkommissars involviert, sobald Mittelfeld deren Schauplatz darstellte.

»Hallo, Herr Kommissar«, grüßte die nette Friseurin ihn von Weitem.

»Miau«, forderte Clooney Nachschub.

Lächelnd deutete Heike Stolze, wie sich die Frau gestern vorgestellt hatte, auf die mollige Katze. »Es scheint sich in der Gegend rumgesprochen zu haben, dass es bei mir seit Neuestem eine Katzensnackbar gibt.«

Peter schmunzelte. »Ich glaube, dieses Exemplar kenne ich, das ist Clooney, meine Nachbarin.« Dann bat er Frau Stolze, sich später für ein Gespräch bereitzuhalten, und ließ sich von der Spurensicherung ausstaffieren.

»Was zum Teufel …?« Vor der Tür der Anwaltskanzlei entstand ein kleines Handgemenge.

»Wo kommt das Vieh her?«, rief einer der SpuSi-Truppe.

»Haltet es doch fest!« Die Anordnung kam von Ulrich Zeitler.

»Miau!«

»Autsch!«

Zwischen den weißbehosten Beinen schlüpfte ein schwarzer Kater hervor und entwand sich geschickt einer nach ihm greifenden Hand. Mit aufgestellten Nackenhaaren entwischte das Tier den Beamten und sauste geduckt an Peter vorbei.

Ungläubig sah Peter dem Weißpfotigen hinterher. »Socke?!«

»Miau!«, löste sich nun auch Clooney von der Hand mit den Katzenknuspertaschen und folgte ihrem Kumpel.

Sämtliche Blicke waren auf die davoneilenden Katzen gerichtet.

»Was war das denn?«, fand Ulrich Zeitler als Erster seine Sprache wieder.

»Die Katze muss dadrinnen gewesen sein.« Ungläubig zeigte einer seiner Leute auf das Gebäudeinnere. »War die nicht gestern auch schon da?«

»Genau, das ist doch *dein* Kater«, erinnerte sich der Chef der Spurensicherung. »Hast du den etwa dabeigehabt, als du dich gestern noch mal am Tatort umgeschaut hast?«

Peter atmete tief durch. Er konnte sich keinen Reim auf die Situation machen. Er war sich sicher, dass Socke bei seinem gestrigen Besuch nicht in der Nähe gewesen war. Eines wusste er allerdings ebenfalls, dieses Mal würde das Gespräch mit seinem Vorgesetzten nicht ganz so entspannt ablaufen. Er konnte nur hoffen, dass der Kriminalrat ein Tierfreund war.

*

Abe Bayerlein blätterte die handgeschriebenen Seiten durch und warf einen Blick auf die Fotos. »Mehr hast du nicht?«

Kai Krüger schüttelte den Kopf. Er stand vor dem Schreibtisch des Geschäftsmannes, auf den er gerade den mit »A. Bayerlein« beschrifteten Umschlag geworfen hatte.

»Was versteckst du denn hinter deinem Rücken?«

»Nichts.« Wie ein trotziges kleines Kind schob der stämmige Ganove sein Kinn vor und behielt seine Hände weiterhin auf dem Rücken.

»Sind wir hier im Kindergarten?«, schimpfte Bayerlein, erhob sich und zerrte an Krügers linkem Arm. »Was ist denn das?«

Um seinen Handballen trug Krüger einen schmutzigen Verband, Handrücken und Unterarm waren von Kratzern übersät, von denen sich ein paar entzündet hatten. »Das war eine tollwütige Katze.«

Der Geschäftsmann lachte dröhnend. »Was hast du denn mit Katzen zu tun, noch dazu mit so angriffslustigen?«

»Das Vieh ist total ausgerastet«, schmollte Krüger.

Abe Bayerlein atmete aus. »Du hast dich echt mit 'ner Katze angelegt, das war keine Tussi? Ich krieg mich nicht mehr ein.« Er warf ihm mehrere Geldscheine hin.

»Da. Und geh lieber zum Arzt und lass dir eine Tollwutspritze verpassen.«

Der Kleinkriminelle schnappte sich das Geld und verließ das Büro. Bayerleins Gelächter verfolgte ihn.

*

Der Geschäftsmann besah sich die sogenannte »Akte« erneut. Enttäuschend. Er hatte mehr erwartet. Zwar stimmte alles, was sich Zweibold in seiner krakeligen Handschrift über ihn notiert hatte, aber nichts davon hätte ihm ernsthaft Sorgen bereitet, hätte jemand es in die Hände bekommen. Und die Fotos? Meine Güte, ein paar blau geschlagene Gesichter, was konnte man ihm im Zweifel damit beweisen? Er packte alles zurück in den Umschlag und ging damit ins Badezimmer nebenan. Dort hielt er sein Feuerzeug an eine Ecke des Papiers, das langsam Feuer fing. Es qualmte. Schnell warf er das Bündel ins Waschbecken und deaktivierte den Rauchmelder, den er beinahe vergessen hätte. Als er sich wieder umdrehte, war nur noch ein verkohlter Rest übrig.

*

»Meine Güte, der Mann war ja ein noch viel größeres Arschloch, als ich gedacht hatte«, kommentierte Katharina Zweibold Max' Ausführungen. »Es tut mir wirklich leid. Möchtest du noch einen Schluck?« Sie deutete auf die Karaffe mit dem Eiswasser, die sie auf den Gartentisch gestellt hatte.

Sie hatte Max direkt auf die Terrasse geführt und ihm etwas zu trinken angeboten. Nachdem sie Platz genommen hatten, hatte Max vom Klassentreffen erzählt, und sie hatte wissen wollen, wie ihr Mann so in der Schule gewesen war. Der Malermeister hatte berichtet, dass der Verstorbene nicht besonders beliebt gewesen sei.

Zu diesem Zeitpunkt waren sie zum Du übergegangen.

Katharina ihrerseits erinnerte sich, wie sie Stefan kennengelernt hatte.

Schließlich erzählte Max vom Klassentreffen, seinem Filmriss und Mimis Entführung.

»Hast du eine Idee, wo er die Katze hingebracht haben könnte?«, fragte er und nickte Katharina zu, die auf sein Glas zeigte. »Wir vermuten, sie befindet sich in einem Kellerraum.«

»Also, bei uns kann sie nicht sein. Stefan war seit Ewigkeiten nicht hier und hat auch keinen Schlüssel mehr.« Nachdenklich trank sie einen Schluck. »Es sei denn, Kevin, unser Sohn, hätte ihm einen gegeben. Das kann ich mir aber nicht vorstellen«, verwarf sie diese Idee gleich wieder.

»Kannst du ihn bitte trotzdem fragen?«, bat Max. »Habt ihr vielleicht ein Ferienhaus oder eine Gartenlaube? Vielleicht stimmt das mit dem Kellerraum ja doch nicht.«

Katharina schüttelte den Kopf.

Resigniert atmete Max durch. »Hatte er eine Freundin?«, erkundigte er sich vorsichtig. Er konnte sich zwar nicht vorstellen, dass Stefan es beim Klassentreffen ihm gegenüber verschwiegen hätte, wenn er eine Geliebte hatte, aber möglicherweise war das im Alkoholnebel untergegangen.

»Nicht dass ich wüsste«, sagte Katharina gelassen. Sie nahm ihm die direkte Frage offensichtlich nicht übel. »Seine ehebrecherischen Tätigkeiten hat er, meines Wissens nach, mit Damen ausgelebt, die dafür Geld genommen haben.«

»War da eine, die er häufiger, äh, konsultiert hat?«, traute sich Max weiterzufragen.

Katharina zuckte die Schultern. »Da gehst du am besten in die Badewanne.« Sie erlaubte sich ein Grinsen, als sie Max' verdattertes Gesicht sah. »So heißt seine Stammkneipe am Steintor.«

Max bedankte sich für ihre Offenheit und erhob sich. »Ich denke, ich gehe mal wieder. Wenn dir noch etwas einfällt, ruf mich gerne an.« Er legte seine Visitenkarte auf den Tisch. »Oder wenn du einen Maler brauchst.« Er versuchte es mit einem schiefen Lachen. »Danke fürs Wasser und fürs Zuhören. Und wenn das alles vorbei ist … Vielleicht hast du ja mal Lust, mit mir Essen zu gehen?«

»Wer weiß«, Katharina lächelte ebenfalls. »Ich bringe dich noch raus.«

Max bemerkte, dass sie in der Tür stehen blieb und ihm nachdenklich zusah, wie er sein Fahrrad aufschloss.

»Vor ein paar Jahren«, sagte sie dann plötzlich, »da habe ich eine Wohnung in Lüneburg von einer Großtante geerbt. Nichts Großartiges, aber günstig gelegen. Die haben wir einige Zeit als Ferienwohnung genutzt, doch irgendwann stand bei dem Gebäude eine Fassadenrenovierung an, und das war uns zu teuer. Deshalb haben wir verkauft.«

Max wurde hellhörig. »Und du meinst, Stefan könnte noch einen Schlüssel gehabt haben?«

»Genau das war mein Gedanke. Hast du einen Moment? Ich rufe die Käufer an, sie sollen im Keller nachschauen …«

*

Tropf, tropf, tropf.

Mimi fing das Wasser mit der Pfote auf und leckte es ab. Wie lange schon? Draußen war es bereits vor Stunden hell geworden, und die Geräusche der vorbeifahrenden Straßenbahnen hörte sie nun häufiger. Vermutlich war es um die Mittagszeit. Inzwischen kannte sie jeden Quadratzentimeter des kleinen Kellerraums, der ihr Gefängnis darstellte. Trotzdem hatte sie keinen Ausweg daraus gefunden. Der Schmerz an ihrer Flanke hatte nachgelassen, dafür wurde der in der verletzten Pfote beinahe unerträglich. Sie hatte Mühe, zu gehen, und so konzentrierte sie sich nun seit einiger Zeit darauf, auf dem Boden liegend, Wassertropfen zu fangen, immer darauf lauschend, ob oben am Fenster ein Mensch oder ein Tier vorbeiging. Sie horchte. Seit den Kindern gestern – oder war es vorgestern gewesen? – hatte niemand mehr ihr Verlies passiert. Wie lange würde es noch dauern, bevor sie wahnsinnig wurde?

Tropf, tropf, tropf.

Sie versuchte sich mit schönen Erinnerungen abzulenken. Sie und Socke, wie sie gemeinsam auf dem Fernsehsessel kuschelten. Max, der sie hinter dem Ohr kraulte, dort, wo sie es am liebsten mochte. Und wie köstlich hatte das rohe Ei geschmeckt, das ihr ihr Mensch neulich serviert hatte. Ihr Magen knurrte.

Tropf, tropf, tropf.

»Miau!«

Träumte sie oder hatte da gerade etwas gegen die Scheibe geklopft? War da nicht ein leises Miauen zu hören gewesen?

Sie holte tief Luft: »Miau! Miauauauuu!«

»Mimi?«, drang es dumpf durch die Scheibe.

»Socke?«

»Nein, hier ist Gismo. Mimi, lebst du?«

Die Frage war ein bisschen blöd, unter normalen Umständen hätte sie wohl nicht darauf geantwortet. Doch Mimi war viel zu erleichtert, um sich darüber zu wundern: »Ja! Holt mich bitte raus, aber seid vorsichtig: Ein böser Mann hat mich eingesperrt.«

»Der böse Mann ist tot«, hörte sie den Jungkater aufgeregt antworten. »Wir befreien dich bald. Halte durch!«

*

»Das wird ein langer Abend«, seufzte Fritz Eberhard und massierte sich die Nasenwurzel.

Vor ihm auf dem Schreibtisch lag ein Teil der Akten, die sie im Keller von Stefan Zweibold gefunden hatten.

Ein ebenso großer Stapel befand sich vor Toni, während Lisa im Nebenzimmer die »offiziellen« Dokumente durchackerte, die sie auf Zweibolds PC gefunden hatten. Der Staatsanwalt hatte dafür umgehend eine Beschlagnahmung genehmigt. Die Ermittler waren bereits seit dem frühen Nachmittag mit der Durchsicht der Papiere und Dateien beschäftigt.

»Was der alles notiert und fotografiert hat«, murmelte Toni, ohne den Blick zu heben, »das reicht für Dutzende Erpressungen.«

Schnell hatten sie herausgefunden, dass die Dokumente im Keller, zum größten Teil handschriftlich, nichts Offizielles darstellten und zumeist fragwürdige Informationen enthielten. Zweibold hatte offenbar die Geheimnisse seiner Klienten gesammelt. Ob er sich die auch zunutze gemacht hatte, das mussten sie noch herausfinden.

Fritz bezweifelte das. »Ich glaube nicht, dass er Kapital daraus geschlagen hat. Zumindest nicht in großem Stil. Seine finanzielle Situation war nicht besonders rosig.«

Toni blickte nun auf und streckte sich. »Da könntest du recht haben. Wenn ich mir den Brief anschaue, den er seinem Schulfreund geschickt hat, mit den Fotos von der Katze«, spielte sie auf das Schreiben an, das Peter ihnen vorgelegt hatte, »wird klar, dass er sich nicht so recht getraut hat. Wollte sich nicht strafbar machen. Deshalb hat er diese ganzen Fakten auch von Hand aufgeschrieben und nicht am Rechner erfasst.«

»Wasch mich, aber mach mich nicht nass«, gab Fritz ihr recht. »Willst du nicht endlich Sebastian zurückrufen?«, wechselte er unvermittelt das Thema und deutete aufs Telefon. »Bis du heute Abend zu Hause bist, ist es wieder zu spät dafür.«

»Hm«, brummte Toni und vertiefte sich erneut in das Schreiben vor sich.

»Weißt du was? Ich hole uns mal eine Kleinigkeit zu essen aus der Cafeteria, bevor die zumachen.« Er schob das Telefon ein Stück in Tonis Richtung und erhob sich. »Irgendwelche Wünsche?«

»Wenn es noch von den Brötchen mit Gemüsefrikadellen gibt, nehme ich eines. Ansonsten irgendwas Fleischloses.« Seit dem Fall um die ermordete Politikerin einer Tierschutzpartei, bei dem Toni unter anderem einiges über Massentierhaltung erfahren hatte, ernährte sie sich wenn möglich vegetarisch.

»Eine Viertelstunde kann es allerdings dauern.« Mit einem vielsagenden Blick auf das Telefon verschwand der Kollege.

Seufzend warf Toni das Blatt Papier, das sie gelesen hatte, auf den Tisch und verschränkte ihre Hände im Nacken. Fritz hatte recht, sie sollte dringend Basti anrufen. Es war nicht fair, ihn zu ignorieren, und er machte sich offensichtlich Sorgen, denn normalerweise behelligte er sie, und schon gar nicht ihre Kollegen, während der Dienstzeit nicht mit privaten Anrufen, obwohl er als Polizeibeamter natürlich einer der wenigen war, der ihre dienstliche Durchwahl kannte. Sie zog ihr Handy aus der Tasche. Den Ton hatte sie ausgestellt, wie meistens. Seit gestern Abend waren drei Anrufe eingegangen. Einer von ihrem Freund und die zwei anderen von

Gero. Gero war nicht, wie sie Fritz gegenüber behauptet hatte, ein alter Bekannter. Nein, tatsächlich hatte sie ihn gestern in der Eisdiele kennengelernt und zunächst als ziemlich aufdringlich empfunden. Nachdem sie nicht sofort auf seine Einladung reagiert hatte, hatte er nämlich unaufgefordert einen Prosecco für sie bestellt. Am liebsten hätte sie ihm den direkt in sein sonnengebräuntes Gesicht geschüttet. Gero hatte sein Glas erhoben und ihr zugeprostet: »Auf das Leben«, und irgendwie hatte ihr seine Dreistigkeit und Unbekümmertheit imponiert. Mit einem »Na denn, Prost!« hatte sie einen kräftigen Schluck genommen und augenblicklich zu husten angefangen. Gero hatte ihr zugezwinkert und geantwortet: »Nicht so hastig, wir haben den ganzen Abend Zeit«, woraufhin sie wider Willen hatte lachen müssen. Warum sollte sie nicht einfach mal den lauen Sommerabend genießen?, hatte sie sich gefragt und sich auf ein Gespräch eingelassen, das sie später im italienischen Restaurant gegenüber und schließlich in einer Cocktailbar in der Innenstadt fortgesetzt hatten. Gero war charmant und aufmerksam gewesen, und sie hatte ihren Ärger, der zugegebenermaßen zum größten Teil von ihr selbst verursacht war, für einige Zeit vergessen können. Unverbindlich und ohne Hintergedanken – trotzdem hatte sie ihm am Ende des Abends ihre Handynummer gegeben. Seine Nachricht auf ihrer Mailbox löschte sie ungehört. Dann wählte sie Sebastians Nummer.

*

»Gehen wir auf den Balkon?«, schlug Clara Puppenmacher vor, »da stören wir die Kleine nicht, sie schläft nämlich gerade. Außerdem kann ich dann eine rauchen«, fügte sie hinzu, als sie vor Peter nach draußen ging. Sie nahm sich eine Zigarette aus dem Päckchen, das auf dem kleinen Bistrotisch lag. »Auch eine?«

Der Hauptkommissar verneinte. »Ich habe es mir abgewöhnt.«

»Vernünftig«, meinte Frau Puppenmacher und trat ans Balkongeländer.

Aus dem Innenhof drangen gedämpfte Stimmen, in der Ferne konnte Peter gerade noch die drei Türme des Kraftwerks Linden ausmachen, die heute in Rot, Violett und Weiß illuminiert wurden. Er erinnerte sich, gelesen zu haben, dass es sich hierbei um den Versuch handelte, das nächtliche Stadtbild zu »ästhetisieren«, wie die Zeitungen es nannten.

»Sie hatten noch Fragen?«, holte ihn Frau Puppenmacher in die Realität zurück.

»Ja, wir wissen inzwischen, dass Ihr Chef sich nicht selbst das Leben genommen hat – und ein Unfall war es auch nicht.«

»Also Mord?«

Der Hauptkommissar nickte.

»Aber wer …?«, stellte Clara Puppenmacher die Frage, die Peter häufig bei seinen Ermittlungen hörte.

»Das wüsste ich gerne von Ihnen«, gab er zurück. »Hatte Stefan Zweibold Feinde?«

»Na ja, er war Rechtsanwalt und hatte sich auf Strafverteidigung spezialisiert. Da macht man sich nicht nur

Freunde. Manche unserer Klienten waren brutale Schlägertypen.« Sie zog an ihrer Zigarette. »Aber mit einer Spritze … Wie hat er das denn bewerkstelligt? Und wie sind Sie überhaupt draufgekommen, dass es Mord war?«, wollte sie wissen.

Peter ging nicht auf ihre Fragen ein. »Gab es in letzter Zeit besondere Vorkommnisse? Wurde er bedroht?«

»Nicht dass ich wüsste«, gab die junge Frau zur Antwort. »Wenn, dann habe ich das nicht mitbekommen.«

»Irgendwelche Prozesse, die er verloren hat? Unzufriedene Kunden?«

»Na ja, seit ich da war, nicht. Nur dieser Fettwanst von gegenüber, der hat sich mal aufgeregt, was bei uns für Gesocks, das waren seine Worte, ein und aus gehe.« Sie zuckte die Schultern. »Ich weiß leider nicht, wie der heißt, aber er wohnt in dem roten Haus, gegenüber der Kanzlei.« Sie nahm einen letzten Zug und schnippte die Kippe dann in den Hof.

Ein übergewichtiger, unfreundlicher Nachbar, das war nicht besonders viel, aber vielleicht kannte die Friseurmeisterin von nebenan seinen Namen. Wenn er sich tatsächlich öfter beschwert hatte, hatte sie das möglicherweise mitbekommen. »Können Sie ihn ein bisschen näher beschreiben?«, bat Peter.

Frau Puppenmacher kam der Bitte nach und er notierte. Dann kam er noch auf sein anderes Anliegen zu sprechen.

»Tut mir leid, von weiteren Immobilien weiß ich nichts.« Sie runzelte die Stirn. »Und an einen einzelnen Schlüssel, im Kühlschrank oder sonst wo, kann ich mich nicht erinnern und weiß schon gar nicht, wozu er gehören könnte«, war die bedauernde Erwiderung.

*

»Ich melde mich bei dir, wenn wir Ergebnisse haben.« Mit diesen Worten versuchte Ulrich Zeitler den Hauptkommissar aus seinem Büro hinauszukomplimentieren.

Peter stand unschlüssig im Türrahmen.

Beim erneuten Besuch der Anwaltskanzlei, die sich am Morgen ja als Tatort herausgestellt hatte, hatten sie jede Menge Material sichergestellt. Nach dem überraschenden Auftritt von Kater Socke lag der Schluss nahe, dass jemand in die Kanzlei eingebrochen war. Zwar gab es keine Spuren am Türschloss, was auf einen Profi hindeutete, dafür fanden sich im Innern umso mehr Hinweise auf ein Eindringen. Der Aktenschrank im Keller, dessen Inhalt die Kollegen inzwischen sichteten, war geöffnet worden wie auch die Tür, die ins Treppenhaus führte. Beides hatte Peter am Vortag verschlossen zurückgelassen, da war er sich sicher. Der Stuhl hinter dem Schreibtisch hatte auf dem Boden gelegen.

Besonders freute sich die SpuSi über den Fetzen eines Plastikhandschuhs im vorderen Flur, an dem menschliches Blut haftete. Am Rahmen der Eingangstür fanden sie zu ihrem Glück dann noch einen halben, blutverschmierten Fingerabdruck, von dem sie sich einiges versprachen. Zumindest was den Einbruch anging, der möglicherweise etwas mit dem Mord zu tun hatte.

Am Vortag hatten sie bereits alle Utensilien, die unmittelbar mit der Tat zu tun hatten – wie Spritze, Drogentütchen, Löffel und Feuerzeug –, mitgenommen, nun hatten sie auch noch die Büroeinrichtung sichergestellt sowie alles ein weiteres Mal auf eventuell neu hinzugekommene Fingerabdrücke untersucht. Die schwarzen Katzenhaare, die sich nahezu in jedem Winkel der Kanzlei fanden, stammten vermutlich von Socke.

Reichlich Arbeit und daher kein Feierabend in Sicht. »Euer Timing ist mal wieder perfekt«, maulte der SpuSi-Chef. »Ausgerechnet heute wollten unsere Nachbarn zum Grillen vorbeikommen. Wenn du also gestattest, dass ich zunächst mit meiner Frau telefoniere?«

»Mir würde erst einmal der Abdruck an der Tür reichen. Wenn der Einbrecher ein Profi war, gibt es gute Chancen, dass wir ihn in unserer Kartei finden.«

»Der ist schon eingescannt und der Abgleich in Arbeit.« Zeitler deutete auf den Rechner an seinem Sideboard und griff zum Telefonhörer. »Ich melde mich.« Er wedelte mit seiner linken Hand in Richtung des Hauptkommissars, als gälte es, ein lästiges Insekt zu verscheuchen.

*

Mit stolz aufgerichtetem Schwanz marschierte Clooney vor Socke in den Karl-Schurz-Weg. »Ich habe ihn befreit«, verkündete sie bereits von Weitem, als sie

Gismo und Mikey sowie Suleika auf der Mauer entdeckte. »Leider war heute keine Presse anwesend«, fügte sie bedauernd hinzu, um gleich weiterzuplappern: »Habt ihr zufällig etwas zu essen? Mir wäre nach einem kleinen Imbiss. Die ganze Aktion war sehr anstrengend – und erst der weite Fußmarsch hierher.«

»Unsere Menschin hat vorher Katzenwürstchen verteilt«, erklärte Gismo. Sogar Suleika hatte eine genommen und ausnahmsweise mal nichts über den gesundheitlichen Aspekt des Snacks gesagt. Allerdings war dadurch auch nichts übrig geblieben, weshalb der Jungkater schnell fortfuhr: »Ich habe Mimi gefunden.«

Socke überrannte ihn fast und legte ihm die Pfote auf die Schulter. »Wo ist sie?«

»Wie wir vermutet haben, ist sie in einem Keller nahe der Bahngleise eingesperrt. Ich habe es markiert«, fügte er hinzu und schob Sockes Pfote zur Seite.

Bis auf Kater Mikey redeten die anderen alle durcheinander.

Von Clooney kam: »Wir müssen gleich los, sie befreien. Und sie hat bestimmt großen Hunger, am besten, wir nehmen ihr etwas zu fressen mit.«

»Geht es ihr gut?«, wollte Socke wissen.

»Ich bin so froh«, gab Suleika ihrer Erleichterung Ausdruck, um an Clooney gerichtet hinzuzufügen: »Dass du immer nur ans Essen denken musst. Als ob das jetzt wichtig wäre.«

»Du bist ja nur auf der Mauer herumgesessen mit diesen albernen Schnüren um den Bauch«, motzte Clooney die Perserin an. »Du hast ja keine Ahnung …«

»Ich und keine Ahnung?«, keifte die zurück. »Wenn hier jemand keine Ahnung hat, bist du es! Das ist ein Geschirr, das ich trage. Merke dir das endlich!«

»Geschirr?«, maulte Clooney. »Erzähl mir doch nichts. Von Geschirr essen Menschen, da hast du was durcheinandergebracht.«

»Ich? Durcheinandergebracht?«, kreischte Suleika außer sich. »Das musst ausgerechnet du sagen. Sei du bloß still!«

Die mollige Grautigerin starrte sie mit offener Schnauze an. Es passierte selten, dass jemand ausgerechnet ihr über den Mund fuhr. »Na warte!« Sie trippelte und setzte zum Sprung auf die Mauer an.

»Aufhören, ihr Streitkatzen!«, warnte Mikey.

»Komm, Mum«, versuchte Gismo, die Situation zu entschärfen, »die Tür zur Terrasse ist offen. Lass uns kurz hinten rumgehen. Unsere Menschin wartet bestimmt schon mit dem Abendessen.«

»Kannst du mir nicht erst zeigen, wo Mimi ist«, flehte Socke. »Ich möchte gleich zu ihr.«

»Ich komme mit. Du denkst doch nicht ernsthaft, dass ich jetzt einen Bissen runterkriege?«, widersetzte Clooney sich, zum Erstaunen aller, dem Vorschlag ihres Sohnes.

»Leute«, mahnte Revierchef Mikey, »einfach losmarschieren ergibt keinen Sinn. Wir brauchen einen Plan. Wenn Mimi so leicht zu befreien wäre, hätte Gismo sie natürlich gleich mitgebracht.«

*

Eigentlich hatte sie vorgehabt, nichts mehr über Philipp und den Mord an ihm zu lesen oder gar im Internet zu recherchieren. Aber dann hatte es Patrizia Sontheim doch getan. Sie gab nach und nach die Namen der anderen aus der damaligen Clique ein und wunderte sich, was da alles zutage kam.

Dass Stefan ebenfalls tot war, wusste sie schon. Eine Überdosis Heroin war die Todesursache, stand da, und in dem Zusammenhang war das Foto mit dem Spurensicherer und der schwarzen Katze vor Stefans Anwaltspraxis abgebildet. Ein gelungener Schnappschuss. Der ganz in weiß gehüllte Mann und das fast schwarze Tier. Sie lachte. Solche Schlagzeilen waren gut, denn sie lenkten die Presse ab und so hatte sie selbst Ruhe vor den Reportern. Immerhin war sie die letzte ihrer kleinen Gruppe aus Studienzeiten, die noch in Hannover lebte.

Elise Reitmeier war nach Konstanz gezogen, der Liebe wegen. Sie betrieb mit ihrem Mann ein kleines Hotel am Bodensee. Die Bilder auf der Homepage sahen nett aus und die Lage des Hauses war sehr gut. Trotzdem entsprach das Ambiente nicht Patrizias Niveau. Doch Elise schien glücklich zu sein, der Juristerei und Hannover hatte sie ohne Bedauern den Rücken gekehrt.

Andreas wohnte in Washington und arbeitete in der Rechtsabteilung eines großen Reiseveranstalters. Er war mit einer US-Amerikanerin verheiratet und die beiden hatten zwei Kinder. Seine Frau engagierte sich in der Lokalpolitik, weshalb regelmäßig über sie und eben auch ihre Familie berichtet wurde. Beinahe hätte sie ihren ehemaligen Kommilitonen auf den Fotos dieser Artikel nicht wiedererkannt. Andreas – oder Andrew, wie er sich jetzt nannte – hatte bestimmt 20 Kilo zugenommen, das konnte auch sein wahrscheinlich maßgeschneiderter Anzug nicht verbergen. Wenn sie daran dachte, dass sie mit ihm beinahe im Bett gelandet wäre …

Sie schüttelte sich und ging ins Badezimmer. Es wurde Zeit, sich für das Treffen mit Jan zurechtzumachen. Gestern hatten sie sich lediglich kurz gesehen. Er hatte am Vormittag noch ein wichtiges Meeting gehabt und war entsprechend spät gekommen und ziemlich müde gewesen, sodass er sie nur auf einen kurzen Schlummertrunk besucht hatte. Ihr war das recht gewesen. Doch für heute hatte er sie, wie er sagte »zur Feier des Tages«, in »Die Insel« eingeladen. Was es zu feiern gäbe, hatte sie ihn kokett gefragt, und er hatte geheimnisvoll gelächelt. »Lass dich überraschen.«

Sie tuschte ihre Wimpern und zog sich die Lippen nach. Mehr war nicht nötig, befand sie. Ihre hochgesteckten Haare gefielen ihr, wie sie waren. Auch ihr leichtes Sommerkleid passte zu dem Anlass, den sie vermutete.

*

Chris saß auf der Terrasse und hatte ihre nackten Füße auf einen Gartenstuhl gelegt. Neben ihr auf dem Tisch stand ein halbvolles Glas Rotwein.

Peter, der den Hintereingang durch die Hecke genommen hatte, trat leise zu ihr.

»Hallo, müder Krieger«, begrüßte sie ihn und sah ihn erwartungsvoll an. »Gibt's was Neues?«

»Viel, aber nicht das, was du hören möchtest«, antwortete er und küsste sie auf die Stirn.

Der blutige Fingerabdruck hatte tatsächlich zu einem Treffer und in der Folge zur Verhaftung von Kai Krüger geführt, der den Einbruch zwar zugegeben hatte, aber beteuerte, nichts mit dem Mord zu tun zu haben. Die Nacht verbrachte der Kleinkriminelle zunächst in Untersuchungshaft, für den nächsten Tag waren weitere Vernehmungen geplant, doch Peter bezweifelte, dass die Festnahme bereits den Durchbruch in ihrem Fall darstellte. Das sah sein Chef leider genauso. Das Gespräch mit ihm war nicht sonderlich angenehm verlaufen. Ab sofort verlangte er einen täglichen, persönlichen Bericht des Hauptkommissars und vor allem handfeste Ergebnisse. »Die Presse macht sich über uns lustig, ich möchte gar nicht wissen, was morgen in der Zeitung steht«, hatte der Kriminalrat sich beklagt. »Verzetteln Sie sich nicht«, hatte er auf Peters Suche nach der verschwundenen Mimi angespielt. Peter hatte keine Ahnung, wie er davon Wind bekommen hatte. »Wir haben zwei Morde aufzuklären. Ach, und passen Sie auf ihren Kater auf«, hatte er noch hinzugefügt.

»Wo ist Socke?«, fragte der Hauptkommissar und erzählte von dessen erneutem Auftauchen am Tatort.

Chris, die über diese Anekdote schmunzeln musste, antwortete: »Er hat kurz gefressen und ist dann wieder verschwunden. Ach so, Max war vorher da. Er war bei der Witwe von dem Anwalt.«

Peter erschrak, hoffentlich gab das nicht die nächste Beschwerde. Womöglich hatte sie sich bereits beklagt, vielleicht hatte der Kriminalrat ja durch sie von Peters Suche nach Mimi erfahren. Doch der Bericht seiner Freundin konnte zumindest diese Bedenken zerstreuen, wenn auch die Hoffnung, Mimi könnte nach Lüneburg verschleppt worden sein, leider nicht bestätigt worden war. Die Witwe des Mordopfers und Catnappers hatte die Käufer ihrer ehemaligen Wohnung glücklicherweise gleich erreicht und dazu gebracht, ihren Keller zu kontrollieren. Umso enttäuschter war sie gewesen, dass die Aktion ergebnislos verlaufen war.

»Also wieder alles auf Anfang«, endete Chris resigniert und trank einen Schluck Rotwein. »Wenn du Hunger hast, in der Küche steht ein Topf kalte Tomatensuppe mit Brot. Und Rotwein ist auch noch da.«

Peter machte sich sofort auf den Weg, ein Teller erfrischende Suppe wäre jetzt nicht schlecht. Im Wohnzimmer nahm Peter sich ein Weinglas aus der Vitrine. Der Wein, Suppentopf und Brotkorb standen auf dem Küchentisch. Der Kommissar holte einen Teller aus dem Schrank und stutzte. Neben der Flasche lag ein einzelner Schlüssel. »Was ist das für ein Schlüssel?«, rief er nach draußen.

»Ist was?«, hörte er seine Freundin fragen.

Er eilte zurück auf die Terrasse. »Der Schlüssel …?«, wiederholte er dort atemlos.

»Ach der. Den habe ich für die Nachbarin bereitgelegt. Sie möchte Socke betreuen, während wir im Urlaub sind, das weißt du doch.«

Peter schlug sich mit der flachen Hand auf die Stirn. »Ich muss telefonieren und dann wahrscheinlich noch mal weg.«

*

Entmutigt saßen die vier Katzen im Gestrüpp. Selbst mit vereinten Kräften war es ihnen nicht gelungen, das Kellerfenster zu öffnen, hinter dem Mimi eingesperrt war.

Socke, Clooney, Gismo und Mikey waren mehrmals um das kleine Häuschen herumgelaufen. Alles war verrammelt und verriegelt. Kein noch so winziges Schlupfloch führte ins Innere. Die Haustür blieb fest verschlossen. Sämtliche Fenster waren dunkel. Die Bewohner mussten verreist sein oder das Haus war gänzlich unbewohnt.

»Wir brauchen einen Plan«, wiederholte Mikey seine Worte vom frühen Abend.

»Wir müssen die Menschen auf Mimi aufmerksam machen«, erklärte Gismo.

»Peter!«, schlug Clooney vor. »Oder besser Chris, Peter ist manchmal ein bisschen langsam darin, zu verstehen, was wir wollen.«

»Halte durch«, miaute Socke verzweifelt vor der blinden Scheibe, »wir holen dich hier raus!«

*

Seine Frau hatte Ulrich Zeitler kommentarlos einen Teller mit einem Bratwürstchen und Kartoffelsalat hingeschoben, nachdem er verspätet bei ihrem Grillabend angekommen war.

»Soll ich dir noch ein Steak auf den Grill schmeißen?«, fragte sein Nachbar und deutete mit der Grillzange auf die langsam erlöschende Glut des Holzkohlegrills.

»Habt ihr wieder einen Mörder gejagt?«, wollte der junge Mann von Gegenüber wissen und fügte auf Ulrichs knappes Nicken hinzu: »Wie wäre es mit einem Bier?«

Auch dazu nickte der SpuSi-Mann wortlos.

Seine Frau nahm ein Glas und hielt es unter den Zapfhahn des 10-Liter-Fässchens. »Ich mach das schon.« Dabei warf sie Ulrich ein versöhnliches Lächeln zu.

»Habt ihr wirklich einen Mörder gefangen?«, interessierte sich der achtjährige Nachbarsjunge.

»Theo, lass den Uli in Ruhe!«, ermahnte ihn seine Mutter. »Er hat jetzt Feierabend, und er darf sowieso nicht über seine Arbeit reden, das weißt du doch.« Damit verwickelte sie Zeitlers Frau in ein Gespräch über Gemüseanbau. Der kleine Junge gesellte sich gelangweilt zu seinen Kumpels, die den Nachbarszaun zur Torwand umfunktioniert hatten, nicht ohne Ulrich vorher zu fragen, ob er mitspielen wolle, was der allerdings verneinte.

Stattdessen nahm er einen Bissen der lauwarmen, aber trotzdem leckeren Wurst. Natürlich hatte er es nicht über sich gebracht, pünktlich seine Arbeit zu beenden, während die Kollegen weiter schufteten. Leider ohne Treffer, was die zahlreichen Spuren im Büro des Opfers anging. Abgesehen von denen von Kai Krüger war keiner der gefundenen Fingerabdrücke aktenkundig.

»Probier mal, Nudelsalat nach Kennys Spezialrezept«, forderte ihn die Freundin von nebenan auf und deutete auf eine fast leere Schüssel.

Da ließ er sich nicht zweimal bitten. Während besagter Kenny ihm die Zutaten seines besonderen Salats aufzählte, häufte er sich dessen Reste auf den Teller. Gerade als er zur Gabel griff, klingelte sein Handy.

Zeitlers Frau hielt in ihrem Satz inne, und er hörte, wie sie genervt durchschnaufte.

Mit einem »Sorry« nahm er das Gespräch entgegen, nachdem er die Nummer von Peter Flott auf dem Display erkannt hatte.

*

»So viel Bier kannst du mir gar nicht ausgeben, um das wiedergutzumachen«, empfing der Chef der Spurensicherung kurz darauf Peter vor dem Polizeipräsidium, »ich hoffe für dich, dass es wirklich wichtig ist.«

Damit holte er für den Hauptkommissar den gewünschten Schlüssel aus der Asservatenkammer.

Jetzt rasten sie zu der Adresse, die Peter zuvor von Heike Stolze erfahren hatte. Wenn seine Schlussfolgerungen stimmten, dann passte der einzelne Schlüssel, den er bei Stefan Zweibold gefunden hatte, zum leerstehenden Haus von dessen Mandantin Frieda Bayerlein. Um deren Katze hatte sich der Anwalt seinerzeit gekümmert, als die nach einem Schlaganfall ins Krankenhaus gekommen war. Schließlich befand sich ihr Haus nur eine Straße von seiner Kanzlei entfernt. Das hatte ihm die freundliche Friseurmeisterin gestern erzählt, und der bereitgelegte Schlüssel auf dem Küchentisch hatte ihm das in Erinnerung gerufen.

Es war nichts weiter als ein Strohhalm, aber die einzige Spur, die er hatte.

»Da vorne ist es«, rief Chris, die ebenfalls im Wagen saß, für den Fall, dass sie tatsächlich fündig würden und Mimi tierärztliche Betreuung benötigte.

Peter machte sich nicht die Mühe, ordentlich einzuparken, sondern hielt in zweiter Reihe.

»Du weißt schon, dass das Hausfriedensbruch ist«, warnte ihn Uli halbherzig und stieg ebenfalls aus.

»Auf eine Verwarnung mehr kommt es jetzt auch nicht mehr an«, gab sich der Hauptkommissar selbstbewusster, als er sich fühlte. Er gab seinen beiden Begleitern per Handzeichen zu verstehen, zunächst draußen auf ihn zu warten. »Es reicht, wenn einer seinen Job riskiert.«

»Wir sind richtig, schau.« Seine Freundin deutete mit zitterndem Finger auf die Hausecke, um die erst Socke und dann die restlichen Nachbarskatzen gelaufen kamen.

»Das glaub ich jetzt nicht«, murmelte Ulrich Zeitler fassungslos.

KAPITEL 6
SAMSTAG

Toni biss herzhaft in das Mandelhörnchen, das sie sich gerade vom Bäcker geholt hatte. Wenn sie schon an einem Sonnabend arbeiten musste, wollte sie sich wenigstens ein kleines Frühstück gönnen. Normalerweise hatte sie für mehr als einen schnellen Espresso frühmorgens keine Zeit. Doch das für den Vormittag angesetzte Meeting sollte erst um 10 Uhr beginnen. Immerhin war es gestern bei allen spät geworden und bei ihrem Chef offenbar besonders, wie sie aus dessen nächtlicher SMS geschlossen hatte, in der er den Beginn ihrer Frühbesprechung um eine Stunde nach hinten verschoben hatte. So blieb Toni Zeit für einen Imbiss zu Hause und ein weiteres Telefonat mit Sebastian.

Das gestrige Gespräch mit ihrem Freund war äußerst konstruktiv gewesen. Sie fragte sich, ob es manchmal vielleicht sogar besser war, seinem Gesprächspartner nicht persönlich gegenüberzusitzen, denn am Telefon hatte sie viel offener geredet. Sie war selbst überrascht, was sie alles über ihre Beziehungsängste gesagt hatte. Denn genau das war es: Sie hatte Angst vor einer zu engen Bindung. Alles, was auf eine verbindliche Partnerschaft hinauslief, verursachte bei ihr regelrechte Panik. Vermutlich hatte ihr bestimmender Vater einen guten Teil zu dieser Haltung beigetragen, aber für alles konnte sie ihm nicht die Schuld geben.

Wie auch immer, Basti hatte Verständnis gezeigt. Er hatte sie ganz herzlich von seinen Eltern gegrüßt und nicht weiter auf ein Treffen von ihnen beharrt. Zumindest vorerst, denn eines war ihr klar: Irgendwann musste sie über ihren Schatten springen, wenn ihr diese Beziehung wirklich wichtig war.

Apropos flüchtige Bekanntschaft, Gero hatte ihr gestern noch eine Whatsapp-Nachricht geschrieben und ein Treffen für den heutigen Abend vorgeschlagen. Sie sollte ihn wohl mal anrufen und die Verhältnisse endgültig klären.

Sie machte sich einen weiteren Espresso und nahm ihr Mobiltelefon zur Hand.

*

Socke schmiegte sich eng an seine Katzenfreundin und schnurrte laut. Nachdem Peter Mimi am gestrigen Abend aus ihrem Kellerverlies befreit hatte, hatte Chris die offensichtlich verletzte dreifarbige Katze, unter Protest ihrer felinen Kumpel, zur Untersuchung zunächst in ihre Praxis gebracht. Ungeduldig waren Clooney, Gismo, Mikey und vor allem Socke im Karl-Schurz-Weg herumgetigert und hatten auf die Rückkehr ihrer Gefährtin gewartet. Einzig Suleika musste das Geschehen vom Haus aus durchs Wohnzimmerfenster beobachten.

Endlich, es war sicher weit nach Mitternacht gewesen, brachten die Menschen eine gebadete Mimi nach Hause, die einen dicken Verband an ihrer rechten Hinterpfote trug. Chris, so rief die dreifarbige Katze ihren tierischen Freunden zu, hatte sie gründlich untersucht und zunächst die verletzte Pfote gereinigt und genäht. Hierfür hatte Mimi eine leichte Betäubungsspritze bekommen. Danach hatte man ihr noch eine sogenannte Aufbauspritze verpasst.

Clooney schüttelte angewidert ihre linke Vorderpfote und erkundigte sich, ob Mimi schon was gegessen hatte, was diese bejahte. »Endlich bist du wieder da! Komm mit nach Hause.« Mit diesen Worten hatte Max Petkow die entkräftete Mimi zärtlich von der Tierärztin übernommen. Chris gab Max noch ein Medikament, erklärte dessen Dosierung und schärfte ihm ein, Mimi ein paar Tage im Haus zu lassen, bis die Verletzung verheilt war. »Achte bitte darauf, dass sie den Verband nicht entfernt. Sonst müssen wir ihr einen Kragen verpassen«, mahnte sie.

Max nickte eifrig. »Du kannst gerne mitkommen, Socke, und bei uns übernachten«, wandte er sich dann an den weißpfotigen Kater.

So war es gekommen, und der glückliche Socke war an diesem Morgen neben seiner Geliebten erwacht.

»Wenn du nichts dagegen hast, gehe ich gleich nach draußen und berichte den anderen, wie es dir geht«, schlug er vor und leckte ihr zärtlich über ihr Gesicht.

»Hm. Brrrr«, schnurrte Mimi und versuchte, sich langsam zu erheben. »Aua!«

»Hast du Schmerzen«, erkundigte sich Socke besorgt.

Schon stand Max in der Tür, einen gefüllten Fressnapf in der Hand. »Vorsichtig«, mahnte er und ließ Mimi nicht aus den Augen, die ihm auf drei Beinen entgegenhumpelte. Er stellte den Napf direkt vor ihr ab. Die beiden Katzen begannen sofort einträchtig zu fressen.

»Suleikas Mensch ist gerade in Urlaub und sie hängt seither an der Leine«, versuchte Socke, seine Freundin ein bisschen aufzumuntern. »Sie trägt ein Geschirr, damit sie nicht weglaufen kann.«

»Geschirr?«, fragte Mimi neugierig. »Davon essen doch die Menschen?«

*

»Die Ärmste, wie geht es ihr?«, empfing Suleika Socke mit einer Leidensmiene, als der ohne die dreifarbige Glückskatze in den Karl-Schurz-Weg einbog.

»Wie lange muss sie im Knast bleiben?«, begrüßte Gismo seinen Katzenkumpel, der darauf leider keine Antwort wusste.

»Ich berichte Suleika gerade von unserer Befreiungsaktion von heute Nacht«, beeilte Clooney sich zu sagen.

»Nun, letztendlich war es ja wohl Peter, der Mimi gefunden hat«, nörgelte die Perserin, die den ersten Teil der Geschichte inzwischen kannte.

»Wir haben sie schon *vorher* gefunden, sonst wären wir nicht vor Ort gewesen. Allerdings hat Peter die Tür aufgemacht«, räumte Clooney ein. »Ich habe mir deshalb überlegt, ihm zum Dank bei der Aufklärung des Mords an diesem Anwalt zu helfen.«

»Lernst du denn nie dazu?«, schimpfte Suleika. »Es ist gefährlich, sich mit Mördern anzulegen. Überlass das den Menschen, die haben viel bessere Möglichkeiten und Methoden …«

»Methoden«, fiel ihr die Grautigerin ins Wort, »habe ich ebenfalls. Und vielleicht kommt dann endlich auch mal über mich ein Bericht in der Zeitung, ich werde berühmt und bekomme Fanpost mit …«

»Pah!«, tönte es von der Mauer. »Der Tote war Anwalt. Wisst ihr überhaupt, was so ein Anwalt macht?«

»Er sorgt für Recht und Ordnung«, gab Gismo sein Wissen aus dem Fernsehprogramm zum Besten. »Klar, dass das den Ganoven nicht gefällt, als Anwalt lebt man gefährlich.«

»Na ja, Recht und Ordnung?«, zweifelte Socke. »Der Mann war böse, er hat Mimi entführt. Das ist nicht gerecht.«

»Recht hat nicht immer etwas mit Gerechtigkeit zu tun«, wandte Mikey ein. »Vor dem Gesetz gelten Tiere als Sache und deshalb bekommt ein Mensch für die Entführung einer Katze längst keine so große Strafe, als wenn er ein Kind kidnappt.«

»Aber das ist doch ungerecht! Und wer weiß das besser als ein Anwalt? Er hat sein Wissen also ausgenutzt, weil er böse ist«, pflichtete Gismo Socke bei.

»Der Beruf des Anwalts ist wesentlich komplizierter, als ihr es euch mit eurem Halbwissen vorstellt, und durchaus wichtig für unsere Gesellschaft«, kam es von oben herab. »Ein Mensch zum Beispiel, dem eine Straftat zur Last gelegt wird, hat das Recht auf einen Anwalt. Allein könnte er die vielen Gesetze gar nicht interpretieren.«

»Wieso muss er die Gesetze *interpretieren?*«, imitierte Clooney den blasierten Tonfall der Perserin. »Das ist doch Blödsinn!«

»Nur weil die Sache zu kompliziert für dich ist, ist das noch lange kein Blödsinn«, ließ Suleika sich nicht beirren. »Ich gebe dir ein Beispiel: Deine Menschin legt sich für eine Mahlzeit ein paar Scheiben gekochten Schinken auf einem Teller bereit und stellt diesen auf den Küchentisch.«

Die Grautigerin schluckte. »Den dünnen mit dem kleinen Fettrand?«, wollte sie wissen.

Die Perserin ging nicht darauf ein, sondern fuhr fort. »Dann klingelt das Telefon und sie verlässt kurz den Raum. Als sie wiederkommt, ist der Schinken weg, und sie beschuldigt dich, Clooney, ihn gestohlen zu haben.«

»Das ist ungerecht, das kann sie doch gar nicht wissen«, ereiferte sich die Angesprochene.

»Genau«, fuhr Suleika selbstzufrieden fort. »Hättest du einen Anwalt, würde der dafür sorgen, dass du nicht für etwas bestraft wirst, was du möglicherweise gar nicht getan hast.«

»Aber sie hat es wahrscheinlich getan und den Schinken wirklich gefressen«, gab Gismo zu bedenken.

»Ich konnte doch nicht wissen, ob der Schinken nicht tatsächlich für mich gedacht war«, verteidigte sich Clooney.

»Und eben dieses Argument wird dein Anwalt für dich vorbringen. Wenn es sein muss vor Gericht ...«

»Gericht?« Clooney schluckte. »Also ich hätte gerne ein Hühnchengericht.«

Gismo und Socke kicherten.

»Ihr seid so albern«, maulte Suleika, »ihr wisst genau, was ich meine. Und ich kann euch nur warnen. Mischt euch nicht in Menschensachen ein.«

*

»Guten Morgen.« Gut gelaunt setzte sich Fritz Eberhard an den Besprechungstisch und stellte eine Kuchenplatte in dessen Mitte. »Selbstgemachter Apfelkuchen, bedient euch.«

»Du hast gebacken?«, staunte Lisa und erwiderte nickend seinen Gruß.

»Na ja, meine Frau. Unsere Tochter kommt heute zu Besuch und sie liebt Apfelkuchen.«

»Und deine Frau gibt dir freiwillig ein Viertel Blech mit?«, zweifelte Toni, während Ulrich Zeitler sich bereits ein Stück auf den Unterteller seiner Kaffeetasse schob. »Bist du nicht auf Diät?«

»Sahne habe ich ja keine mitgebracht.« Fritz nahm sich ebenfalls vom Kuchen. »Außerdem habe ich sie nicht direkt gefragt, aber die können den sowieso nicht alleine aufessen, und wenn ich zu Hause wäre, hätte ich mir auch was davon gegönnt.«

Lisa und Toni grinsten sich an.

Peter klatschte in die Hände. »Leute, lasst uns anfangen. Wie ihr wisst, haben wir gestern Kai Krüger verhaftet. Seine Fingerabdrücke wurden sowohl in Philipp Oberwassers Wohnung als auch in der Anwaltskanzlei von Stefan Zweibold gefunden.«

Ulrich nickte zustimmend und biss herzhaft in seinen Kuchen. »Lecker!«, lobte er mit vollem Mund. »Was ist das für eine Apfelsorte?«

Bevor Fritz antworten konnte, fuhr Peter fort: »Gestern Abend haben wir allerdings nicht mehr viel aus ihm rausbekommen. Er wollte einen Anwalt und ist ansonsten bei seiner Version geblieben, er habe Oberwasser nur einen Höflichkeitsbesuch abgestattet.«

»Wer's glaubt«, warf Toni ein.

»Heute Morgen nun hat er zugegeben, Oberwasser 20 Gramm Heroin und ein kleines Fläschchen K.-o.-Tropfen überlassen zu haben. Angeblich wollte Oberwasser das mal ausprobieren, und er hat selbstverständlich kein Geld dafür genommen.«

»Ha!« Toni lachte freudlos.

Der Hauptkommissar nickte. »Ja, angeblich hat er ihm den Stoff überlassen, um sicherzugehen, dass er keine mangelhafte Ware untergejubelt bekommt.«

»Mir kommen die Tränen«, murmelte Lisa. Die anderen schüttelten stumm die Köpfe.

»Auf jeden Fall ist der Anwalt von Oberwasser genau mit den genannten Substanzen zu Tode gekommen, die Krüger an Oberwasser geliefert hat. Wenn der nicht bereits tot gewesen wäre, hätte ich behauptet, *er* hat Zweibold auf dem Gewissen«, fuhr der Hauptkommissar fort.

Fritz nahm sein drittes Kuchenstück. »Langsam wird es unübersichtlich.«

»Und was ist mit dem Einbruch? Hat er den zugegeben?«, wollte Toni wissen.

»Hat er«, bestätigte Peter. »Allerdings behauptet er, nichts gestohlen zu haben, weil ihm der Kater in die Quere gekommen sei. Tatsächlich wurde auch nichts gestohlen, soweit das die Anwaltsgehilfin beurteilen konnte.«

Seine Kollegin runzelte die Stirn. »Und was hatte er vor zu klauen? Ich meine, man bricht ja nicht zum Spaß irgendwo ein.«

»Genau das will er uns aber weismachen. Er wollte ›nur mal schauen, ob es was zu holen gibt‹.« Beim letzten Halbsatz malte Peter mit den Fingern Anführungszeichen in die Luft.

»Für wie blöd hält der uns eigentlich?«, fragte Toni verärgert.

Peter atmete tief durch. »Leider können wir ihm nicht das Gegenteil beweisen. Ich nehme ihn mir gleich noch mal vor.«

»Allein?«, fragte Lisa.

»Der Staatsanwalt leistet mir netterweise Gesellschaft«, seufzte der Hauptkommissar. »Wie schon heute Vormittag, ich stehe gerade unter Beobachtung.«

»Ach du Sch…«, flüsterte Toni.

»Ihr beiden«, wandte Peter sich an Toni und Lisa, »fahrt zur JVA und stellt fest, was die uns über Krüger zu sagen haben. Und versucht, den Beamten aus der Schlosserei aufzutreiben. Wenn der am Montag wieder arbeitet, erreicht ihr ihn eventuell schon zu Hause. Irgendjemand muss doch näheren Kontakt zu Oberwasser gehabt haben. Fritz«, nickte er dem älteren Kollegen zu, »du gehst weiter die Akten durch, auch und gerade die inoffiziellen. Vielleicht findest du raus, was es mit dieser ›größeren Sache‹ auf sich hatte, die er seinem Sohn gegenüber erwähnt hat. Mit dem müssen wir ebenfalls noch einmal reden …« Er blätterte den Papierstapel vor sich durch und sah dann in die Runde. »Gibt es sonst noch Wichtiges, was nicht in euren Berichten steht?«

Keiner hatte etwas hinzuzufügen.

*

»Verrätst du mir unter vier Augen vielleicht, warum du deinen Urlaub abgesagt hast?«, fragte Lisa ihre Kollegin, als sie Richtung JVA in Hannover-Vinnhorst fuhren. »Ich weiß ja, dass du gerne arbeitest, aber so sehr liebst du deinen Job dann auch nicht.«

»Basti wollte mich seinen Eltern vorstellen, da habe ich kalte Füße gekriegt«, gab Toni zu.

»Ach, Mädchen«, seufzte Lisa, »ein unverbindliches Treffen ist doch kein Eheversprechen.«

Toni nickte nur und starrte auf die Fahrbahn. »Das weiß ich ja … Hey, pass doch auf!«, schrie sie einem Radfahrer hinterher, der bei Rot die Straße überquerte. Der junge Mann schien nicht einmal bemerkt zu haben, in welche Gefahr er sich eben gebracht hatte, und ignorierte auch Tonis Hupen. »Wir haben uns inzwischen ausgesprochen«, vervollständigte sie ihren angefangenen Satz.

»Und jetzt?«

»Sein Vater wird im Oktober 60, da komme ich mit zur Feier.«

»Echt?« Lisa klang ungläubig.

»So ist es geplant. Um ehrlich zu sein: Ich habe es versprochen. Ist ja nichts dabei«, sprach Toni sich Mut zu. Ganz wohl war ihr bei dem Gedanken nicht, denn bei diesem Familienfest würde sie nicht nur auf die Eltern ihres Freundes treffen, sondern gleich die gesamte Verwandtschaft kennenlernen. Aber das hatte sie sich selbst zuzuschreiben. Sie wollte nicht gleich wieder einen Streit vom Zaun brechen. »Ich habe meine Prinzipien«, war die Antwort, die sie heute Morgen ausgewählt hatte, als sie sich die nächste Frage des Beziehungstests gestellt hatte: »Wie würden Sie Ihre Beziehungspersönlichkeit beschreiben?« Denn so war es schließlich, oder? Irgendwie war dieser alberne Test mit seinen komischen Fragen zu ihrem steten Begleiter geworden. »Hältst du mich für eine Dramaqueen?«, wollte sie von Lisa wissen.

»Na ja, du bist manchmal etwas aufbrausend.«

Gut, »harmoniebedürftig« hatte sie selbst als Antwortmöglichkeit ausgeschlossen. Aber war sie wirklich so anstrengend in Beziehungsdingen? Sie würde diesen Test, der noch zu Hause auf dem Küchentisch lag, heute Abend endgültig ins Altpapier geben. Er verwirrte sie nur unnötig. Ein Test aus einer Frauenzeitschrift war schließlich kein psychologisches Gutachten. »Sag mal, der Mord, für den Oberwasser seinerzeit eingefahren ist«, wechselte sie das Thema, »hast du darüber mehr aus den Unterlagen von Zweibold erfahren? Die Aktenlage im Polizeiarchiv war ziemlich dürftig: Da war das Geständnis, ein paar Notizen zur Verhandlung und Ende.«

»Mehr hat sein Anwalt auch nicht gehabt«, bedauerte Lisa.

»Bei den inoffiziellen Notizen war ja genauso Fehlanzeige«, wiederholte Toni, was sie in der Dienstbesprechung bereits mitgeteilt hatte. Diese handschriftlichen Vermerke waren nach Personen geordnet und zu den Beteiligten im Mordfall Dr. Adalbert Sontheim hatten sie nichts gefunden.

»Der Fall war klar. Oberwasser hat noch am Tatort gestanden«, erinnerte Lisa.

Ihre jüngere Kollegin ließ nicht locker: »Schon. Mich wundert bloß, warum er dann plötzlich einen Anwalt hinzugezogen hat.« Sie fuhr ans Pförtnerhäuschen vor dem JVA-Gelände.

»Vielleicht hat ihn das schlechte Gewissen geplagt, und er brauchte jemanden zum Reden«, überlegte Lisa laut und stieg aus, um die Formalitäten zu regeln.

*

Eine halbe Stunde später saßen Toni und Lisa der Amtsleiterin gegenüber, die für den Bereich der Strafhäftlinge zuständig war.

»Ich bin erst gestern aus meinen Ferien zurückgekommen und heute nur hier, um mir einen Überblick über die angefallenen Aufgaben während meiner Abwesenheit zu verschaffen. Damit es am Montag nicht zu viel wird«, erklärte sie und starrte konzentriert auf den Bildschirm vor sich, wo sie die entsprechende Akte aufgerufen hatte. »Über Philipp Oberwasser haben Sie ja schon mit meiner Urlaubsvertretung gesprochen. Zumindest sagt mir das dieser Vermerk.« Sie blickte die Kommissarinnen über ihre Lesebrille hinweg fragend an. »Mehr kann ich Ihnen da vermutlich nicht sagen. Er war unauffällig. Keinerlei Vorfälle.«

»Soweit uns bekannt ist, hat er damals den Mord an Adalbert Sontheim gestanden und bereut. Hat er seinerzeit mit einem Psychologen gesprochen?«, wollte Toni wissen.

»Nein«, war die knappe Entgegnung.

»Hatte er Freigang?«, erkundigte sich Lisa. Hatte Fritz diese Frage schon gestellt? Zumindest wusste sie die Antwort darauf nicht.

»Ebenfalls nein.« Die Amtsleiterin lehnte sich in ihrem Schreibtischstuhl zurück und verschränkte die Arme vor der Brust. »Der offene Vollzug ist bei uns gut ausgelastet. Wir können nur Häftlingen Freigang gewähren, die außerhalb unserer Anstalt einer geregelten Tätigkeit nachgehen. In Oberwassers Fall gab es dazu keinen Antrag.«

»Wie sah es bei Kai Krüger aus?«, fragte Toni weiter.

»Krüger?« Die Beamtin lachte kurz auf. »Wie ich gehört habe, ist er wieder auf dem Weg zu uns.« Sie schüttelte den Kopf.

»Über diesen Herrn können Sie uns also ein bisschen mehr erzählen?«, forderte Lisa sie auf.

»Jede Menge. Möchten Sie dazu gerne einen Kaffee oder Tee trinken?«

*

Abraham Bayerlein erhöhte die Schlagzahl und setzte zum Endspurt an.

»Schatz, ein Herr Giesswein ist am Telefon.« Seine aktuelle Freundin hielt ihm das Mobilteil des Festnetzanschlusses entgegen.

Der Geschäftsmann verdrehte die Augen. Er hatte das Telefon bewusst nicht mit in seinen Trainingskeller genommen. »Wichtig?«, fragte er und machte noch einen letzten Zug.

Kira, eine dralle Rothaarige, sah ihn unsicher an und hielt ihm weiter den Hörer entgegen, der vermutlich nicht stumm geschaltet war.

Bayerlein stand von seinem Rudergerät auf und nahm ihr das Gerät ab. »Ja?«, fragte er in die Muschel und winkte Kira, ihm ein Handtuch zu bringen.

»Giesswein hier«, meldete sich sein neuer Anwalt.

Abe Bayerlein setzte sich auf die Hantelbank. »Was gibt's?«, blaffte er. »Irgendwelche Schwierigkeiten?«

»Nicht direkt, aber da haben Sie mir ja einen feinen Kunden vermittelt.«

Bayerlein hatte den Anwalt am Tag zuvor mit der Verteidigung Krügers beauftragt, sofort, als er von dessen Verhaftung erfahren hatte. »Wenn es einfach wäre, bräuchte ich Sie nicht«, brummte er. Kira kam zurück und legte ihm ein Handtuch um den Hals. Dann begann sie, hinter ihm stehend, seinen Nacken zu massieren. Er schob sie weg und scheuchte sie mit einer Handbewegung nach draußen.

»Er hat natürlich nicht den Mund gehalten, wie ich ihm geraten habe«, beschwerte sich Giesswein.

Bayerlein stöhnte. »Dieser Trottel! Was hat er gesagt?«

»Keine Sorge, *Sie* hat er nicht belastet. Das konnte ich gerade noch verhindern. Aber den Einbruch hat er gestanden, und deshalb bleibt er in Haft.«

Der Geschäftsmann hatte wenig Mitleid. »Hauptsache, er hält sonst die Schnauze!« Er wischte sich mit dem Handtuch den Schweiß vom Gesicht. »Und das andere?«

»Er sagt, er habe Ihnen das ganze Material übergeben. Da sei nichts weiter gewesen.«

Bayerlein nahm eine Hantel in die Hand und betrachtete sie nachdenklich. Konnte er diesem Kleinganoven glauben? Krüger war ein passabler Einbrecher und nicht teuer, aber er war auch ein Glücksritter. »Was hat er der Polizei erzählt?«, wollte er wissen.

»Dass er nichts mitgenommen hat. Eine Katze sei ihm dazwischengekommen.« Der Anwalt schnaubte.

»Haben die Bullen ihm das geglaubt?«

»Sie haben ja seine Hände gesehen.« Giesswein lachte leise. »Ich denke schon.«

Bayerlein beendete das Gespräch ohne Verabschiedung. Er würde trotzdem auf Nummer sicher gehen.

*

Die erneute Vernehmung Kai Krügers hatte keine neuen Erkenntnisse gebracht. Wenigstens blieb er erst mal in Haft. Gründe dafür, ihn nicht freizulassen, hatten sie genug. Der Staatsanwalt selbst wollte sich außerdem um die richterliche Anordnung einer Hausdurchsuchung kümmern, von der sie sich zusätzliche Beweise erhofften. Peter konnte sich einfach nicht vorstellen, dass er bei seinem Einbruch nichts entwendet hatte. Dazu war Krüger zu sehr Profi. Der Hauptkommissar seufzte – wenn Socke doch reden könnte. Der Kater hätte sicher viel zu erzählen. Zum Beispiel was er und Clooney im Moment ausheckten, während sie im Garten unter dem Fliederbaum zusammensaßen.

Peter nahm auf einem Terrassenstuhl Platz und schloss die Augen. Die Temperaturen waren weiter gestiegen, und es wehte ein leichtes Lüftchen. Es hätte so schön sein können: Mimi war gefunden worden und übermorgen in einer Woche begann sein Urlaub. Chris war bereits dabei, alles zu regeln. Sie hatten ein Zimmer in einer wunderschönen Pension, dem Kajüthus, in Burg auf Fehmarn gebucht, Socke wäre bei der Nachbarin in liebevollen Händen, die Wetterprognosen waren fantastisch. Und ausgerechnet jetzt hatte er zwei Morde aufzuklären und sich dabei bisher nicht gerade mit Ruhm bekleckert. Normalerweise stand sein Chef auf dem Standpunkt: Urlaub ist Urlaub und jeder braucht mal Erholung, aber in der aktuellen Situation reagierte der Kriminalrat angespannt. Dazu trug die Berichterstattung der Presse zu den Mordfällen maßgeblich bei, die das Sommerloch mit Artikeln über einen »schwarzen

Kater, der immer wieder am Tatort auftaucht« und den »glücklosen Kommissar, Besitzer des besagten Katers« stopfte. Eine Art von Humor, die Peters Chef gar nicht gefiel, wie er ihm im soeben geführten Telefonat noch einmal deutlich gemacht hatte. Solange die Fälle nicht geklärt seien, brauche der Hauptkommissar nicht an Urlaub zu denken.

Peter seufzte. Er wollte lieber nicht wissen, wie Chris reagieren würde, wenn sie davon erfuhr. Damals, als seine Freundin das gemeinsame Wochenende in Lüneburg abgesagt hatte, wäre es beinahe zur Trennung gekommen. Chris' Vertreter war plötzlich krank geworden und sie hatte den Kurzurlaub kurzfristig gecancelt. Peter hatte dafür leider überhaupt kein Verständnis gehabt und ihr darauffolgender Streit hatte zu einer vorübergehenden Auszeit und beinahe zum Beziehungsaus geführt. Und dieses Mal könnte ihnen ausgerechnet sein Beruf einen Strich durch die Rechnung machen, nachdem seine Freundin bei sich alles geregelt hatte. Leider machten ihre Ermittlungen keine nennenswerten Fortschritte. Weder die Gespräche mit den Angestellten der JVA hatten neue Erkenntnisse gebracht noch hatte Fritz bei der Durchsicht der Akten etwas Spektakuläres entdeckt. Der ältere Kollege hatte unzählige Telefonate geführt und inzwischen die meisten Personen überprüft, von denen der Anwalt private Aufzeichnungen gemacht hatte. Keiner von ihnen hatte davon gewusst, und es deutete auch nichts darauf hin, dass Zweibold jemanden damit erpresst hatte. Die Informationen, die er gesammelt hatte, waren zwar meist interessant, doch so gut wie nichts davon war irgendwie belegt, es handelte sich dabei zumeist um persönliche, handschriftliche Anmerkungen. Das Ganze wirkte eher wie ein ungewöhnliches Tagebuch, und vielleicht hatte es ja tatsächlich darin seinen Ursprung, denn die ältesten Notizen datierten aus einer Zeit, in der Stefan Zweibold noch zur Schule gegangen war.

Peter hatte am Nachmittag versucht, Details zu dem angeblichen Deal zu erfahren, den Stefan Zweibold seinem Sohn gegenüber erwähnt hatte, den 17-Jährigen allerdings nicht angetroffen. Ein Gespräch mit seiner Mutter hatte ihn diesbezüglich ebenfalls nicht weitergebracht. Immerhin verfestigte sich mehr und mehr der Eindruck, dass die beiden Mordfälle etwas miteinander zu tun hatten.

Schließlich hatte der Hauptkommissar sein Team nach Hause geschickt und allen für den morgigen Sonntag freigegeben. Er selbst wollte den Tag nutzen, um weitere Informationen über die Clique der beiden Toten in Erfahrung zu bringen, von der Zweibolds Witwe gesprochen hatte und zu der unter anderem auch Patrizia Sontheim, geborene Rogenkamp, gehört hatte. Vielleicht fand er in diesem Umfeld die Verbindung zwischen den beiden Taten, die er suchte.

In dem Moment trat Chris auf die Terrasse: »Na, so nachdenklich? Wie läuft es bei deinen Fällen?«, begrüßte sie ihn.

»Frag lieber nicht«, erwiderte er, und sie hakte nicht weiter nach.

»Wollen wir heute Abend mal wieder zum kleinen Italiener gehen?«, schlug sie vor.

Peter nickte, und sie küsste ihn sanft auf die Stirn. »Bald haben wir Urlaub. Nur noch eine Woche«, versuchte sie ihn aufzumuntern. »Ich füttere schnell Socke, dann können wir los.«

Als hätten sie die Worte verstanden, erhoben sich die zwei Katzen, streckten sich und folgten Chris ins Innere des Hauses.

Eine gute Woche, um die Fälle zu lösen. Wütend schlug Peter mit der Faust auf den Gartentisch. Clooney, die gerade als Erste die Terrassentür passierte, zuckte erschrocken zusammen. »Sorry, ich wollte dir keine Angst machen«, entschuldigte sich Peter bei ihr und hoffte, dass kein Journalist hinter der Hecke lauerte, sonst stünde morgen in der Sonntagszeitung etwas wie: »der mit den Katzen spricht«.

*

»Peter ist in letzter Zeit so nervös«, beschwerte sich Clooney bei den anderen Katzen.

Sie und Socke hatten nach ihrem Abendessen zusammen mit Chris und dem Hauptkommissar das Haus verlassen, wo sie auf Gismo getroffen waren. Nun saßen sie vor den Türen ihrer beiden Häuser.

Die mollige Tigerin sprang auf die Mauer und sah zu dem Haus dahinter. »Wo ist Suleika? Ich sehe sie gar nicht.«

»Da habt ihr was verpasst«, kicherte Gismo. »Der

Mann, der sie füttert, ist auf die Idee gekommen, sie auf seinem Abendspaziergang mit Angelique mitzunehmen. Jetzt führt er sie an der Leine herum.«

»Waaas? Das muss ich sehen.« Aufgeregt lief Clooney bis zur Mauerecke und spähte in den Park auf der anderen Seite der Straße, wo Herr Klämmerle mit der Dackeldame für gewöhnlich seine allabendliche Runde drehte.

»Und sie hat sich das gefallen lassen?«, wollte Socke wissen.

»Um ehrlich zu sein, glaube ich nicht, dass sie es gut findet«, antwortete Mikey, »aber als sie mich gesehen hat, hat sie so getan, als wäre es das Normalste von der Welt.«

»Wieso macht der Mann das?«, wunderte sich Socke.

Clooney streckte ihren Hals und richtete die Ohren aus. »Ich glaube, ich höre Angelique kläffen.«

»Er sagte, Suleika brauche Bewegung. Sie ist angeblich ein bisschen zu dick«, wusste ihr Sohn.

Von der Mauer kam ein Kichern. »Wie lange sind sie schon weg?«

»Eine ganze Weile, sie kommen bestimmt bald wieder«, frohlockte Gismo.

Frau Bilgur öffnete ihre Haustür. »Clooney, Gismo«, rief sie, »wollt ihr nicht ins Haus kommen? Oh, was ist denn hier los?« Lächelnd gesellte sie sich zu der Katzenrunde. »Habt ihr eine Versammlung?«

In dem Moment trat Angelique aus dem kleinen Park gegenüber. Die Dackeldame zerrte einen atemlosen Herrn Klämmerle an der Leine hinter sich her.

Der ältere Herr wiederum hatte Mühe, Suleika mit sich zu ziehen. Die Perserin machte ein missmutiges Gesicht.

»Guten Abend, Herr Klämmerle«, sagte Frau Bilgur fröhlich. Sie ging Herrn Klämmerle entgegen, vermutlich freute sie sich auf einen Plausch.

»Grüß Sie, Frau Bilgur. Wie geht es Ihnen?« Der Pensionär schien einer kleinen Unterhaltung ebenfalls nicht abgeneigt zu sein. Angelique sprang an der Nachbarin hoch. Suleika schloss zu ihnen auf.

Clooney kicherte. »Hallo, Suleika, bist du unter die Spaziergänger gegangen?«, stichelte sie.

Die Perserin würdigte sie keines Blickes, sondern rieb sich an Herrn Klämmerles Bein.

»Ja, du Liebe«, sagte der, »du möchtest sicher noch ein bisschen mit deinen Freunden spielen.« Er hob die zappelnde Suleika hoch und setzte sie vor Clooney auf die Mauer.

»Ich dachte eher an Abendessen«, beschwerte sich die Perserin.

»Siehst du, ich wusste doch, dass ihr euch noch ein bisschen unterhalten wollt«, missverstand der Katzensitter ihr entrüstetes Maunzen.

»Na, hattet ihr einen schönen Ausflug?«, provozierte Clooney weiter.

Socke und Gismo blickten zwischen den beiden Katzen auf der Mauer und den von Angelique umtanzten Menschen hin und her, als gälte es, ein Tennismatch zu verfolgen.

Suleika machte einen langen Hals, um wie gewohnt

auf Clooney herabsehen zu können. »Danke der Nachfrage, es war sehr schön.«

»Willst du behaupten, dass du dich gerne herumführen lässt?«

»Aber selbstverständlich. Die Idee kam quasi von mir«, antwortete die Perserin mit blasiertem Gesichtsausdruck.

»Soso?«, äußerte nun auch Socke seine Zweifel. »Wie hast du denn Herrn Klämmerle dazu gebracht, dich auf seinem Rundgang mitzunehmen?«, wollte er wissen, während der Besagte seiner Nachbarin gerade von seinem letzten Urlaub erzählte.

»Kommunikation heißt das Zauberwort«, klärte ihn die Perserin herablassend auf.

»Und du wolltest unbedingt mit Angelique und ihrem Herrchen durch die Gegend laufen?«, fragte Clooney argwöhnisch.

»In letzter Zeit hatte ich so gar keinen Appetit, und da tut ein bisschen Bewegung ganz gut«, klagte Suleika.

»Da hab ich aber etwas anderes gehört«, zweifelte die Grautigerin.

Herr Klämmerle hatte inzwischen eine Urlaubspostkarte von Suleikas Menschen aus der Tasche seiner dünnen Jacke gezogen und las Frau Bilgur den Text darauf vor, da sie ihre Brille nicht dabeihatte: »… Jasper und mir geht es sehr gut. Wir machen lange Spaziergänge am Strand. Achten Sie bitte darauf, dass auch Suleika genug Bewegung hat, sie hat in letzter Zeit ein wenig viel gefressen und ist füllig geworden …«

Die Katzen hingen gebannt an Herrn Klämmerles Lippen. Angelique winselte.

»Äh, was hast du überhaupt auf meiner Mauer zu suchen?«, fauchte Suleika Clooney plötzlich an.

Die Grautigerin machte überrascht einen Schritt rückwärts und verpasste der Perserin einen Schlag.

»Clooney!«, schimpfte ihre Menschin, »lässt du wohl die arme Suleika in Ruhe!«

»Das war ein Reflex«, verteidigte sich Clooney, sprang aber von der Mauer.

Angelique kläffte. Ihr Herrchen wandte sich an Suleika: »Du willst bestimmt noch einen Moment hier sitzen und die Abendsonne genießen, oder?«

Frau Bilgur zeigte auf Clooney. »Ich glaube, sie hat Hunger«, sagte sie und verabschiedete sich von Herrn Klämmerle, der das Ende von Suleikas Leine an der Straßenlaterne direkt bei der Mauer befestigte.

»Ich gehe Angelique füttern und komme später wieder«, erklärte er dann Suleika.

»Äh, halt, nein …«, miaute die Perserin.

Socke blickte von einem zum anderen und sah aus, als ob er grinse.

Gismo erhob sich und folgte Frau Bilgur und Clooney ins Haus. Auf der Türschwelle hielt die mollige Tigerin kurz inne und warf einen triumphierenden Blick auf Suleika. Ihre Lippen formten das Wort »Kommunikation«.

KAPITEL 7
SONNTAG

Bevor Peter am Sonntagmorgen zur weiteren Recherche ins Präsidium fuhr, gönnten Chris und er sich ein ausgiebiges Frühstück auf der Terrasse.

»Schade, dass du bald losmusst«, bedauerte Chris und biss in ihr Honigbrötchen.

»Immer noch besser, als wenn wir den Urlaub verschieben müssten.« Peter schnappte sich die Sonntagszeitung, die er vorher zusammen mit den Brötchen mitgebracht hatte. Es war durchgesickert, dass der verstorbene Rechtsanwalt für die Entführung einer Katze verantwortlich war, und auch von der nächtlichen Rettungsaktion hatten die Reporter Wind bekommen. So fand sich in der heutigen Ausgabe ein ausführlicher und rührseliger Artikel über den glücklichen Ausgang dieser Geschichte. Dabei konzentrierte sich der Verfasser hauptsächlich auf das niedliche Tier und den überglücklichen Besitzer desselben. Wodurch, zu Peters Genugtuung, der Bericht über Stefan Zweibolds Tod und die Tatsache, dass es sich um Mord handelte, in den Hintergrund trat. Weder tauchte sein Name auf noch gab es Fotos von ihm oder Kater Socke, der neben ihm auf einem Gartenstuhl saß und sich putzte.

»Wenn du keinen Urlaub bekommst, fahre ich alleine«,

teilte Chris ihm mit. »Jetzt ist schon alles geklärt, und so schnell finde ich nicht noch mal eine Vertretung. Verschieben ist also nicht.«

Peter passte das gar nicht. Er brummte unwillig, erwiderte aber nichts. Was sollte er auch sagen? Natürlich war das die vernünftigste Entscheidung.

»Sieh halt einfach zu, dass du den Fall schnell löst.« Chris gab ihm einen Kuss auf die Wange und wandte sich Socke zu, der inzwischen mit seiner Katzenwäsche fertig war und nun zu sondieren schien, ob es auf dem Tisch etwas Leckeres zu holen gab. »Nein, nein, du hast vorher dein Futter bekommen.« Sie kraulte ihn hinterm Ohr. Der Kater schnurrte.

»Und was hast du dir für heute vorgenommen?«, fragte Peter seine Freundin, nicht ohne einen neidischen Unterton. »In der Kulturinitiative ist Integrationsfest.« Er deutete auf die entsprechende Ankündigung in der Zeitung.

»Ich weiß, Frau Bilgur hat mir davon erzählt, als sie gestern unseren Schlüssel abgeholt hat.« Sie stand auf. »Möchtest du noch Kaffee?«

Peter lehnte dankend ab, und sie verschwand im Haus.

Socke streckte sich, gähnte herzhaft und rollte sich wieder auf seinem Platz ein.

Peter faltete die Zeitung zusammen. »Kater müsste man sein.«

Von der Terrassentür ertönte das Klappern der Leckerlidose. Socke sprang auf.

Im Hochbeet tauchte Clooneys Kopf auf.

»Na, habt ihr was von Leckerlis gehört?«, lachte Chris, die sofort von den beiden Katzen belagert wurde.

Peter erhob sich. »Dann will ich mal sehen, dass ich den Mördern oder Mörderinnen auf die Spur komme.«

»Miau!«, kam es zweistimmig zurück.

»Wollt ihr mir etwa helfen?«, fragte der Hauptkommissar. »mit eurer Unterstützung kann ja nichts mehr schiefgehen.«

»Ich sage es dir ungern, aber ich glaube, sie interessieren sich gerade viel mehr für die Leckerlis.« Seine Freundin schüttelte die Dose erneut.

»Miau!«

»Schade, dass man eure Mörder nicht genauso einfach anlocken kann …«

*

Toni saß am Frühstückstisch und gab Zucker in ihre Tasse. An diesem Morgen bestand ihr Frühstück lediglich aus einem Espresso. Noch ganz verschlafen rührte sie um, als ihr Handy klingelte. Ohne nachzusehen, wer anrief, nahm sie das Gespräch an.

»Oh, endlich erreiche ich die viel beschäftigte Kripo-Beamtin.«

Gero. Warum hatte sie nicht vorher aufs Display geschaut. Als sie gestern Vormittag versucht hatte, ihn zurückzurufen, war nur seine Mailbox drangegangen, und auf seine späteren Anrufe und Whatsapp-Nachrichten hatte sie ihrerseits nicht reagiert, eigentlich hatte sie den Kontakt ja nicht weiter vertiefen wollen. »Hallo, Gero«, grüßte sie lahm in den Hörer.

Und dann hatte sie ihm auch noch erzählt, dass sie bei der Polizei arbeitete. Das band sie normalerweise nicht jedem auf die Nase. Doch während sie vorgestern Abend in der Eisdiele auf der Lister Meile gesessen und ihren Prosecco getrunken hatten, war die berittene Polizei vorbeigekommen. Toni kannte die beiden Beamten. Sie hatten sich zugewinkt und einer von ihnen hatte »Hallo, Toni« gerufen, woraufhin die Kommissarin das Gefühl gehabt hatte, sich gegenüber ihrem neuen Bekannten erklären zu müssen. So war es gekommen, dass sie zumindest ein bisschen von ihrer Arbeit erzählt hatte. Er seinerseits hatte ihr, wie ihr jetzt auffiel, nichts über seinen Beruf verraten. Irgendwie waren sie nicht darauf zu sprechen gekommen. Stattdessen hatte er ihr erzählt, dass er sehr an Kultur interessiert sei und wisse, was in Hannover so los und welche Lokale gerade in seien.

»Schade, dass es gestern nicht geklappt hat. Ich hatte Karten für den Feuerwerkswettbewerb in Herrenhausen«, meinte er.

»Oh!« Die Karten zu diesem Kulturspektakel waren begehrt und die Veranstaltungen lange vorher ausverkauft. »Du hast bestimmt jemand anders gefunden, der mitkommt?«

»Ich hatte keine Lust, jemand anders zu fragen«, antwortete er mit nur mäßigem Bedauern in der Stimme.

Toni schwieg. Wollte er ihr ein schlechtes Gewissen einreden? Das fehlte ihr gerade noch. »Hör mal«, begann sie, »ich glaube, du hast da was falsch verstanden. Nur weil wir einen netten Abend verbracht haben, müssen wir nicht gleich das ganze Wochenende zusammenglucken.«

Gero lachte. »Ich glaube, jetzt hast *du* etwas falsch verstanden. Ich bin freier Journalist und der Besuch von kulturellen Ereignissen gehört zu meinem Beruf.«

Toni schnappte nach Luft. Auch das noch, ein Reporter! Wollte der sie womöglich über die Mordermittlungen ausfragen? Was hatte sie ihm am Freitagabend nur alles erzählt?

»Versteh mich nicht falsch«, redete Gero weiter, »ich schaue mir das Feuerwerk gerne an, aber hauptsächlich ist das Arbeit für mich. Allerdings, wenn sich eine nette Begleiterin findet, macht es noch mal so viel Spaß.«

Was sollte sie daraufhin erwidern? Toni hielt erst einmal den Mund.

»Tja, und heute Abend gehe ich zur Einweihung eines neuen Restaurants in Hannover-Langenhagen. Der Pächter ist ein alter Bekannter von mir. Hast du Lust mitzukommen?«

»Äh, ich weiß nicht.«

»Ich verspreche dir, ich frage dich nicht über deine Arbeit aus«, versicherte der Reporter. »Und ich flirte auch nicht mit dir – oder nur wenn du es willst.« Er lachte. »Komm schon. Ganz unverbindlich. Es gibt bestimmt etwas Leckeres zu essen«, lockte er.

Toni zögerte und spielte mit der mittlerweile schon etwas lädierten Zeitschriftenbeilage, dem Beziehungstest, der immer noch auf dem Küchentisch lag. Warum hatte sie den nicht schon lange entsorgt? Sie wollte lieber gar nicht darüber nachdenken, was *das* über sie aussagte. Ihr Magen knurrte und ihr fiel ein, dass sie nichts Essbares im Haus hatte. Eigentlich hatte sie ja verreisen wollen, und gestern war sie arbeitsbedingt nicht zum Einkaufen gekommen. Sie könnte sich natürlich eine Pizza bestellen, aber was war schließlich dabei, wenn sie mitginge? Wenn sie hierbliebe, würde sie vermutlich den ganzen Abend über den aktuellen Fall nachgrübeln. »Haben die da auch vegetarische Gerichte?«, wollte sie, wie sie sich einredete, zunächst ganz unverbindlich von Gero wissen.

»Aber klar doch«, ging er sofort auf ihre Frage ein, »Ingo ist sozusagen auf Vegetarier spezialisiert. Soll ich dich abholen? Dann müsstest du mir allerdings noch sagen, wo du wohnst.«

Alles hatte sie ihm also doch nicht verraten.

Tonis Magen machte sich erneut bemerkbar und sie traf eine Entscheidung. Etwas Ablenkung von ihrer momentanen Arbeit täte ihr sicher gut.

*

»In der Sonntagszeitung steht ein Bericht über Mimi«, erzählte Revierchef Mikey seinen Katzenfreunden.

»Was steht da?«, fragte Clooney interessiert. »Ich bin noch gar nicht dazu gekommen, einen Blick hineinzuwerfen.«

»Als ob du lesen könntest«, spottete Suleika von der Mauer.

»Was ich kann oder nicht kann, das weißt du ganz bestimmt nicht«, fauchte die Grautigerin erbost zurück, »du weißt ja noch nicht einmal, wie man mit Menschen kommun… äh …dings.«

»Kommuniziert«, soufflierte Gismo.

»Genau! Du weißt gar nichts! Sag, Mikey«, wandte Clooney sich an den Revierchef, »war ein Foto von Mimi in der Zeitung?«

»Was fällt dir ein …!«, begann die Perserin, wurde aber von Mikey gestoppt: »Schluss, Suleika! Und du, Clooney, hältst dich ebenfalls mit Beleidigungen zurück. Man könnte meinen, ihr wärt Babykätzchen.«

Socke, der sich gerade den Rücken putzte, fuhr, ob seines lauten Tons, erschrocken herum.

»Hast du den Bericht über deine Freundin in der Zeitung gesehen?«, erkundigte sich Clooney nun bei ihrem Nachbarskater.

Von oben hörten sie nur ein geringschätziges »Pah!«

»Äh, nein.« Verwirrt sah der Weißpfotige die anderen Katzen an.

»Sie haben ein älteres Foto von ihr abgebildet, das scheint noch von der Wahlkampagne ihrer Vorbesitzerin zu stammen.« Mikey nickte in die Runde. »Und es steht drin, dass sie von dem ermordeten Anwalt entführt und schwer verletzt in letzter Minute gerettet wurde.«

»Aha, und wer sie gerettet hat, haben sie das auch geschrieben?«, wollte Clooney wissen. »Wobei, sie wissen meinen Namen gar nicht …«

»Laut Zeitung hat die Polizei sie gerettet«, antwortete der Revierchef.

»Hast du den ganzen Artikel gelesen?«, hakte die mollige Grautigerin nach.

»Nein, Louisa hat ihn mir vorgelesen«, gab der zu. Louisa war ein kleines Mädchen, das zu der Familie gehörte, bei der der Kater lebte. Als sie in die Schule gekommen war, hatte er ihr beim Lesenlernen über die Schulter gesehen und konnte seither selbst einige Buchstaben und einfache Worte entziffern. »Sie hat Mimi auf dem Foto erkannt und war neugierig.«

»Von anderen Katzen war nicht die Rede?«, wollte Clooney es genau wissen.

Suleika ließ sich zu einem weiteren »Pah!« herab.

»Äh, nein, nur dass ihr Herrchen, entschuldigt bitte, aber das Wort stand da …«, bedauerte Mikey. »Also, es stand da, dass ihr Herrchen ein Malermeister ist, der am Amerikaplatz lebt, und er überglücklich war, sie wieder in die Arme zu schließen.«

Socke fuhr sich mit der Pfote übers Gesicht und blickte verträumt drein. »Das war ich ebenfalls«, schnurrte er mit sanfter Stimme.

»Hey, du verliebter Kater.« Gismo tapste mit der Pfote auf Sockes Flanke. »Genug vor dich hin geschwärmt, wir müssen Peter helfen, den Mörder zu fangen.«

»Ja«, erwachte Socke aus seinen Gedanken. »Wenn er ihn nicht erwischt, dann fährt Chris alleine in Urlaub, und das gibt bestimmt wieder Ärger zwischen den beiden.«

»Habt ihr denn nichts dazugelernt?«, keifte Suleika. »Sich mit Mördern anzulegen ist lebensgefährlich.«

Wie immer schenkte keiner ihren Bedenken Beachtung.

»Also, was schlagt ihr vor, was sollen wir tun?«, fragte der Revierchef.

»Ich gehe nachher vor zu dem Platz an der Kreuzung«, nannte Clooney ihre Pläne. »Die feiern heute ein großes Fest mit Speisen aus unterschiedlichen Ländern.«

»Das war ja klar!«, tönte es von der Mauer.

»Der Mörder kommt bestimmt aus der Gegend, und ich werde mich da umhören«, fügte die mollige Katze schnell hinzu.

»Der Mörder kehrt immer an den Tatort zurück«, gab Gismo zum Besten.

»Der Tatort ist aber in der Giesener Straße, neben dem Frisurenladen«, wandte Socke ein.

»Da gehe ich morgen hin. Es ist Sonntag, die Frau mit den Leckerlis arbeitet heute nicht«, wusste Clooney, die neben der Recherchearbeit auch die Verpflegungssituation vor Ort bedachte.

»Wir sollten auch Mimis Menschen, den Max, im Auge behalten«, schaltete sich Gismo wieder ein.

Socke sah ihn entgeistert an.

Der Jungkater kratzte sich nervös hinter dem Ohr. »Ich meine, er kannte den Ermordeten, vielleicht hat er weitere Informationen über ihn.«

Schließlich kamen sie überein, dass Socke und Mimi dem Malermeister nicht mehr von der Seite weichen sollten, für den Fall, dass ihm etwas Maßgebliches einfiele. Da Mimi Hausarrest hatte, konnte sie die Überwachung zu Hause übernehmen, Socke wiederum würde ihn so gut wie möglich außerhalb im Auge behalten.

Clooney und die beiden anderen Kater wollten das Integrationsfest auf dem Platz vor dem Nachbarschaftstreff besuchen, um sich umzuhören.

Suleika blieb zurück als Bedenkenträgerin, wie sie betonte.

*

»Schön, dass du gekommen bist«, begrüßte Max Petkow die zierliche blonde Frau.

»Sehr gerne.« Katharina Zweibold schloss ihr Fahrrad am vorgesehenen Ständer an. »Es ist ein netter Sonntagsausflug und …«, sie schluckte, »vielleicht fahre ich nachher noch bei Stefans Wohnung vorbei. Irgendwann muss ich die ja ausräumen. Aber erst möchte ich einen Kaffee mit dir trinken.«

Max deutete auf eine der freien Bänke. »Kommt sofort, darf ich dir auch ein Stück Kuchen bringen? Noch hast du die volle Auswahl.«

»Gerne, ich lass mich überraschen.« Sie ließ ihren Blick über den Platz schweifen. Da das Wetter so schön war, hatten die Veranstalter alles im Freien aufgebaut. Neben einer Theke mit Kuchen und Heißgetränken gab es Stände mit herzhaften Spezialitäten aus verschiedenen Ländern. Aus Boxen ertönte leise Musik, das Programm auf der kleinen Bühne hatte noch nicht begonnen, doch ein Musiker stimmte bereits seine Gitarre.

Max stellte ein kleines Tablett mit zwei Kaffeebechern und verschiedenen Süßspeisen vor ihr ab. »So, ich habe dir eine kleine Auswahl mitgebracht. Das ist türkisches Gebäck«, erklärte er. »Diese Bällchen kommen aus Eritrea, den Namen hab ich vergessen. Hier haben wir einen American Cheesecake, und der Apfelkuchen ist nach einem deutschen Rezept gebacken.« Er setzte sich. »Lass es dir schmecken.«

»Danke.« Sie lächelte ihn an. »Es war eine gute Idee von dir, sich hier zu treffen.«

Katharina hatte am Morgen von der Rettung einer eingesperrten Katze in der Zeitung gelesen und vermutet, dass es sich bei deren überglücklichen Besitzer um Max handelte. Daraufhin hatte sie gleich zum Telefonhörer gegriffen, immerhin hatte er ihr seine Karte gegeben. Max wiederum hatte sich sehr über den Anruf gefreut und spontan ein Treffen vorgeschlagen.

»Guten Tag und herzlich willkommen im Stadtteil Mittelfeld …«, schallte es aus den Lautsprechern. Die Veranstalter hatten sich auf der Bühne versammelt und eröffneten offiziell das Fest.

Katharina und Max lauschten, während sie sich Kaffee und Kuchen schmecken ließen.

»Wie geht es deinem Sohn?«, erkundigte sich Max, nachdem die Begrüßungsreden beendet waren und der Gitarrist zu spielen begann.

»Er macht viel mit sich selber aus.« Katharina seufzte. »So richtig komme ich nicht an ihn ran. Er ist auch noch bis Freitag zur Schule gegangen, jetzt sind ja Ferien.«

»Wie war sein Verhältnis zu seinem Vater?« Max erinnerte sich, dass Stefan Zweibold auf dem Klassentreffen nicht besonders viel über seinen Sohn erzählt hatte, wie er überhaupt Fragen zu seiner familiären Situation abgeblockt hatte. Dafür hatte er umso mehr von seiner Arbeit berichtet, was der Malermeister nicht wirklich spannend gefunden hatte.

»Nicht besonders gut«, gab Katharina zu. »Stefan hat sich nie sonderlich für ihn interessiert. Ich glaube, erst nachdem wir getrennt waren, hat er versucht sich anzunähern. Kevin, mein … äh … unser Sohn, hat aber nicht darüber gesprochen.«

Max legte seine Hand auf ihre. »Und wie geht es dir?«

Katharina blinzelte die aufsteigenden Tränen weg. »Es geht schon. Es wäre gelogen zu behaupten, das alles mache mir gar nichts aus. Dass Stefan unter solchen Umständen ums Leben kommt …« Sie schluckte.

Max leerte seine Kaffeetasse. Auf der Bühne wurde gerade eine interkulturelle Modenschau angekündigt. Gedankenversunken bestaunte er die farbenfrohen Kostüme. Nach wie vor ärgerte es ihn, dass er damals beim Klassentreffen nicht besser hingehört hatte, und auch wenn es jetzt wahrscheinlich nicht mehr von Belang war, beunruhigte ihn seine Erinnerungslücke nach wie vor, und er hoffte, sie irgendwann schließen und damit einen endgültigen Schlussstrich unter das Geschehene ziehen zu können.

»Oh, sieh mal, wer da ist.« Katharina deutete auf eine Katze, die sich vorsichtig auf dem Rasenstreifen näherte.

Max strahlte. »Darf ich vorstellen: Das ist Kater Socke.« Er lachte. »Mimis Freund und der Kater eines leibhaftigen Hauptkommissars.«

Katharina ging in die Hocke und versuchte, den Weißpfotigen zu sich zu locken, der blieb jedoch auf Abstand.

»Ach, und schau, da drüben.« Sie deutete zum Bratwurststand, wo sich soeben eine rundliche Tigerkatze einen Happen erbettelte.

»Das ist Sockes Nachbarin, Clooney«, wusste Max.

Seine Begleiterin setzte sich wieder auf die Bank. »Kevin hat sich auch immer ein Haustier gewünscht, aber mein Ex wollte davon nichts wissen.«

»Ihr könnt euch ja jetzt ein Tier anschaffen«, schlug Max vor. »Im Tierheim warten jede Menge Katzen und Hunde auf ein neues Zuhause. Gerade in der Ferienzeit platzen die Unterkünfte dort aus allen Nähten«, erinnerte er sich an Chris' Worte.

»Mal sehen«, antwortete Katharina vage, »es kommen sicher noch einige Veränderungen auf uns zu.«

*

Peter brummte der Schädel. Zunächst hatte der Hauptkommissar im Polizeiarchiv alles über die Mitglieder von Oberwassers und Zweibolds ehemaliger Clique recherchiert. Das Ergebnis war äußerst dürftig. Keiner der drei noch Lebenden hatte sich mehr als ein Knöllchen wegen Falschparkens zuschulden kommen lassen. Weder als Zeugen und – was viel erstaunlicher war – noch als Strafverteidiger waren die drei aktenkundig. Nur Patrizia Sontheim wohnte noch in Hannover, die anderen beiden hatten die Stadt verlassen und lebten in Süddeutschland beziehungsweise in den USA. Weit weg also.

Danach hatte sich der Hauptkommissar ein weiteres Mal die handschriftlichen Notizen des toten Anwalts angesehen. Es war erstaunlich, was sich Zweibold alles notiert hatte, und vor allem, über wen er sich alles Akten angelegt hatte.

Über seinen damaligen Kumpel Andreas Strelitz gab es umfangreiche Aufzeichnungen. Der Jurastudent war offenbar kein Kind von Traurigkeit gewesen und hatte damit geprahlt, wie viele Erstsemesterstudentinnen er im Bett gehabt hatte. Zweibold hatte einige namentlich aufgeführt und jeweils mit Frage- oder Ausrufezeichen gekennzeichnet. Außer Patrizia Rogenkamp, die im Übrigen ein Fragezeichen erhalten hatte, hatte Peter keine Ahnung, wer die Damen auf der Liste waren, doch er glaubte sowieso nicht daran, dass ihn das weiterbringen würde. Über die fachliche Kompetenz seines Studienfreundes äußerte sich der junge Stefan Zweibold ziemlich abfällig. Schließlich war da eine Adresse und Telefonnummer in den USA notiert sowie der Name von Andreas' Ehefrau und seinen zwei Kindern. Ein paar verblichene Fotos und neuere Zeitungsartikel aus dem Internet vervollständigten die Sammlung. Mit der Lupe hatte Peter die alten Bilder betrachtet, sie aber letztendlich ebenfalls als nicht relevant für seinen Fall eingestuft.

Zweibolds Notizen zu Elise Reitmeier waren spärlicher und beschränkten sich auf ihr Fachwissen, das allerdings durchaus Zweibolds Anerkennung gefunden hatte.

Unter anderem fand er eine Kopie ihrer Abschlussarbeit mit Anmerkungen des Verstorbenen. Dazu würde er einen Experten befragen müssen. Das Privatleben seiner ehemaligen Studienkollegin war Zweibold keine Zeile wert gewesen.

Zu Patrizia Sontheim fand sich gar keine, wie Peter es bei sich nannte, »inoffizielle Akte«. Auch unter ihrem Mädchennamen Rogenkamp war nichts verzeichnet. Vorsichtshalber suchte der Hauptkommissar die restlichen Papiere und die offiziellen Dokumente des Anwalts durch. Hier waren jedoch nur die Informationen enthalten, die Peter schon im Polizeiarchiv über den damaligen Mordfall und die Zeugin Patrizia Sontheim gelesen hatte.

Nachmittags setzte er seine Recherche im Archiv der NHP fort. Der Chef vom Dienst dieser großen hannoverschen Tageszeitung war so nett gewesen, ihm Zugang zu gewähren, obwohl es Sonntag war. Hier gab es zwar einige Artikel über den damaligen Mordfall und den anschließenden Prozess, aber Peter gewann keine neuen Erkenntnisse. Einzig vielleicht die Tatsache, dass Patrizia Sontheim vor dem Tod ihres berühmten Mannes das Leben an dessen Seite durchaus genossen hatte, war neu. Beide waren häufig auf Fotos von diversen Veranstaltungen abgebildet, was wiederum wenig verwunderlich war, schließlich war Sontheim ein berühmter Anwalt gewesen und hatte viele Prominente zu seinen Klienten gezählt. Sein Konterfei hatte schon vor seiner Heirat häufig die Seiten des Feuilletons geziert. Die »schöne Praktikantin« – so hatten die

Zeitungen die Sontheim damals genannt, weil sie ihren späteren Mann bei einem Praktikum in dessen Kanzlei kennengelernt hatte. Die Hochzeit war einen ausführlichen Bericht wert gewesen. Nach dem Mord hatte sich die Witwe allerdings völlig aus der Öffentlichkeit zurückgezogen. Oder das Interesse an ihr hatte einfach nachgelassen. Sie hatte die Kanzlei ihres Mannes nicht weitergeführt und sich auch nicht bei irgendwelchen Charity-Projekten engagiert, da war der Presse der Stoff ausgegangen und sie hatte sich lohnenderen Zielen zugewandt.

Über die anderen Mitglieder des damaligen Freundeskreises fand Peter kaum etwas. Keiner hatte es zu vergleichbarer Prominenz gebracht. Der Einzige, der ab und zu erwähnt wurde, war Stefan Zweibold. In diesem Zusammenhang stieß der Hauptkommissar auf den Namen Abraham Bayerlein, eine Kiez-Größe vom Steintor, den Zweibold ein paarmal vertreten hatte. Er runzelte die Stirn. Er konnte sich nicht erinnern, über den Geschäftsmann irgendwelche Unterlagen bei Zweibold gefunden zu haben, allerdings war er sich nicht ganz sicher. Er beschloss, das morgen als Erstes zu überprüfen und für heute Feierabend zu machen

Der richterliche Beschluss für die Durchsuchung von Kai Krügers Wohnung lag inzwischen vor, und die SpuSi würde sich am nächsten Morgen gleich ans Werk machen.

*

Auf Höhe der Gravensteiner Allee überlegte er es sich spontan anders. Sonntagabend um 19.50 Uhr erachtete er noch als akzeptabel für einen unangemeldeten Besuch, und die Wahrscheinlichkeit, dass er kurz vor Tagesschau und Tatort jemanden zu Hause antreffen würde, war hoch.

Und er sollte recht behalten: Direkt vor der Haustür lief ihm Kevin Zweibold in die Arme. Der Jugendliche stutzte zunächst, als Peter ihn mit Namen ansprach, doch dann hellte sich seine Miene auf. »Ich komme gerade heim«, erklärte er überflüssigerweise.

»Darf ich Ihnen noch ein paar Fragen zum Tod Ihres Vaters stellen?«, erkundigte sich der Hauptkommissar.

»Zum Mord an meinem Vater.« Kevin Zweibold zog seinen Schlüssel aus der Hosentasche. »Sagen Sie es ruhig, in der Zeitung stand es ja auch. Sie brauchen keine Rücksicht zu nehmen, ich hatte kein besonders gutes Verhältnis zu ihm«, betonte der Jugendliche eine Nuance zu forsch und stieß die Tür auf. »Kommen Sie einen Moment mit rein?«

Peter folgte ihm ins Innere. Kevins Mutter schien nicht da zu sein, was den Jugendlichen offenbar erstaunte. Er ging voran in die Küche und holte eine Flasche Cola aus dem Kühlschrank. Gerade wollte er einen Schluck nehmen, dann besann er sich und bot dem Hauptkommissar etwas an. Der lehnte dankend ab. »Ist Ihnen inzwischen eingefallen, was Ihr Vater mit dem großen Deal gemeint haben könnte?«

Kevin trank nun doch aus der Flasche und schüttelte dabei heftig den Kopf. »Keine Ahnung«, meinte er, als er abgesetzt hatte. »Wissen Sie, eigentlich war mein Erzeuger eine ziemlich feige Sau.« Er sah Peter herausfordernd an, und als der nicht auf seinen derben Ausdruck reagierte, fuhr er fort. »Er war immer übervorsichtig. Dabei aber nicht liebevoll, eher so«, er suchte nach dem passenden Ausdruck, »unterwürfig. Ja, das trifft es. Er hat die Leute vollgeschleimt und hinter ihrem Rücken hat er sich überlegt, wie er sie bescheißen kann.« Er stellte die Flasche auf eine Anrichte. »Ich hab hin und her überlegt, was für ein Deal das gewesen sein kann, von dem er gesprochen hat«, fuhr er fort, während er sich gegen den Kühlschrank lehnte und die Arme vor der Brust verschränkte.

Peter stand nach wie vor mitten im Raum. Sein Blick wanderte zu der blitzblanken Spüle vor dem Fenster, auf dessen Sims verschiedene Töpfchen mit Kräutern standen. Bei deren Anblick begann sein Magen zu knurren. Er hatte seit dem Frühstück nichts gegessen.

»Wissen Sie«, holte Kevin Zweibold ihn in die Realität zurück, »wenn er tatsächlich vorgehabt hat, ein krummes Ding zu drehen, dann muss das zum einen richtig lukrativ gewesen sein, und zum anderen muss er sich hundertpro sicher gewesen sein, dass er nicht erwischt wird.«

Was war dieser Anwalt nur für eine verkorkste Persönlichkeit gewesen, ging es dem Hauptkommissar durch den Kopf. Vielleicht sollte er sich darüber mal mit einem Psychologen unterhalten. »Sagt Ihnen der Name Abraham Bayerlein etwas?«, wechselte er das Thema.

»Wer soll das sein?«, kam die Gegenfrage. »Ein Freund meines Erzeugers? Die hat er mir in der Regel nicht vorgestellt.«

*

»Die Location ist schon mal klasse«, lobte Toni, als sie mit Gero den Bahnhof Langenhagen betrat.

Im Vorraum des historischen Gebäudes spielte eine Jazzband. Zwischen den zahlreichen Zuhörern wuselten Servicekräfte herum und boten den Gästen Sekt, Wein und Orangensaft an. Gero schnappte sich zwei Gläser Sekt und überreichte Toni eines. »Auf einen schönen Abend«, prostete er ihr zu.

»Wollen wir nicht erst einmal den Veranstalter begrüßen?«, fragte sie und deutete auf einen gutgelaunten Mann in Kochkluft und Kochmütze, der sich mit einigen Besuchern unterhielt.

Gero trank einen Schluck. »Der läuft uns nicht weg.« Er ließ seinen Blick durch den Bahnhofsvorraum schweifen und schien die Atmosphäre aufzunehmen. Genussvoll nippte er erneut an seinem Sektglas und erkundigte sich bei einer Kellnerin nach der Marke. Offenbar zufrieden mit der sachkundigen Antwort wandte er sich wieder Toni zu. »Dann will ich dir mal unseren Gastgeber vorstellen.«

Toni, die soeben ein junges Paar beobachtet hatte, das begeistert im Takt der Musik klatschte, drehte sich um und folgte ihm, während er auf den Küchenchef zusteuerte. Als sie sah, mit wem der Mann sich inzwischen unterhielt, erstarrte sie. Ausgerechnet Patrizia Sontheim stand da, zusammen mit einem älteren, gutaussehenden Herrn mit grauen Schläfen, der garantiert keinen Anzug von der Stange trug.

»Hallo, Ingo, altes Haus«, begrüßte Gero den Restaurantchef mit Handschlag. »Darf ich dir meine bezaubernde Begleiterin vorstellen? Das ist Antonia Boccabella. Wenn du nett zu ihr bist, darfst du vielleicht Toni zu ihr sagen. Aber nimm dich in Acht, sie arbeitet bei der Kriminalpolizei.«

Toni wäre am liebsten im Erdboden versunken. Abgesehen davon, dass es ihr nicht passte, dass Gero ihren Beruf herausposaunte, störte sie seine gönnerhafte Art.

Der herablassende Blick von Frau Sontheim tat sein Übriges. »Danke, ich hatte schon das Vergnügen.« Wobei sie beim letzten Wort aussah, als hätte sie in eine Zitrone gebissen.

Ganz im Gegensatz zu ihr schienen sowohl ihr Begleiter als auch der Küchenchef äußerst angetan, Tonis Bekanntschaft zu machen.

»Freut mich, Jan van der Straaten«, stellte sich Ersterer vor. »Kriminalpolizei? Da können Sie uns bestimmt spannende Geschichten erzählen.«

»Ach, so abenteuerlich ist es nun auch nicht«, wiegelte Toni ab, »meistens unterhalten wir uns mit langweiligen Zeugen, die nichts herausrücken wollen.«

Van der Straaten lächelte sie an, während Patrizia Sontheim einen Punkt hinter ihrem linken Ohr fixierte und keine Miene verzog.

»Manchmal erlebt ihr aber auch ganz nette Geschichten, zum Beispiel das mit der entführten Katze, das ist echt schräg. Aber keine Angst, meine Dame«, sagte er an Patrizia Sontheim gewandt, »das Tier ist wohlbehalten wieder bei seinem Besitzer gelandet.« Gero versuchte Blickkontakt mit ihr aufzunehmen, was sie jedoch ignorierte.

»Wie interessant«, sprang stattdessen ihr Begleiter auf die Anspielung an und forderte Toni auf: »Erzählen Sie doch mal.«

Die wand sich sichtlich.

»Ich hoffe, heute sind Sie ausschließlich als Privatperson hier, liebe Antonia«, rettete der Gastgeber sie schließlich vor einer Erwiderung. »Haben Sie überhaupt schon etwas gegessen?« Damit nahm er die Kommissarin am Arm und führte sie in einen angrenzenden Raum, wo ein Buffet aufgebaut war. »Bitte bedienen Sie sich! Wir haben Matjestartar, hausgebeizten Lachs, Leberpastete, Linsensalat mit Lyoner, Entenbrust auf Couscous …«, zählte er auf.

»Gibt es nichts Vegetarisches?«, fragte Gero, der ihnen gefolgt war.

»Aber selbstverständlich: Gemüsetortilla, Ziegenkäse mit Lavendelhonig, Rote-Beete-Walnuss-Mousse, Kichererbsensalat, Champignons in Balsamico …«

»Wow, kannst du mir eine Liste der Speisen geben? Für meinen Bericht«, bat der Reporter.

»Kommt sofort, lasst es euch inzwischen schmecken!« Mit einer einladenden Geste in Richtung der Köstlichkeiten verabschiedete sich der Küchenchef.

»Kennst du die Sontheim?«, raunte Gero Toni zu,

während sie ihm hinterhersahen, wie er sich einen Weg durch die Menge bahnte, immer wieder aufgehalten von einem seiner Gäste.

»Ja, ich hatte bei einem aktuellen Fall mit ihr zu tun«, gab sie zurück.

»Ist sie verdächtig?«, witterte der Reporter eine Schlagzeile, denn selbstverständlich kannte er die Witwe des einstigen Promi-Anwalts.

»Ein Wort von dir in der Zeitung und meine Kollegen ermitteln gegen mich«, zischte die Kommissarin zurück.

»Ich liebe temperamentvolle Frauen«, ließ sich Gero nicht einschüchtern, fügte aber hinzu: »Keine Angst, ich halte mich zurück. Zumindest beim Schreiben meines Artikels.« Er grinste anzüglich.

»Kannst du mit deinen blöden Andeutungen aufhören?« Toni bereute, ihn begleitet zu haben. Das Restaurant war zwar wirklich etwas Besonderes, die Leckereien auf dem Buffet sahen verlockend aus, aber Gero ging ihr zusehends auf die Nerven, und dann musste ihnen ausgerechnet auch noch eine Zeugin über den Weg laufen, die nicht gerade freundlich reagiert hatte.

Als habe er ihre Gedanken gelesen, legte Gero versöhnlich seine Hand auf ihren Arm und deutete auf zwei gerade frei gewordene Plätze. »Setz dich doch erst mal hin. Ich hole uns einen kleinen Querschnitt von diesen Köstlichkeiten und …« Er griff sich zwei weitere Gläser von einem Tablett, das soeben vorbeigetragen wurde. »Hier, trink noch einen Schluck.«

Zögernd nahm Toni das Weinglas entgegen, das er ihr hinhielt.

»Wusstest du übrigens, dass am 8. August Weltkatzentag ist?«, wechselte Gero das Thema. Offensichtlich versuchte er, sie aufzuheitern. »Was hältst du davon, wenn ich deinen Chef *dazu* interviewe?« Toni machte ein verdattertes Gesicht und er grinste breit. »Immerhin scheint der Hauptkommissar ja ein Händchen für unsere samtpfotigen Freunde zu haben.

»Wenn das eine Methode sein soll, um an Informationen zu den Morden zu kommen, vergiss es.« Toni machte eine wegwerfende Handbewegung und verschüttete dabei Wein auf Geros Arm.

Der machte keine Anstalten, die Flüssigkeit abzuwischen, sondern rückte noch näher an die junge Frau heran. Dabei flüsterte er ihr ins Ohr: »Wo denkst du hin? Ich kann auch erst einmal mit dem Malermeister und seiner geretteten Katze anfangen.«

»Ich schütte dir gleich den Rest ins Gesicht«, raunte Toni ihm grimmig zu.

»Trink ihn lieber, wäre schade drum«, war der Journalist wenig beeindruckt von ihrer Drohung und schob sie in Richtung des freien Tischs. »Nimm Platz, bevor es ein anderer tut.«

Toni ließ sich auf einen der Bistrostühle sinken und sah Gero zu, wie er zwei Teller an dem reichhaltigen Buffet füllte, nachdem er einige Fotos der Köstlichkeiten geschossen hatte. Dabei redete er fortwährend mit dem Kellner, der daneben postiert war, um den Gästen die Speisen zu erklären.

Endlich gesellte er sich wieder zu ihr an den Tisch. »So, für dich die vegetarischen Variationen. Und für mich den Rest. Wie schmeckt der Wein?«, wollte er wissen.

»Sehr gut«, lobte Toni.

»Ist allerdings kein italienischer. Ingo ist Frankreichfan. Guten Appetit!« Damit kostete er die Delikatessen auf seinem Teller.

Toni tat es ihm gleich.

»Hast du den Prozess um den Mord an dem alten Sontheim damals verfolgt?«, fragte er nach einer Weile, antwortete jedoch gleich selbst: »Kann ja gar nicht sein, da warst du noch in der Pubertät und hattest wahrscheinlich andere Interessen.«

Die Kommissarin nickte. »Und wenn doch, würde ich dir das jetzt bestimmt nicht auf die Nase binden.«

»Ich war damals noch festangestellt bei der NHP und fürs Feuilleton zuständig, also Klatsch und Tratsch. Die Witwe war seinerzeit ein heißer Feger, wie man so schön sagt«, meinte er respektlos.

»Das kann man sich heute gar nicht mehr vorstellen«, gab Toni zurück und steckte sich genüsslich eine Olive in den Mund.

»Ja, mit dem Tod ihres Mannes war das schlagartig vorbei. Davor waren sie und dieser Promi-Anwalt das Glamourpaar von Hannover. Die beiden durften auf keiner Party fehlen, und sie trug immer die heißesten Outfits.« Er lachte.

»Interessant«, urteilte Toni.

»Allerdings.« Gero trank einen Schluck Weißwein. »Aber nach dem Mord war sie zu keiner Stellungnahme mehr bereit, ist regelrecht in der Versenkung verschwunden. Hm, vielleicht taucht sie ja bald wieder auf.« Er blickte ans andere Ende des Raums, wo Patrizia Sontheim und Jan van der Straaten mit einer älteren Dame zusammenstanden. Während die Sontheim gelangweilt in ihr Weinglas starrte, unterhielt sich ihr Begleiter offenbar sehr angeregt. »Hast du den Brillantring an ihrem Finger gesehen? Würde mich nicht wundern, wenn Hannover bald ein neues Glamourpaar hätte. Der Typ hat Kohle, beide sehen gut aus, und es ist das erste Mal seit Langem, dass die Sontheim sich bei einer Veranstaltung in der Öffentlichkeit blicken lässt, bei der die Presse anwesend ist.«

*

Als Peter den Wagen auf dem Parkplatz vor seinem Haus abstellte, löste sich eine dunkle Gestalt aus dem Park gegenüber.

»Miau, miau!« Socke preschte über die Straße und beeilte sich, zum Hauptkommissar zu kommen. Er umkreiste seinen Menschen einmal, rieb sich im Laufen an dessen Hosenbein und eilte ihm dann voraus Richtung Haustür.

»Na, Kleiner«, begrüßte Peter den Kater, der nun langsamer wurde und sich ein bisschen zurückfallen ließ, damit sein Mensch die Tür öffnen konnte.

Zusammen betraten sie das Wohnzimmer, wo Chris vor dem Fernseher saß und den Tatort schaute. »Hallo, ihr beiden«, freute sie sich und stellte den Ton leiser.

Peter gab ihr einen Begrüßungskuss.

Socke miaute.

»Wir haben Hunger«, erklärte Peter daraufhin.

»Das kann ich leiden«, entrüstete sich seine Freundin schmunzelnd. »Sich den ganzen Tag rumtreiben und zum Essenmachen bin ich wieder gut.« Sie erhob sich und verließ gefolgt von Socke den Raum. »Dann will ich erst einmal dieses Raubtier füttern«, sagte sie. »Und du, schau mal in der Küche nach, ich habe uns einige Leckereien vom Integrationsfest mitgebracht«, rief sie Peter zu.

Kurz darauf saßen sie vor Tellern mit Falafeln, gefüllten Weinblättern sowie diversen Teigtaschen und ließen es sich schmecken. Socke war, nachdem er eine Portion Lachs in Gelee verputzt hatte, durch die Katzenklappe verschwunden.

»Bist du weitergekommen?«, erkundigte sich Chris, nachdem sie Peter ein wenig von dem Fest erzählt hatte.

»Frag lieber nicht. Im Moment habe ich das Gefühl, die sonntägliche Extraschicht hätte ich mir sparen können«, klagte er, während er ein Stück Fladenbrot mit einer Auberginencreme bestrich. Es roch köstlich, allerdings würde er seinen Kollegen morgen wohl nicht zu nahe kommen dürfen – bei dem Knoblauchduft. Dann fiel ihm ein, dass sein Chef Knoblauch hasste. Normalerweise hatte er montagmorgens keinen Termin beim Kriminalrat, aber unter den gegebenen Umständen konnte sich das schnell ändern. Er zuckte mit den Schultern und kratzte den Rest der Creme aus dem Schälchen. »Pech gehabt!«

»Ach, es ist ja noch genug anderes da«, missverstand ihn seine Freundin.

»Ich meine meinen Chef, er mag keinen Knoblauch«, grinste Peter.

Chris schob ihm ein paar Teigtaschen hin. »Dann probier mal das«, grinste sie. »Und morgen knallst du ihm deinen unterschriebenen Urlaubsantrag auf den Schreibtisch.«

Der Hauptkommissar seufzte. »Wenn das so einfach wäre. Du weißt ja selber, dass es manchmal nicht anders geht.«

Chris legte ihre Hand auf seine und sah ihn fest an. »Das versteh ich, Peter. Aber wenn es so ist, versteh du bitte auch, dass ich alleine fahren werde. Ich habe echt alle Hebel in Bewegung gesetzt, um meine Vertretung zu regeln, in der Praxis und im Tierheim.«

Peter nickte traurig.

»So schnell kriege ich nicht noch mal zwei Wochen freigeschaufelt. Es ist einfach das Vernünftigste, wenn …«

Peter entzog ihr seine Hand. »Ach Mensch, wir führen doch keine Vernunftehe!«, stieß er aus.

Chris runzelte die Stirn. »Wer redet denn von Ehe?«

»Äh«, besann sich Peter seiner Worte. »Also … Ich … Warum eigentlich nicht? Vielleicht ist es nicht der passendste Moment, aber: Willst du mich heiraten?«

*

Unruhig drehte sie sich im Bett hin und her. Sie konnte einfach nicht schlafen, und das lag weniger daran, dass ihr Gewissen sie plagte, als vielmehr an der Angst vor Entdeckung.

So viel hatte sie riskiert, zwei Menschenleben hatte sie ausgelöscht.

Es war leichter gewesen als gedacht. Oberwasser hatte sie bereitwillig in seine Wohnung gelassen und es sich sogar arglos in seinem Fernsehsessel gemütlich gemacht. Besser hätte es gar nicht laufen können, hatte sie in diesem Moment gedacht, denn so würde ein Suizid noch glaubwürdiger wirken. Sie hatte zwar einen weiteren Schuss mit seiner Hand an der Waffe abgeben müssen, nachdem sie ihre Fingerabdrücke abgewischt hatte, um die erforderlichen Schmauchspuren auf seiner Hand zu hinterlassen, doch bei dem kurzen Zeitabstand konnte die Polizei im Nachhinein unmöglich feststellen, in welcher Reihenfolge geschossen worden war. Sie war sich so schlau vorgekommen.

Leider hatte sie die kriminaltechnischen Möglichkeiten unterschätzt und nicht angenommen, dass man den Mord als solchen überhaupt erkennen würde. Warum die Kripo das so schnell herausgefunden hatte, wusste sie bis heute nicht.

Noch weniger hatte sie das bei Stefan Zweibold erwartet. Auf ihrer Liste hatte der Anwalt schon länger gestanden, aber als der Zufall ihr die K.-o.-Tropfen und das Heroin in die Hände gespielt hatte, war sie gleich zur Tat geschritten. Das Fläschchen mit den Tropfen war unbeschriftet gewesen, und so hatte sie zur Sicherheit deren Wirkung an einer ahnungslosen Cafébesucherin in der Innenstadt getestet. Danach hatte sie keine Zeit verloren und Stefan um ein Gespräch gebeten. Er war sofort darauf eingegangen. Sie lachte in sich hinein: Sie konnte sehr überzeugend sein, wahrscheinlich hatte er gedacht, er könne etwas vom großen Kuchen abhaben und sie serviere es ihm auf dem Silbertablett. Sie kannte Stefan zu gut. Er war feige, und wenn er es vermeiden konnte, sich die Finger selbst mit einer Erpressung schmutzig zu machen, umso besser. Da konnte er einfach nicht nein sagen.

Die K.-o.-Tropfen unbemerkt in sein Whiskyglas zu geben, war ein Leichtes gewesen. Anschließend hatte sie einige Zeit abgewartet, bis sie ihm den Schuss mit der tödlichen Drogendosis gesetzt hatte, damit die K.-o.-Tropfen nicht mehr nachweisbar wären. Leider war sie zu ungeduldig gewesen.

Gut, dann wurde halt wegen Mordes ermittelt und sie musste damit rechnen, ein weiteres Mal befragt zu werden. Doch konnte es Beweise geben, die sie überführen würden? Sie hatte nach den Taten jeweils sämtliche Spuren beseitigt. Trotzdem nagte der Zweifel an ihr. Hatte sie etwas übersehen? Gab es Zeugen oder Mitwisser, von denen sie nichts ahnte?

Irgendetwas wusste dieser Malermeister, dessen Katze von Stefan entführt worden war. Das war auch wieder so typisch für diesen Feigling!

Offen blieb: Wenn Max Petkow tatsächlich Informationen hatte, warum hatte er bisher nichts gesagt? Die Katze war ja nun gefunden worden. Entweder wollte er ebenfalls ein Stück vom großen Kuchen abhaben oder er hatte die Bedeutung dessen, was er wusste, noch nicht erfasst. In beiden Fällen war es nur eine Frage der Zeit, und das war genau die Zeit, die ihr blieb, um die Sache zu einem Ende zu bringen. Sie wälzte sich unruhig hin und her. Sie musste handeln, und dazu benötigte sie einen kühlen Kopf.

Sie stand auf. Ihr Arzt verschrieb ihr seit dem Tod ihres Mannes regelmäßig Schlaftabletten. Sie würde eine davon nehmen, um endlich Ruhe zu finden.

Sie ging in die Küche und schluckte eine der rosa Pillen. Wie passend die Farbe des Schlafmittels gewählt war, schoss es ihr durch den Kopf. Wahrscheinlich sah man nach der Einnahme alles durch eine rosa Brille. Sie tigerte unruhig durch die Wohnung, bis sie schließlich die Müdigkeit übermannte und sie sich wieder ins Bett legte.

Bevor sie endlich einschlief, hatte sich die vage Idee eines Plans in ihre Gedanken geschlichen.

KAPITEL 8
MONTAG

Peter erwachte gutgelaunt und das erste Mal seit langer Zeit galt sein erster Gedanke nicht der Arbeit. Er streckte sich. Er hörte, dass Chris sich im Badezimmer frisch machte und dabei falsch zu einem Lied aus dem Radio mitsang. Er lächelte. Nachdem seine Freundin am Vorabend zunächst fast ein wenig erschrocken auf seine – zugegebenermaßen spontane und unreflektierte – Frage reagiert hatte, war ihr Gesichtsausdruck weicher geworden. Sie hatte ihm die Arme um den Hals gelegt, ihm fest in die Augen gesehen und ein ersticktes »Ja« gehaucht, bevor sie ihn geküsst hatte.

Bis sie dann tatsächlich die Flasche Champagner geöffnet hatten, die von ihnen schon beinahe vergessen für besondere Anlässe im Kühlschrank stand, hatte es eine ganze Weile gedauert.

»Tut mir leid«, hatte Chris später gesagt, »ich kann manchmal einfach nicht aus meiner Haut. Ich fürchte, du musst dich damit abfinden, dass du eher eine Realistin als eine Romantikerin heiratest. Aber ich gelobe Besserung.« Zur Bekräftigung ihrer Worte hatte sie ihn zärtlich geküsst, und sie waren noch lange wach geblieben.

Trotzdem fühlte sich Peter an diesem Morgen so frisch wie seit Langem nicht mehr. Er stand auf und ging in die Küche, wo sich seine Freundin inzwischen, immer noch vor sich hin summend, am Kaffeevollautomaten zu schaffen machte.

Er trat an sie heran und nahm sie in die Arme. »Guten Morgen«, flüsterte er ihr ins Ohr.

Chris erwiderte seinen Kuss und reichte ihm dann eine gefüllte Kaffeetasse.

Peter setzte sich damit an den Küchentisch, während das Mahlwerk bereits die Bohnen für das nächste Heißgetränk bereitete.

»Ist Socke da?«, stellte Peter die beinahe schon obligatorische morgendliche Frage.

Chris verneinte.

»Seit er gestern Abend verschwunden ist, habe ich ihn nicht mehr gesehen. Sein Futter hat er auch nicht angerührt«, sagte Peter und legte sorgenvoll die Stirn in Falten. Chris stellte Socke abends immer eine Schale mit Trockenfutter hin, so konnte sich der Kater gleich stärken, wenn er spätnachts von seinen Streifzügen zurückkam, und musste nicht seine Menschen aufwecken, weil er dem Hungertod nahe war.

Chris grinste. »Er muss heute Nacht hier gewesen sein«, sagte sie wissend. »Die Knuspertaschen fehlen.«

Ihr Freund sah sie verständnislos an.

Sie setzte sich auf seinen Schoß und schmiegte sich an ihn. »Ich lege auf sein normales Futter immer noch ein paar von seinen Lieblingsleckerchen – und die sind verschwunden«, flüsterte sie ihm ins Ohr.

»Wie raffiniert.«

»Ich weiß sogar«, fuhr seine Freundin fort, »dass er

alleine war, denn Mimis bevorzugter Snack, diese rötlichen Kügelchen, sind unberührt. Gut, das ist jetzt nicht weiter verwunderlich, Mimi muss im Haus bleiben, aber wenn sie dabei gewesen wäre, wären die roten Teilchen verschwunden.« Sie lächelte verschmitzt. Ab und zu brachte Socke seine Katzenfreundin mit durch seine Katzenklappe. Zwar war die so programmiert, dass sie sich nur öffnete, wenn Socke mit seinem Chip in der Nähe war, doch wenn sich die Tiere dicht hintereinander hielten, konnten sie beide hindurchschlüpfen. Neben Mimi gelang es gelegentlich auch Clooney, sich so Zugang zum Haus zu verschaffen.

Chris grinste. »Und Clooney war genauso wenig dabei, sonst wäre alles aufgefressen.«

*

Zärtlich leckte Socke Mimi übers Gesicht.

Max näherte sich den beiden und hielt Mimi etwas vor die Nase. »Hmmm! Schau mal, leckere Leberwurst«, lockte er sie dabei mit süßlichem Tonfall.

Die schöne Glückskatze wandte sich angewidert ab. Das Leberwurstklümpchen folgte ihrer Bewegung. »Köstlich!«, behauptete der Mensch.

»Für wie blöd hält der mich eigentlich?«, erboste sich Mimi. »In der Leberwurst steckt eine bittere Pille.«

Socke machte einen langen Hals und schnupperte an Max' Hand, um gleich darauf angewidert seine rechte Vorderpfote zu schütteln. »Igitt! Will der dich vergiften?«

»Komm schon, es ist nur zu deinem Besten«, versuchte Max, Mimi zu überzeugen.

»Das hat er gestern auch gesagt und als ich gemerkt habe, dass eine Tablette in der Leberwurst steckt, und sie ausspucken wollte, hat er mir die Schnauze zugehalten«, erboste sich Mimi und duckte sich geschickt unter der Hand weg, die sie am Nackenfell packen wollte.

Socke drängte sich zwischen die beiden, machte einen beeindruckenden Buckel und fauchte furchterregend.

Mimi erhob sich und hinkte auf drei Beinen zur Tür. Geschlossen! Max, dieser Verräter, hatte ihnen den Fluchtweg abgeschnitten. Jetzt baute er sich hinter ihr auf. In letzter Sekunde entwischte sie ihm seitlich und ihr Mensch griff abermals ins Leere.

So schnell es ihre bandagierte Pfote zuließ, humpelte Mimi nun zur Sitzgruppe. Max dicht hinter ihr. Socke versuchte, ihm den Weg abzuschneiden, doch Max überwand das Hindernis mit einem Sprung, geriet allerdings ins Straucheln, was der Katze, trotz ihres Handicaps erneut einen Vorsprung verschaffte. Geschickt umrundete sie den niedrigen Tisch und robbte gerade noch rechtzeitig unters Sofa, bevor Max sie packen konnte. Der stieß sich sein Schienbein am Couchtisch und fluchte kurz und schmerzerfüllt, bevor er in die Knie ging und sich flach auf den Boden legte. Den Arm tief unters Sofa gestreckt, versuchte er die Katze zu erreichen. Socke hüpfte ihm auf den Rücken.

»Du musst das Medikament nehmen«, ächzte Max und bemühte sich mit den Fingerspitzen um weitere

Zentimeter nach vorn, ungeachtet der Krallen, die sich in sein Schulterblatt hieben.

Mimi saß zusammengekauert unter der Couch, dicht an die Wand gedrängt. Das Bein des Möbelstücks verhinderte, dass sie sich seitlich in Sicherheit bringen konnte, und so blieb ihr nur noch die Flucht nach vorn. Schnell versuchte sie, neben ihrem Menschen unter dem Sofa hervorzukriechen, was ihr, behindert durch ihre Verletzung und die Enge, misslang. Max bekam die sich windende Katze zu fassen und klemmte sie sich vorsichtig, aber bestimmt unter den Arm. Dass Socke nach wie vor auf seiner Schulter saß, beeindruckte ihn wenig. Sanft zwang er das Mäulchen der Katze auf, schob das kontaminierte Leberwurststückchen hinein und schloss die Schnauze wieder. Socke hieb ihm die Krallen in den Handrücken.

»Autsch!«, schrie Max schmerzerfüllt auf, ließ aber nicht von Mimi ab.

Socke fauchte und legte die Ohren an, Mimi knurrte mit nach wie vor verschlossener Schnauze. Max ließ sich nicht abbringen und massierte Mimis Kehle, bis sie schließlich schluckte.

Das musste ihm diese Tierärztin gezeigt haben. Frustriert hüpfte Socke auf den Boden und nahm eine zwar schlappe, aber sehr wütende Mimi in Empfang. »Na warte«, fauchte die in Richtung ihres Menschen, der sich mit einem Stückchen Mozzarella bei ihr einschmeicheln wollte. Normalerweise liebte Mimi den italienischen Käse, genau wie Socke, vor allem wenn es wie in diesem Fall der gute Büffelmozzarella war, doch jetzt rümpfte sie das niedliche Näschen und humpelte zurück zu ihrem Schlafplatz, ohne Max eines weiteren Blickes zu würdigen.

Socke schnupperte interessiert und schluckte, wandte sich dann aber ebenfalls ab.

Max besah sich den blutigen Kratzer auf seinem Handrücken. »Mannomann!«, stöhnte er und wischte sich den Schweiß von der Stirn. »Bis das Antibiotikum aufgebraucht ist, bin ich Invalide.«

*

Friedrich Eberhard öffnete die Verpackung der Gebäckmischung und schob sie in die Mitte des Besprechungstischs. »Bitte schön«, forderte er seine Kollegen auf und griff sich zwei Waffelröllchen mit Schokoladenüberzug.

Peter schnappte sich einen Keks in Herzform.

»Du hast ja unverschämt gute Laune«, raunte Lisa ihm zu. »Was hat denn der Big Boss gesagt?«, erkundigte sie sich dann in normaler Lautstärke nach dem kurzen Gespräch, zu dem der Kriminalrat Peter gebeten hatte, sofort nach dessen Ankunft an seinem Arbeitsplatz.

»Wir sollen dranbleiben«, fasste Peter knapp zusammen. Tatsächlich hatte sein Chef keine neuen Themen gehabt und sich nur erneut über die Presse beklagt, die versucht hatte, weitere Details zu der nächtlichen »Katzenrettungsaktion« herauszufinden. Natürlich war durchgesickert, dass ein Angehöriger der Mordkommission daran beteiligt gewesen war. »Lösen Sie endlich die

Mordfälle, bevor die Reporter solche Nebensächlichkeiten ausschlachten und uns damit zum Gespött machen«, waren seine deutlichen Worte gewesen. »Dann mache ich mich doch gleich an die Arbeit«, hatte Peter dem Kriminalrat mit knoblauchgeschwängertem Atem ins Gesicht gesagt und den Raum verlassen, bevor dieser etwas erwidern konnte.

»Aha.« Im Gegensatz zu dem Hauptkommissar machte Toni einen besonders missmutigen Eindruck. Sie hatte sich mitten in der Nacht mit ihrem Freund Sebastian gestritten, der zuvor mehrfach vergeblich versucht hatte, sie anzurufen. Toni war einfach zu müde für Erklärungen gewesen, und dem sonst so sanftmütigen Basti war der Kragen geplatzt. Die junge Frau hatte daraufhin einfach aufgelegt und sowohl das Festnetztelefon als auch ihr Handy stummgeschaltet. Insgeheim konnte sie Sebastian verstehen. Obwohl es nichts zu verheimlichen gab, hatte sie keine Lust gehabt, ihm zu sagen, wo sie gestern Abend gewesen war, und ihm im Gegenzug sogar noch Kontrollwahn vorgeworfen, bevor sie die Verbindung unterbrochen hatte. Bereits nach ein paar Minuten hatte sie ihre Worte bereut, es aber trotzdem nicht über sich gebracht, sich zu entschuldigen.

Der Hauptkommissar holte sie in die Gegenwart zurück, indem er von seinen gestrigen Recherchen berichtete. »Komisch ist, dass Zweibold wirklich über jeden, der seinen Weg gekreuzt hat, mehr oder weniger belanglose Notizen gemacht hat. Nur über seine ehemalige Kommilitonin Patrizia Sontheim und einen seiner wichtigeren Klienten, Abraham Bayerlein, nicht.«

Letzteres hatte er gerade eben noch überprüft: Von dem Geschäftsmann gab es keine Akte. Er nahm sich den letzten der herzförmigen Kekse und betrachtete ihn nachdenklich. »Dass ich da nicht eher draufgekommen bin.«

»Worauf?«, fragte Fritz mit vollem Mund. »Dass die Kekse aussehen wie kleine Herzen?«

»Jeder nimmt sich das, was er am liebsten mag«, murmelte der Hauptkommissar.

»Genau!« Lisa schnappte sich den Keks aus seiner Hand und steckte ihn sich in den Mund. »Tolle Feststellung.«

»Socke hat mir wieder mal eine Erkenntnis beschert«, grinste Peter.

Fritz und Lisa tauschten einen amüsierten Blick.

Toni fehlte im Moment der Sinn für diese Art von Humor. »Chef, bitte!«

»Also, heute Morgen habe ich in Sockes Napf Trockenfutter gesehen«, konnte sich Peter nicht verkneifen, bei seiner Erklärung sehr auszuholen.

»Versuchst du es seit Neuestem mit einer Art Kaffeesatz-, äh, ich meine Katzenfutterlesen?«, kicherte Lisa.

»Anschließend wusste ich, dass er heute Nacht zu Hause war, weil eine bestimmte Sorte von Futter fehlte.«

Toni hatte keine Lust auf Rätselspielchen. »Aha.«

»Klar«, ging Lisa ein Licht auf. »Du meinst, die Sontheim oder der Bayerlein hat Kai Krüger dazu angestiftet, in die Kanzlei einzubrechen und belastendes Material über sich zu entwenden?«

Peter nickte. »Uli und sein Team sind gerade dabei, Krügers Wohnung zu durchsuchen. Wenn wir Glück haben, hat er das Diebesgut seinem Auftraggeber noch nicht ausgehändigt.«

Nun wachte auch Toni aus ihrer Lethargie auf. »Und wenn wir wissen, wer hinter dem Einbruch steckt, haben wir damit auch den Mörder oder die Mörderin von Zweibold – was nicht dieselbe Person ist.«

»Genau«, spann Lisa den Gedanken weiter. »Denn der Mörder hat seine Unterlagen vermutlich bereits am Mordabend mitgenommen.«

»Ich tippe auf Bayerlein als Verantwortlichen für den Einbruch und auf die Sontheim als Mörderin«, sagte Toni. »Allerdings habe ich bei ihr keine Idee, was das Motiv angeht. Rache am Mörder ihres Mannes und dessen Anwalt scheidet ja wohl aus.«

»Zumal sie ein ganz gutes Leben als Witwe hat«, ergänzte Fritz.

»Vielleicht wussten die beiden etwas, mit dem sie sie erpresst haben«, überlegte Lisa. »Aber was? Und warum erst jetzt? Und wenn es so ist, wie finden wir das je raus? Die Beweise sind bestimmt seit Langem vernichtet.«

»Gut«, fasste Peter zusammen. »Zum einen müssen wir die Ergebnisse der Hausdurchsuchung abwarten. Toni, du besorgst dir Fotos von Patrizia Sontheim und Abraham Bayerlein, irgendwo muss da was zu finden sein, schließlich sind sie regionale Größen. Die zeigst du den Bewohnern in Oberwassers Haus, besonders der aufmerksamen älteren Dame.« Er wandte sich an die anderen zwei Kollegen. »Lisa und Fritz, ihr nehmt euch Krüger noch mal vor und konfrontiert ihn mit dem Verdacht, sein Auftraggeber sei Bayerlein gewesen. Mal sehen, wie er reagiert. Wahrscheinlich müsst ihr aber erst auf seinen Anwalt warten, es soll ja alles seine Richtigkeit haben.«

»Und du?«, wollte Toni von dem Hauptkommissar wissen.

»Ich spreche mit Max Petkow – das ist der, dessen Katze entführt wurde.« Die fragenden Blicke bemerkend, erklärte er: »Irgendetwas Belastendes muss Zweibold ihm beim Klassentreffen erzählt haben. Vielleicht hilft es Max Petkows Gedächtnis ja auf die Sprünge, wenn ich ihm ein paar Namen nenne.«

*

Sie erwachte am späten Vormittag. Dank des für sie ungewohnten Mittels hatte sie tief und fest geschlafen. Sie hatte sich keinen Wecker gestellt und fühlte sich nun ausgeruht und ruhiger.

Die Idee, die ihr gestern noch als ungewisse Möglichkeit erschienen war, war über Nacht zu einem Plan gereift, den sie jetzt bei einer Tasse Earl-Grey-Tee auf seine Tauglichkeit prüfen würde.

Wichtig war, dass es dieses Mal tatsächlich wie ein Suizid aussah. Es durfte keine Zweifel daran geben, denn vermutlich würde es ihr nicht gelingen, ihren Namen aus der Sache herauszuhalten. Außerdem musste sie schnell handeln. Wenn ihr Opfer nämlich nicht vorhatte sie zu erpressen, konnte es jederzeit passieren, dass er die Zusammenhänge begreifen und der Polizei den entscheidenden Hinweis geben würde. Die wusste ja nun, dank Stefans alberner Katzenentführungsaktion, dass der Malermeister Informationen hatte.

Sie trank einen letzten Schluck Tee und stellte die Tasse in die Spülmaschine. Ihr Plan war riskant, doch er konnte gelingen. Allerdings musste sie schnell handeln. Sie suchte die Telefonnummer von Max Petkow heraus und wählte.

*

Peter wollte gerade Max Petkow anrufen, um mit ihm einen Termin zu vereinbaren, als sein Handy klingelte.

»Hier ist Uli«, meldete sich Ulrich Zeitler von der SpuSi, »ich wollte dir einen kleinen Zwischenbericht geben, damit ihr euch nicht allzu große Hoffnungen macht.«

Peter schwieg und verdrehte die Augen. Das klang nicht gerade vielversprechend.

»Entweder ist Kai Krüger ein Riesenchaot«, fuhr Zeitler fort, »oder es ist uns jemand zuvorgekommen. Der war dann zwar gründlich, aber nicht besonders ordentlich. Hier sieht es aus, als hätte eine Bombe eingeschlagen.«

»Na prima.« So langsam löste sich die gute Laune des Hauptkommissars in Luft auf. Er bedankte sich und beendete das Gespräch. Max Petkow konnte er später noch anrufen, stattdessen machte er sich auf den Weg zum Vernehmungsraum. Vielleicht würde der Einbruch in seiner Wohnung Kai Krüger zum Reden bringen.

Bevor er eintrat, beobachtete er die Szene hinter dem Einwegspiegel. Krüger lehnte lässig in seinem Stuhl und beobachtete seinen Verteidiger, der Lisa gerade erklärte, dass sein Mandant nicht vorhabe, etwas zu sagen. Die Kommissarin führte das Gespräch, während Fritz abseits die Beobachterrolle eingenommen hatte. Bei Krügers Anwalt handelte es sich nicht um einen Pflichtverteidiger. Dr. Giesswein hatte sich in den letzten Jahren einen Namen in der Szene gemacht und zählte einige stadtbekannte Geschäftsleute und vor allem Kiez-Größen zu seinen Klienten. Abraham Bayerlein gehörte aber, Peters Wissen nach, bislang nicht zu seinen Kunden. Trotzdem fragte er sich, wer Giesswein mit der Verteidigung von Krüger beauftragt hatte, und vor allem, wer seine Rechnung bezahlte.

Die Vernehmung verlief schleppend. Lisa fragte, der Anwalt antwortete jeweils mit einem »Kein Kommentar« und Krüger grinste frech.

»Ist Ihnen der Name Abraham Bayerlein ein Begriff?«, brachte die Kommissarin nun den ersten Verdächtigen ins Spiel.

»Klar, der Abe«, ließ sich Krüger endlich zu einer Reaktion hinreißen und betonte stolz den Spitznamen des Geschäftsmanns, fügte jedoch schnell hinzu, als sein Anwalt ihm eine Hand auf den Arm legte: »Wer kennt den nicht?«

Peter klopfte und trat ein, ohne eine Antwort abzuwarten.

»Herr Hauptkommissar«, begrüßte ihn Krüger fröhlich, »was verschafft uns die Ehre?« Giesswein bedachte ihn mit einem strafenden Blick.

»Ich habe schlechte Neuigkeiten für Sie. Die Spurensicherung ist gerade in Ihrer Wohnung.«

Urplötzlich war es mit Krügers Fröhlichkeit vorbei, und er warf einen ängstlichen Blick zu seinem Anwalt. Der hob nur die Augenbrauen.

»Leider«, redete Peter weiter, »ist uns jemand zuvorgekommen und hat sich illegal Zugang zu ihrer Bleibe verschafft. Dieser Jemand ist nicht so vorsichtig vorgegangen, wie Sie das von der Polizei gewohnt sind.«

Die Reaktion des Kleinkriminellen war interessant: Er entspannte sich sichtbar und lachte laut los.

Peter nickte Lisa zu und verließ den Raum. Sie würde die Vernehmung nun wieder weiterführen. Es war nicht die feine Art von ihm gewesen, seinen Kollegen so ins Wort zu fallen, doch der Zeitpunkt hatte perfekt gepasst, und als erfahrene Kommissarin würde Lisa die Situation meistern.

Peter wiederum würde versuchen herauszufinden, wer Dr. Giesswein als Anwalt für Krüger angefordert hatte. Ganz offensichtlich hatte der nämlich mehr Angst vor seinem Auftraggeber als vor der Polizei. Krüger hatte wahrscheinlich belastendes Material aus seinem Einbruch zurückbehalten, das seinen Auftraggeber entlarvt hätte. Sein ängstlicher Seitenblick hatte ihn verraten.

*

Die Temperaturen waren inzwischen auf 29 Grad gestiegen, und die Tür zum Friseursalon in der Giesener Straße stand offen, wohl um wenigstens für einen leichten Luftzug zu sorgen.

Clooney spazierte direkt hinein. Drinnen, nahe des Eingangs, saß eine ältere Dame, den Kopf zum Teil verborgen unter einer monströsen Haube, die laut brummte und die Luft noch heißer zu machen schien. Clooney sprang erschrocken zur Seite.

Die Friseurin, Frau Stolze, machte sich gerade mit einer Schere am Kopf eines beleibten älteren Manns zu schaffen, der der Katze bekannt vorkam.

Weiter hinten im Raum saßen zwei Frauen mittleren Alters. »Bei der Figur sollte sie so etwas nicht mehr tragen. Außerdem ist sie auch nicht mehr die Jüngste«, beklagte sich eine von ihnen gerade über eine gemeinsame Bekannte. Sie selbst war hager und ganz in Grau gekleidet.

»Dem Studenten aus der Nummer 23 scheint es zu gefallen«, entgegnete die andere Frau, die eine farbenfrohe Kittelschürze trug.

Clooney steuerte auf die Friseurin zu.

»Was hat das Viech hier zu suchen?«, brüllte auf einmal der dicke Mann. Dabei machte er eine ruckartige Bewegung mit dem Kopf, sodass Frau Stolze wesentlich mehr von seinem dichten grauen Haar abschnitt als beabsichtigt.

»Vorsichtig, Herr Dvorjac, Sie wollen doch keinen Irokesenschnitt«, mahnte sie und betrachtete ratlos das Haarbüschel in ihrer Hand.

Herr Dvorjac hatte andere Probleme. Anklagend zeigte er auf die graugetigerte Katze, dabei wiederholte er: »Was macht das Viech hier? Gehört das Ihnen?«

Frau Stolze und die Frauen von der Sitzgruppe folgten seinem Blick. Nur die Dame unter der Trockenhaube bekam von alldem nichts mit und beschäftigte sich weiter mit der Frauenzeitschrift vor ihrer Nase.

Der Gesichtsausdruck der Friseurmeisterin wurde weich. »Ach, das ist meine Freundin, sie möchte sich bestimmt ein Leckerchen abholen.«

»Miau!«

Heike Stolze öffnete eine Schublade neben der Kasse und brachte eine Dose mit Katzenknuspertaschen zum Vorschein. »Komm«, lockte sie.

Der Dicke schnaubte entrüstet.

»Sie sind doch nicht allergisch gegen Katzen?«, erkundigte sich Frau Stolze.

»Die ist aber süß«, befand die Dame mit der bunten Schürze.

»Ist das die aus der Zeitung?«, outete sich ihre Gesprächspartnerin als katzenunkundig.

»Aber nein, das sieht man doch«, wurde sie zurechtgewiesen.

Clooney knusperte Leckerlis und lauschte.

»In der Zeitung war am Mittwoch eine schwarzweiße Katze abgebildet. Die gehört dem Hauptkommissar, der im Mordfall von dem Anwalt ermittelt …«

»Ja, da war ich dabei, als das Foto gemacht wurde«, mischte sich Herr Dvorjac ein. »Dieser Kommissar hat offensichtlich sein Haustier nicht unter Kontrolle, wenn es ihm zu einem Tatort nachläuft.«

»Das war doch irgendwie niedlich«, meinte die Frau mit der Schürze lächelnd.

»Sie haben ja keine Ahnung«, polterte der Dicke, »was da an Spuren verwischt wurde.«

»Aha, der Herr schaut Tatort«, murmelte Frau Stolze leise und nur für Clooney hörbar.

»Seit ein paar Tagen laufen übrigens dauernd diese Katzenviecher in unserem Viertel rum«, entrüstete der Mann sich weiter. »Würde mich nicht wundern, wenn die da«, er zeigte auf Clooney, »ausgesetzt worden wäre. Hier stand neulich mitten in der Nacht ein fremder Wagen. Ziemlich nobler Schlitten, aber das sind ja die Schlimmsten!«

»Ein fremder Wagen?«, wurde Frau Stolze hellhörig. »Wann war das? Haben Sie das der Polizei gesagt?«

»Der Polizei?« Herr Dvorjac wirkte verunsichert. »Dass da mal ein unbekanntes Auto parkt? Äh, das war Anfang der Woche Montag spätabends oder, nein, ich glaube, es war in der Nacht von Dienstag auf Mittwoch.«

»Das war die Mordnacht!«, kreischte die Katzenfreundin aus dem Wartebereich.

»Ich habe es gleich wieder vergessen, weil am Tag darauf dieses riesige Polizeiaufgebot hier war«, meinte der alte Mann nachdenklich. »Und seither habe ich diese Katze«, er deutete erneut auf Clooney, »dauernd in der Gegend herumstreunen gesehen.«

»Wissen Sie denn die Automarke und die Farbe?«

Heike Stolze suchte bereits am Tresen nach der Visitenkarte des Hauptkommissars.

»Viel besser.« Dvorjac gewann zusehends an Selbstsicherheit. »Ich habe mir sogar das Kennzeichen gemerkt.«

*

Sie hatten Pizza bestellt und verbanden die späte Mittagspause mit einem dienstlichen Meinungsaustausch.

Zunächst berichtete Toni von den erneuten Befragungen in Oberwassers Wohnhaus. »Außer der älteren Dame«, sie sah in ihre Notizen, »Frau Konetzky, die auch die Leiche gefunden hat, konnte keiner sich an die Personen auf den Fotos erinnern.« Sie biss in ihre Pizza Margherita und kaute hastig, bevor sie weiterredete. »Frau Konetzky hat allerdings sowohl Patrizia Sontheim als auch Abraham Bayerlein wiedererkannt.«

»Na bitte«, triumphierte Lisa.

»Es geht voran«, frohlockte Fritz mit vollem Mund.

»Freut euch nicht zu früh«, dämpfte die junge Kollegin ihre Begeisterung, »wenn man Ruth Konetzky Glauben schenken kann, sind in der Mordnacht außerdem noch unser stellvertretender Polizeipräsident und der Torwarttrainer von Hannover 96 im Haus gewesen.« Sie zuckte mit den Schultern. »Ich habe mir die Fotos von der Sontheim und dem Bayerlein aus dem Internet besorgt. Auf die Schnelle ging das nicht anders. Das Bild von der Sontheim war schon älter, aber sie hat sich nicht sehr verändert in den letzten Jahren. Bayerlein hat vor einiger Zeit mal ein Interview gegeben über die ganzen Baumaßnahmen am Steintor und was das für die ansässigen Geschäftsleute bedeutet. Wie auch immer, beide hat Frau Konetzky sofort und ohne nachzudenken erkannt.« Sie nahm einen Schluck Wasser und fuhr fort: »Das kam mir dann doch zu glatt vor, also habe ich auf die Schnelle zwei weitere Fotos rausgesucht …« Sie zuckte entschuldigend mit den Achseln.

»Mit anderen Worten: Das war wohl nix.« Lisa steckte sich eine Artischocke in den Mund.

»Tja, die Frau ist Rentnerin und hat offenbar nicht viel Abwechslung in ihrem Leben. Durch den Mord und ihre Rolle als Zeugin hat sie endlich ein bisschen Aufmerksamkeit bekommen.« Toni seufzte. »Sie wollte sich vermutlich einfach interessant machen.«

»Traurig, aber ich kann sie ein Stück weit verstehen«, stellte Fritz fest.

»Damit ist sie leider insgesamt als Zeugin unglaubwürdig«, bedauerte Peter, »ein guter Strafverteidiger wird ihre Aussage demontieren.« Danach informierte er Toni über den Stand der Durchsuchung von Krügers Wohnung inklusive des mutmaßlichen Einbruchs: »Großes Chaos, aber leider keine verwertbaren Spuren. Und auch kein Beweismaterial.« Anschließend fragte er Lisa und Fritz nach ihrer Einschätzung bezüglich des Kriminellen.

»Aus seinen Reaktionen schließe ich auf Bayerlein als Auftraggeber für den Einbruch in Zweibolds Kanzlei«, erklärte Fritz.

Lisa stimmte ihm zu. »Krüger hat zwar wenig gesagt, dafür hat sein Anwalt gesorgt, aber es passt meines

Erachtens gut zu Bayerlein, sich einen Kleinkriminellen für einen Bruch anzuheuern.«

»Und wenn sich Bayerlein seine Unterlagen auf diese Weise beschafft hat«, fasste der Hauptkommissar zusammen, »dann könnte Patrizia Sontheim ihre in der Mordnacht mitgenommen haben.«

»Fehlt nur noch ein Motiv.« Fritz bearbeitete mit einer Serviette einen Tomatensoßenfleck auf seinem Hemd, der dadurch noch größer wurde. Er blickte auf und sah Lisa Hilfe suchend an.

»Vielleicht hatte sie doch mehr mit dem Mord an ihrem Mann damals zu tun, als wir bisher wissen«, schlug die vor, bevor sie sich an den älteren Kollegen wandte: »Wir versuchen es gleich mal mit Spülmittel.«

»Das habe ich mir auch schon überlegt, aber Oberwasser hat seinerzeit, ohne zu zögern, gestanden«, erinnerte sich Peter.

»Sie könnte ihm dafür eine gewisse Summe geboten haben«, überlegte Toni, »Geld genug hat sie schließlich geerbt.«

»Aber wie passt dann Zweibold in die Geschichte?«, fragte Peter skeptisch. »Oberwasser hat gestanden und zunächst einen Verteidiger abgelehnt. Erst kurz vor der Gerichtsverhandlung hat er es sich anders überlegt und sich einen Anwalt genommen.«

»Möglicherweise hat er kalte Füße bekommen und wollte sein Geständnis widerrufen«, bot Lisa als Erklärung an, zog sie aber selbst in Zweifel: »Aber das hat er ja nicht getan.«

»Und wenn ihn sein Anwalt davon überzeugt hat, die

Sache durchzuziehen?«, fragte Fritz. »Vielleicht hat ihn die Witwe dafür bezahlt und ihm später eine Summe in Aussicht gestellt, wenn er Oberwasser auch nach seiner Haftentlassung zum Schweigen bringt.«

»Durchaus möglich, dass er etwas in der Hand hatte. Er hat seinem Sohn gegenüber einen großen Deal erwähnt«, dachte Peter laut nach, »und Max Petkow gegenüber hat er sich unabsichtlich verraten, nur erinnert sich der leider nicht ...« Sein Handy piepte und signalisierte eine eingehende E-Mail. »Vorher hat Heike Stolze angerufen«, erzählte er, während er auf sein Mobiltelefon tippte, um die Nachricht zu öffnen. »Das ist die Chefin des Friseurladens neben der Anwaltskanzlei. Ein Kunde ist sich ziemlich sicher, in der Mordnacht einen dunklen Maserati Quattroporte in der Straße gesehen zu haben.«

Lisa pfiff leise durch die Zähne. »Das könnte zu beiden verdächtigen Kandidaten passen.« Toni runzelte die Stirn. »Allerdings ein bisschen blöd, mit so einem auffälligen Wagen dort vorzufahren.«

»Na ja, wer konnte ahnen, dass die Polizei so schnell herausfindet, dass der mutmaßliche Selbstmord ein Mord ist?«, versuchte Lisa, sich in die Sichtweise des Mörders hineinzuversetzen. »Dafür bräuchte es zwar ein gewisses Selbstbewusstsein des Täters, aber das ist bei unseren Verdächtigen ja gegeben.«

»Du meinst, der Mörder könnte seine eigene Nobelkarosse genutzt haben?«, zweifelte die junge Kollegin.

»Könnte«, pflichtete der Hauptkommissar ihr bei, »muss aber nicht. Der pflichtbewusste Nachbar hat sich das Kennzeichen notiert und das habe ich abfragen lassen.« Er wischte auf seinem Mobiltelefon herum. Nun hatte er die volle Aufmerksamkeit seiner Kollegen. »Der Name des Halters sagt mir allerdings nichts. Der Wagen ist auf einen Herrn van der Straaten zugelassen.«

Toni, die gerade herzhaft in ihr letztes Stück Pizza gebissen hatte, hielt im Kauen inne. Sie nuschelte: »Jan van der Straaten? Den habe ich gestern Abend kennengelernt.«

*

»Der Mörder fährt einen Maserati«, erklärte Clooney wichtig. Die mollige Grautigerin hatte sich auf Suleikas Mauer geschwungen und sah auf Gismo, Mikey und Socke herab.

Die Perserin wiederum befand sich im Haus hinter der geschlossenen Terrassentür und starrte mit finsterer Miene ihre Rivalin an.

»Woher weißt du das?«, wollte der Revierchef wissen.

»Geiler Wagen!«, schwärmte Gismo.

»Hast du eine Ahnung, wie so ein Maserati aussieht?«, wandte seine Mutter sich an ihn. In ihrem Rücken pochte Suleika mit der Pfote gegen die Scheibe.

»Klaro! Das weiß man doch«, gab Gismo an.

»Wie kommst du darauf, dass der Mörder ein solches Auto fährt?«, wiederholte Mikey seine Frage.

Mit einem kurzen Seitenblick auf die klopfende Suleika sprang die Grautigerin zwischen die drei Kater auf den Fußweg herunter. »Ein Zeuge hat es mir berichtet.«

»Eine andere Katze? Woher kennt die die Automarke?« Socke begann aufgeregt, seine weißen Pfoten zu putzen.

»Ein Mensch.« Clooney machte sich ebenfalls an die Fellpflege und berichtete dabei von ihrem morgendlichen Ausflug in die Giesener Straße. »Die nette Frau hat gleich die Polizei angerufen.«

»Dann ist der Fall ja geklärt«, freute sich Socke.

Clooney hielt im Putzen inne. »Meinst du?« Sie klang eher enttäuscht als erleichtert.

»Aber Mum, das weiß doch jedes Kätzchen«, wies Gismo sie zurecht, »wenn sie das Kennzeichen haben, können sie den Halter feststellen. Und schon klicken die Handschellen.« Er streckte eine Pfote vor, fuhr die Krallen aus und wieder ein.

»Hm, vielleicht war es der Autofahrer gar nicht«, überlegte die mollige Tigerin. »Der Mann war sich nicht ganz sicher, wann er ihn gesehen hat.«

»Peter wird ihm beim Verhör bestimmt die Daumenschrauben ansetzen. Wenn er es war, bekommt Peter es raus«, meinte Gismo zuversichtlich.

»Bei so einem Verhör wäre ich ja gerne mal dabei. Ich könnte mich in seinen Daumen krallen«, schlug Clooney vor, »dann gesteht der Mörder bestimmt!«

»So einfach ist das nicht«, schaltete sich Mikey ein. »Wenn sie den Fahrer des Wagens finden, wird der sich einen Anwalt nehmen und der wird dafür sorgen, dass Peter ihm nicht die Daumenschrauben ansetzt.«

Gismo legte die Ohren an und machte ein enttäuschtes Gesicht. »Also im Fernsehen kriegen sie immer aus den Leuten raus, was sie wissen wollen.«

»Leider läuft es im wahren Leben nicht immer ab wie im Fernsehen«, sagte der Revierchef.

*

Jan van der Straaten war sofort zu einem Gespräch bereit gewesen, berichteten Toni und Lisa in der Dienstbesprechung am Abend. Ja, hatte er bestätigt, der Maserati Quattroporte mit dem genannten Kennzeichen sei selbstverständlich sein Wagen, und er befinde sich wohlbehalten in seiner Garage. Er hatte sich sogar die Zeit genommen, Lisa und Toni das Auto zu zeigen. Die hatten nichts anderes erwartet, schließlich war der Wagen nicht als gestohlen gemeldet worden, und es war unwahrscheinlich, dass man den Verlust von so wertvollem Eigentum nicht bemerkte. In der Mordnacht allerdings, antwortete van der Straaten auf die unvermeidliche Folgefrage, sei er auf Geschäftsreise in München gewesen. Just an diesem Abend habe ein Essen mit Geschäftsfreunden stattgefunden, was sie gerne überprüfen könnten. Das machten die Kommissarinnen später natürlich und waren nicht überrascht, dass es bestätigt wurde.

Auf die Frage, wer außer ihm selbst Zugang zur Garage und seinem Auto habe, zögerte van der Straaten das erste Mal seit Beginn der Befragung, nannte dann aber schließlich unter anderem Patrizia Sontheims Namen. Insgesamt gab es laut dem Geschäftsmann mit ihm vier Personen, die einen Schlüssel hatten. Zwei Angestellte van der Straatens, die sich unter anderem um seinen Wagen zu kümmern hatten, und seine Lebensgefährtin Patrizia Sontheim. Lisa rief nach dem Gespräch bei Peter an, der, wie er nun erzählte, seither vergeblich versucht hatte, die Sontheim zu erreichen. Auch Max Petkow hatte der Hauptkommissar nur kurz telefonisch bei einer Kundin erwischt.

Dafür war am späten Nachmittag Abraham Bayerlein zu einer Befragung aufs Präsidium gekommen. Der Geschäftsmann erschien zusammen mit seinem Anwalt, Dr. Harald Giesswein, und schwieg beharrlich. Immerhin nannte er nach ausführlicher Rücksprache mit seinem Rechtsbeistand ein paar Personen, die ihm für die zwei Mordnächte Alibis geben konnten. In beiden Fällen sei er in einem seiner Lokale am Steintor gewesen.

Die Schlinge um Patrizia Sontheims Hals zog sich also langsam enger. Leider sah der Staatsanwalt das in Ermangelung eines Motivs nicht ganz so, weshalb er bisher keinen Haftbefehl erlassen hatte.

»Ich fahre auf dem Heimweg im Zooviertel vorbei, vielleicht erwische ich sie«, beendete Peter die Dienstbesprechung und entließ seine Kollegen in den wohlverdienten Feierabend.

*

Als Max nach Hause kam, wartete Socke bereits auf ihn. Gemeinsam betraten sie das kleine Häuschen am

Amerikaplatz und wurden von einer verschlafenen Mimi begrüßt. Als Erstes bekam die verletzte Katze ein Leckerchen, weil sie so brav gewesen war, dann war Socke an der Reihe.

Während er anschließend Mimis Futternapf füllte, dachte Max über das Telefonat mit Peter nach. Der hatte den Namen Patrizia Sontheim erwähnt, und Max konnte sich nicht vorstellen, dass es ein Zufall war, dass er ausgerechnet von dieser Dame einen Auftrag zur Renovierung ihres Salons erhalten hatte. Er hatte gerade die Besichtigung des schicken Wohnraums in ihrer Villa vor Ort beendet, als ihn der Anruf des Hauptkommissars erreicht hatte. Da er dort nicht offen hatte sprechen können, hatte Max Peter kurz angebunden auf einen abendlichen Rückruf vertröstet. Das musste er gleich erledigen.

Während er sein Handy zur Hand nahm, grübelte er darüber nach, ob der Name seiner neuen Kundin am Abend des Klassentreffens gefallen war.

Er war noch zu keinem Ergebnis gelangt, als es an der Haustür klingelte. Vielleicht Peter? Immerhin waren sie beinahe Nachbarn und inzwischen war Feierabendzeit, vielleicht wollte der Hauptkommissar seinem Rückruf mit einem spontanen Besuch zuvorkommen.

Er öffnete die Haustür, nicht ohne zuvor die Wohnzimmertür zu schließen, um Mimi am Hinausschlüpfen zu hindern, denn die verletzte Katze hatte noch Hausarrest.

»Frau Sontheim, das ist aber eine Überraschung, was verschafft mir die Ehre?« Max' Gedanken rasten. Was wollte die denn bei ihm zu Hause? Hier stimmte etwas nicht.

»Ich habe noch ein paar Fragen, kann ich kurz reinkommen?« Die Sontheim stand schon in seinem kleinen Flur.

»Bitte.« Max schloss die Haustür und ging voran in den Wohnbereich, dabei schnappte er sich beiläufig sein Handy von der kleinen Kommode neben der Tür, wo er es vorhin im Vorbeigehen abgelegt hatte. »Ich muss nur noch kurz ein Telefonat führen …«, begann er.

»Untersteh dich. Gib mir dein Handy!« Die Stimme seiner Besucherin war kalt, als sie eine kleine Schusswaffe auf ihn richtete. »Na los, wird's bald«, hielt sie ihm die freie Hand hin, in die er sein Mobiltelefon legte.

»Wa… was?«

»Du weißt doch, was los ist, oder nicht?« Sie dirigierte ihn mit der Pistole aufs Sofa. »Kannst du dich wirklich nicht erinnern, was dir Stefan in seinem Rausch beim Klassentreffen erzählt hat? Dann tut es mir leid für dich, aber jetzt ist es zu spät.«

Max schüttelte den Kopf. Sein Blick huschte zu den Katzen, die dicht zusammengedrängt in einem Sessel saßen und die beiden Menschen nicht aus den Augen ließen.

»Ja, die alberne Katzenentführung hat mich auf dich gebracht. Stefan war schon immer ein Versager.« Patrizia Sontheim lachte gehässig. »Er hat mir davon erzählt, bevor die K.-o.-Tropfen ihn ganz ausgeschaltet haben.«

»Wenn Sie mich umbringen, wird die Polizei Sie sofort verdächtigen.«

»Wer redet denn davon, dass *ich* dich töte? Nein, das machst du selbst.« Mit der linken Hand griff sie in ihre Schultertasche und warf mehrere Päckchen mit Medikamenten auf den Tisch. »Schlaftabletten. Mein Arzt verschreibt mir dauernd welche, und ich habe sie fast nie gebraucht.« Erneut dieses gehässige Lachen. Ihr Blick wanderte zum Wohnzimmerschrank. »Sie haben doch bestimmt etwas Hochprozentiges, mit dem wir Ihnen die bitteren Pillen versüßen können«, wechselte sie wieder zum Sie.

Max rührte sich nicht.

»Na los, wird's bald? Oder muss ich Sie doch erschießen? Sie haben die Wahl. Ich werde der Polizei erklären, dass Sie zudringlich geworden sind.« Ihre Stimme bekam einen weinerlichen Klang. »Nach dem Mord an meinem Mann damals leide ich unter Ängsten, deshalb die Waffe und ...« Sie ließ den Satz unvollendet und deutete mit dem Pistolenlauf erst auf Max und dann auf den Wohnzimmerschrank.

Langsam erhob Max sich. Sein Handy hatte Patrizia Sontheim in ihre Tasche gesteckt, das Festnetztelefon lag unerreichbar in der Küche. Hilflos sah er die Katzen an, die ihnen gebannt zu lauschen schienen. Socke leckte Mimi zärtlich über das Gesichtchen, woraufhin die sich erhob und zur Terrassentür humpelte.

»Miau!«, forderte sie ihn lautstark auf, dieselbe zu öffnen.

Max nahm sie kaum wahr. Er überlegte fieberhaft, wie er sich befreien könnte.

Mimi stimmte ein Klagelied an.

»Bring das Vieh endlich zum Schweigen, sonst mach ich es!«, verlangte Patrizia Sontheim genervt.

Max blickte Mimi nachdenklich an, die nun ihre Flanke an der bodentiefen Scheibe rieb, um ihre Forderung zu bekräftigen. Chris hatte ihn instruiert, die Katze wenigstens so lange drinnen zu lassen, bis die Wunde an der Pfote einigermaßen verheilt war.

Nun stimmte auch noch Socke in den Katzenjammer ein.

Chris wäre äußerst unzufrieden, wenn er die Kleine rausließe, wahrscheinlich würde sie umgehend auf der Matte stehen, wenn sie es mitbekäme. Er sah verwundert von Socke zu Mimi.

»Wird's bald!«, forderte die Sontheim erneut mit erhobener Waffe.

»Ich muss die Katze rauslassen«, erklärte Max mit zitternder Stimme. »Sie ist es gewohnt, um diese Zeit durch ihr Revier zu streifen, und solange sie eingesperrt ist, gibt sie keine Ruhe.«

»Miau! Miau!«, forderte Mimi noch lauter, als habe sie ihn verstanden.

»Also gut, aber keine Tricks.« Mit erhobener Waffe beobachtete Patrizia Sontheim, wie Max die Katze hinausschlüpfen ließ. »Tür wieder zu!«, befahl sie.

*

So schnell ihre bandagierte Pfote es zuließ, eilte Mimi in den Karl-Schurz-Weg. Hoffentlich war Chris da und würde die richtigen Schlüsse ziehen. Socke hatte Mimi davon überzeugt, dass das die einzige Möglichkeit war, um auf die Notsituation ihres Menschen aufmerksam zu machen. Die Tierärztin würde sich sehr ärgern, wenn die Verletzte trotz Hausarrest plötzlich draußen auftauchte, und so, wie die Katzen sie kannten, würde sie sich sofort zum Haus des Malermeisters aufmachen, um ihn zur Rede zu stellen.

Ob es ihnen gelingen würde, die Mörderin dingfest zu machen oder wenigstens in die Flucht zu schlagen, würde sich zeigen, aber einen besseren Plan hatten Socke und Mimi nicht.

»Und du?«, hatte Mimi ihren Katzenfreund ängstlich gefragt.

»Ich versuche die Frau so lange hinzuhalten, bis Hilfe kommt«, war seine Antwort gewesen. Wie er das anstellen sollte, wusste er zwar nicht, aber er würde sich etwas einfallen lassen.

Mimi humpelte die Spittastraße entlang. Im Park gegenüber hörte sie Angeliques Kläffen. Es war also Zeit für ihren Abendspaziergang. Ob Suleika ebenfalls mit von der Partie war?

Auf ihrem Weg zu Sockes Zuhause traf sie weder Chris noch sonst einen Menschen. Lediglich ein Auto fuhr langsam an ihr vorbei, aber der Fahrer nahm keine Notiz von ihr.

Auf dem kleinen Parkplatz vor dem Karl-Schurz-Weg entdeckte sie den Wagen der Tierärztin, sie war also zu Hause, während Peter, zumindest wenn sie nach den abgestellten Fahrzeugen ging, nicht anwesend war. Mimi schlüpfte seitlich am Schuppen vorbei und hoffte

Chris auf der Terrasse anzutreffen oder dort zumindest eine geöffnete Tür vorzufinden. Glücklicherweise war Letzteres der Fall. Plötzlich tauchte Clooney neben ihr auf, die vom Hochbeet aus ihre Ankunft beobachtet hatte.

»Was machst du denn hier?«, wunderte sich die mollige Grautigerin und blickte misstrauisch auf Mimis bandagierte Pfote.

*

»Wird's bald!«, trieb Patrizia Sontheim Max ein weiteres Mal zur Eile an. Inzwischen stand ein großes Wasserglas voll mit Whisky vor ihm auf dem Tisch, in dem sich gerade mindestens 20 Schlaftabletten sprudelnd auflösten. Max drückte zwei weitere Pillen aus der Packung in die hellbraune Flüssigkeit und überlegte fieberhaft, wie er Zeit gewinnen konnte. »Warum?«, fragte er schließlich, weil ihm nichts anderes einfiel.

»Das weißt du doch. Oder erinnerst du dich wirklich nicht mehr? Wie tragisch!«, höhnte die Sontheim, die ihn nun wieder duzte.

»Nein«, ging er darauf ein, obwohl eine vage Erinnerung in ihm aufstieg. »Sagen Sie mir wenigstens, warum ich sterben muss. Warum haben Sie Stefan getötet? Und der andere Mord … Sind Sie für den auch verantwortlich?«

Patrizia Sontheim sah auf die Uhr und entschied offenbar, dass noch ausreichend Zeit war. »Ja, ich habe sie beide umgebracht. Zweibold wollte mich erpressen. Bei Philipp dachte ich, er wolle ebenfalls einen Teil vom Kuchen abhaben, aber er war einfach nur verbittert. Ich glaube, das Heroin in seiner Wohnung war für mich bestimmt. Er hatte für einen Mord gesessen, den er nicht begangen hatte, jetzt wollte er einen begehen, für den er nicht bestraft werden würde.« Sie lachte böse.

»Er war unschuldig?«, fragte Max ungläubig. »Aber er hatte doch gestanden.«

»Unschuldig würde ich nicht sagen. Und ja, gestanden hat er. Das war Teil der Abmachung.«

»*Sie* haben Ihren Mann damals umgebracht?«

Auch Socke schien gebannt zu lauschen, was die Frau zum Besten gab.

»Es war ein Unfall. Philipp und ich hatten ein Verhältnis, wie man so schön sagt. Mein Mann war reich, aber leider nicht sonderlich potent.« Sie schnaubte. »An dem Abend wollte er eigentlich ins Fitnessstudio. Wäre er mal hingegangen!« Sie redete immer schneller. »Aber er war misstrauisch und hat nur so getan als ob. Ist auf halbem Wege umgekehrt und hat uns in flagranti erwischt. War das ein Theater!«, kreischte sie. Leiser fuhr sie fort: »Er wollte mich direkt abservieren, da habe ich zugeschlagen.«

»Und dann haben Sie Philipp überredet zu gestehen?« Schön blöd von ihm, dachte Max.

»So blöd war er nicht«, schien die Sontheim seine Gedanken gelesen zu haben. »Nein, besser. Immerhin hatten wir zusammen Jura studiert. Ich habe ihm vorgeschlagen, dass wir *beide* gestehen. Bei zwei Geständnissen, ohne Beweise, die einen der beiden Geständigen zweifelsfrei überführen, kann keiner verurteilt werden.«

»Sie meinen …?«

»Wenn jeder bei seiner Aussage bleibt, ist die Justiz machtlos.« Ihr Grinsen wirkte teuflisch.

»Aber Sie haben sich nicht an den Deal gehalten?«

»Ich hatte es nie vor. Als Philipp das aufgegangen ist, war es längst zu spät. Er hat noch versucht zu retten, was zu retten war, und sich einen Anwalt genommen. Ausgerechnet Stefan Zweibold. Ha! Der hat ihn überredet, stillzuhalten. Offenbar hatte er Philipp davon überzeugen können, dass er nach Verbüßen seiner Haft mehr Kapital aus einer Enthüllung schlagen könne. Tja, Stefan hat mich direkt kontaktiert. Dein ehemaliger Klassenkamerad war ein Glücksritter. Ausschließlich auf den eigenen Vorteil bedacht.«

Was sollte er dazu sagen? Max nickte vorsichtig.

»Er war schlau, aber leider ein mittelmäßiger Anwalt. Ich habe ihm sämtliche Kontakte meines verstorbenen Mannes vermittelt. Daraus hätte er so viel machen können! Zu Anfang ging es ihm gut, ein schickes Häuschen in Bemerode war drin. Aber nach und nach sind seine Klienten zu anderen Kollegen gewechselt.« Sie lachte laut und unfroh auf. »Als er irgendwann mitbekommen hat, dass ich mit Jan einen reichen Ehekandidaten an der Angel habe, kam er angekrochen.« Sie winkte ab. »Ich habe ihn weggeschickt und mich, so gut es ging, aus der Öffentlichkeit zurückgezogen. Aber mir war klar, dass es eine Frage der Zeit war, bis er wiederkäme. Stefan hat nur auf seine große Stunde gewartet. Wahrscheinlich hat er dir so etwas in der Art auch bei eurem Klassentreffen erzählt. Na ja, seine große Stunde, die hatte er dann, immerhin ist er durch einen goldenen Schuss abgetreten.« Sie deutete mit dem Pistolenlauf auf das Glas. »Apropos.«

Max schluckte. Socke maunzte auf und sprang auf den Tisch.

»Schaffen Sie das Vieh da weg!« Die Waffe richtete sich auf den Kater. »Sonst erschieße ich ihn und verbuddel ihn im Park. Oder in meinem Garten. Das merkt keiner.«

»Nicht Socke!«, flehte Max. In diesem Moment klingelte es.

*

Toni war auf dem Nachhauseweg noch schnell einkaufen gegangen. Jetzt stand sie vor ihrer Haustür, die Tüte mit Lebensmitteln zu Füßen, und wühlte in ihrer Handtasche nach ihrem Schlüssel. Bevor sie ins Treppenhaus trat, warf sie einen Blick aufs Display ihres Handys. Weder Gero noch Sebastian hatten sich gemeldet. Letzterer wartete vermutlich auf eine Entschuldigung, nachdem sie ihn gestern abgewürgt hatte. Zu Recht, wie sie sich zum wiederholten Male eingestand, und nahm sich vor, ihn gleich anzurufen, sobald sie ihre Einkäufe ausgepackt hatte. Hoffentlich hatte er nicht vollends die Schnauze voll von ihr. Sie verfluchte sich und ihr manchmal überschäumendes Temperament. Sebastian war seit Langem der erste – wenn sie ehrlich war, generell der einzige – Mann, der überhaupt genug Geduld und Leidensfähigkeit aufbrachte, um ihre Launen über einen längeren Zeitraum zu ertragen. Und sie? Sie hatte ihn in der vergangenen Nacht nicht zum ersten Mal vor den Kopf gestoßen. Sie könnte es ihm nicht einmal verübeln, wenn er Schluss machen würde.

Sie steckte den Schlüssel ins Schloss der Wohnungstür. Die Einkäufe konnten warten, sie musste ihn gleich anrufen, sie hatte schon viel zu viel Zeit verstreichen lassen. Sie stellte die Tüte im Flur ab und wählte.

Während sie die Küche betrat, hörte sie einen ihr bekannten Klingelton.

Dort am Tisch saß er. »Basti!« Sie rutschte auf seinen Schoß und schlang die Arme um ihn, während er verwundert dreinschaute.

»Hallo, Dramaqueen«, flüsterte er zärtlich und schluckte. Mehr brachte er offensichtlich nicht hervor. Toni bedeckte sein Gesicht mit Küssen, und ihr Herz schlug Purzelbäume. Über die Schulter ihres Freunds sah sie das Heft mit dem Beziehungstest auf der letzten Seite aufgeschlagen auf dem Tisch liegen. Mit Kugelschreiber hatte jemand das Ergebnis D eingekringelt: »Hallo, Dramaqueen, Sie machen es stets kompliziert …« Vielleicht steckte doch ein Fünkchen Wahrheit in diesen albernen Tests?

*

»Ist keiner da?«, fragte ein älterer Herr, der zufällig vorbeikam, als Gero zum zweiten Mal auf die Klingel von Max Petkow drückte.

Nach dem Gespräch mit Toni gestern hatte der Journalist beschlossen, dem Tierfreund gleich heute einen Besuch abzustatten, solange dessen Freude über die zurückgekehrte Katze noch frisch war.

Obwohl ein Firmenwagen mit der Aufschrift des Malerbetriebs vor der Tür stand, öffnete niemand. Das schien auch den älteren Herrn zu wundern, der ihn gerade angesprochen hatte und jetzt, eine seltsame Karawane im Schlepptau, näherkam. Neben einem kläffenden Dackel zog der Senior eine graue Perserkatze an einer Leine hinter sich her. »Sein Auto ist da, vielleicht ist er im Garten, bei dem Wetter«, vermutete der Mann. »Ruhig, Angelique«, wandte er sich an den Hund.

»Das ist ja niedlich. Darf ich Sie fotografieren?« Gero deutete auf die angeleinte Katze. Wenn er das Tier des Malers nicht ablichten konnte, ergab sich so vielleicht eine andere Geschichte für den Weltkatzentag. Dieses wuschelige graue Exemplar gäbe sicher ein witziges Motiv.

Der alte Herr nickte und stellte sich und seine tierische Entourage vor.

Gero knipste.

Angelique zerrte Richtung Hausecke. »Kommen Sie, wir schauen mal auf der Terrasse nach. Vielleicht sitzt der Max draußen und hat die Klingel nicht gehört.« Herr Klämmerle scherte sich offensichtlich nicht um Grundstücksgrenzen, sondern stiefelte durch den schmalen Garten an der Hauswand entlang.

Gero zögerte, das ging ein bisschen zu weit. Er wartete lieber.

Keine Minute später taumelte ein bleicher Herr Klämmerle durch die Beete auf ihn zu. »Ach du liebes bisschen. Ich habe durchs Wohnzimmerfenster geschaut. Da sitzt eine Frau mit einer Pistole drin, die bedroht den armen Socke«, faselte er. »Hoffentlich haben sie mich nicht gesehen, rufen Sie schnell die Polizei. Schnell!« Er zerrte Gero am Arm. »Oh, oder besser, ich hole den Hauptkommissar.«

*

Beim Geräusch der Klingel erstarrten sowohl die beiden Menschen als auch der Kater. Kurz darauf hörten sie ein Bellen. Socke erkannte sofort, dass es Angelique war. Herr Klämmerle musste vor der Haustür stehen. Nicht Chris, wie er zunächst gehofft hatte. Es läutete abermals.

Patrizia Sontheim bedeutete Max, sich ruhig zu verhalten.

Socke resignierte innerlich. Was hatte er erwartet? Die Tierärztin hatte zwar einen Schlüssel für Max' Haus – für Notfälle. Aber den würde sie bestimmt nicht benutzen, nur um Mimi zurückzubringen. Die Frau zielte erneut auf Max und hielt sich den Zeigefinger der anderen Hand vor den Mund.

Socke lauschte und hörte, wie Angeliques Gebell näherkam. Ging sie gerade ums Haus herum in den Garten? Er musste verhindern, dass die Frau mit der Pistole nach draußen sah. Mit einem beherzten Sprung hüpfte er ihr auf den Schoß.

»Hey!« Die Waffe richtete sich auf Socke, der schnell auf den Teppichboden zu Füßen der Frau sprang. Aus dem Augenwinkel meinte er dabei eine Gestalt auf der Terrasse auszumachen, die allerdings gleich wieder verschwand. Genau wie sich auch das Hundegebell entfernte. Socke verschanzte sich unter dem Tisch.

Draußen wurde es still. Waren Angelique und ihr Herrchen gegangen? Hatten sie gesehen, was hier los war?

»Es ist Zeit.« Mit diesen Worten bedeutete die Mörderin Max, das Glas vor sich auszutrinken.

*

Noch bevor Gero die Worte des älteren Herrn auf ihren Wahrheitsgehalt prüfen konnte, zogen zwei Menschen seine Aufmerksamkeit auf sich, die gerade den Amerikaplatz betraten.

Die Frau trug eine Katze mit bandagierter Pfote auf dem Arm, die sich das widerstandslos gefallen ließ. Bei dem Mann handelte es sich um keinen Geringeren als Hauptkommissar Peter Flott, Tonis Chef. Eine rundliche Tigerkatze bemühte sich, mit ihnen Schritt zu halten.

Herr Klämmerle eilte auf das Grüppchen zu und berichtete von der Frau, die angeblich Kater Socke mit einer Waffe bedrohe. Das Ganze war so absurd, dass Gero am liebsten losgelacht hätte. Doch der Ernst der Lage verhinderte es. Unvermittelt fauchte die graugetigerte Katze die Perserkatze an. Der Dackel kläffte dazu aus Leibeskräften.

Der Hauptkommissar zückte sein Handy und rief Verstärkung, wollte aber nicht deren Eintreffen abwarten. Er bat die Frau um den Schlüssel des Malermeisters, den die zu Geros Überraschung tatsächlich besaß und fahrig von ihrem Schlüsselbund löste.

Dann zog Peter Flott seine Waffe und betrat leise das Haus.

*

Gift. So viel hatte Socke verstanden. In dem Glas war Gift und die Frau zwang Max, es leer zu trinken. Langsam führte Max das Gemisch zum Mund. Seine Hand zitterte.

Socke sprang ihm auf den Schoß und tatzte nach dem Glas. Ein Teil der streng riechenden Flüssigkeit schwappte aufs Sofa.

»Du blödes Mistvieh!«, entfuhr es der Mörderin. Sie erhob sich und legte auf Socke an, der neben Max gerutscht war. Ungeduldig und mit gefährlich leiser Stimme drohte die Frau: »Ich zähle bis drei. Wenn du nicht trinkst, puste ich den Kater weg und dann …« Sie überließ den Rest ihres Vorhabens Max' Fantasie. »Eins«, begann sie.

Socke sprang auf die Lehne, der Pistolenlauf folgte ihm. Gut, so geriet Mimis Mensch zunächst aus der Schusslinie, denn der bot ein wesentlich leichteres Ziel als er selbst. Hatte er nicht eben eine Bewegung im Flur wahrgenommen?

»Zwei.« Max holte tief Luft. Socke hoffte, im Falle eines Schusses schnell genug zu sein. Der irre Ausdruck in den Augen der Frau sagte ihm, dass sie nicht zögern würde, ihre Drohung wahrzumachen. Seine Schnurrhaare vibrierten, und er ließ die Verrückte nicht aus den Augen. Alle Muskeln angespannt, wartete er auf den entscheidenden Moment.

»Drei!«

»Waffe runter«, hörte er Peter noch rufen, doch da knallte bereits der Schuss.

Am ENDE wird alles gut! Und wenn es nicht gut ist, ist es noch nicht das ENDE.

(frei nach Oscar Wilde)

EPILOG

»Alles gut?«, erkundigte sich Mikey bei einer missmutig dreinschauenden Clooney.

»Nichts ist gut!«, maulte die.

»Herzlichen Glückwunsch zum Weltkatzentag.« Die frisch gebürstete Suleika erschien auf der Mauer und blickte auf die beiden herunter. Das Geschirr war Vergangenheit. Hinter ihr im Garten hörten sie Jasper hecheln.

Clooneys schlechte Laune erreichte ihren Tiefpunkt.

»Habt ihr den Bericht über mich in der Tageszeitung gelesen?«, fachte Suleika Clooneys Groll weiter an und traf dabei den wunden Punkt der molligen Katze.

»Hallo, zusammen.« Mimi und Socke bogen in den schmalen Fußweg zur Häuserreihe ein.

»Einen schönen Weltkatzentag!«, wünschte Suleika und wollte soeben die Frage nach der Zeitungslektüre erneut einbringen, als Gismo angeprescht kam, eine fette Maus in der Schnauze.

»Alles Gute zum Katzentag, Mum, du bist die Beste!« Mit diesen Worten legte er das wohlgenährte Nagetier vor der Grautigerin ab. »Mach dir nichts draus, dass du nicht in der Zeitung bist«, streute er ebenfalls, wenn auch in guter Absicht, Salz in Clooneys Wunde.

Es war aber auch zum Mäusemelken, bemühte die mollige Tigerin gedanklich eine Redewendung der Menschen, während sie das Geschenk ihres Sohnes inspizierte. Tatsächlich hatte der Reporter, der am Tag der Verhaftung von Patrizia Sontheim vor Ort gewesen war, das Foto von Suleika veröffentlicht, das er eigentlich eher zufällig geschossen hatte. Zudem wurde ein Artikel über Herrn Klämmerle, Angelique und die Perserin abgedruckt. Clooney war enttäuscht.

Außerdem hatte die Presse in den letzten Wochen ausführlich über Socke und Mimi berichtet. Mimi, die mit ihrer verletzten Pfote »Hilfe geholt hatte«, wie es in den Medien hieß, war zu einer kleinen Heldin geworden.

Und Socke? Der war geradezu ein Star. Max hatte erzählt, wie der Weißpfotige die Mörderin abgelenkt hatte und gerade noch rechtzeitig von der Sofalehne gesprungen war. Peter hatte diesen Moment genutzt, um sie zu überwältigen. Dank ausführlicher Aussage von Max und aufgrund der vorliegenden Indizien gelang es der Kriminalpolizei noch am selben Abend, Patrizia Sontheim ein Geständnis zu entlocken. Als Anwältin wusste sie, wann es zu ihrem Vorteil war, ihr Schweigen zu brechen. Socke war sehr froh, dass die Frau nun hinter Schloss und Riegel saß. Immerhin hatte der Schuss, den sie auf ihn abgegeben hatte, ihn nur um Schnurrhaaresbreite verfehlt.

»Um Schnurrhaaresbreite«, hatte dann auch die Titelzeile am Tag nach der Festnahme gelautet. Sämtliche Blätter, nicht nur die hannoversche NHP, berichteten seither über den mutigen Kater und stopften das Sommerloch mit Artikeln und Fotos über den felinen Helden.

Zwar beteuerte Socke, dass bisher noch keine Fanpost mit Leckerchen angekommen sei, doch das mochte die Grautigerin nicht so recht glauben.

Und zur Krönung dieses Katzenhypes in der Presse war nun heute, am 8. August – dem Weltkatzentag –, ein Bericht über Suleika erschienen.

Über Clooney hingegen hatten die Journalisten kein einziges Wort verloren.

»Hey!« Socke stupste seine mollige Nachbarin an. »Was ist, kommst du mit zu uns? Ich bin sicher, Chris hat etwas Leckeres für uns, zur Feier des Tages«, versuchte er sie aufzumuntern.

Die Tierärztin und der Hauptkommissar waren erst vor ein paar Tagen, braungebrannt und ausnehmend gutgelaunt, von ihrem Urlaub zurückgekehrt. Seither verwöhnten sie nicht nur Socke nach Strich und Faden.

Clooney schluckte den Rest der Maus, die sie hastig verschlungen hatte, hinunter und spuckte die Galle derselben auf den Fußabtreter vor dem Haus. Sollten doch Peter oder diese Tierärztin Mäuseinnereien an ihren Schuhen haben. Ihr war das egal. Peter hatte es schließlich auch nicht für nötig befunden, ihren Namen gegenüber der Presse zu erwähnen. Sie leckte sich die Schnauze. Ein kleiner Imbiss hintendrein wäre jetzt allerdings nicht verkehrt.

»Kommt ihr mit?«, fragte Socke in die Runde.

Mikey und Gismo rappelten sich auf.

Suleika schien ein wenig enttäuscht zu sein, wie wenig Aufmerksamkeit sie wegen des Artikels bekommen hatte, und verneinte. Sie wolle den erkrankten Jasper nicht allein lassen. Der Riesenschnauzer leide unter einem Sonnenstich, behauptete sie.

Die anderen Katzen marschierten ums Haus herum, wo Chris und Peter auf der Terrasse saßen.

»Oh, eine Party zum Weltkatzentag«, freute sich Chris, als sie das tierische Grüppchen sah. Sie wusste, was den pelzigen Kameraden gefiel. Schnell erhob sie sich und steuerte das Haus und dort die entsprechende Schublade mit den Leckerchen an. Die Katzenkarawane folgte ihr.

Nur ausgerechnet Clooney blieb zurück und lauschte gebannt dem Hauptkommissar, der just in diesem Moment sein Handy gezückt hatte. Kündigte sich hier etwa ein neuer Fall an? Irgendwann musste schließlich auch Peter begreifen, wie wichtig ihre Hilfe bei seiner Arbeit war. »In den Schrebergärten?«, sprach er gerade in sein Mobiltelefon. »Das ist ganz in der Nähe, da kann ich zu Fuß hinkommen. Alles klar! Bin schon unterwegs …« Er stand auf. »Ich muss leider noch weg, dienstlich!«, informierte er Chris von der Terrassentür aus und verließ den Garten durch die Hintertür.

»Tja, ihr Lieben«, wandte sich Chris an die Katzen, »da müssen wir wohl alleine den Weltkatzentag feiern. Schaut mal, was ich Feines für euch habe! Mimi.« Sie gab der schönen Glückskatze ein Katzenwürstchen. »Mikey.« Der Revierchef bekam ebenfalls seinen Anteil. »Gismo.« Schwups, schnappte sich der Jungkater einen Snack. »Socke.« Der Weißpfotige machte sich über seine Leckerei her. »Und hier ist noch eins für Clooney … Clooney? Clooney!«